21 世纪师范院校计算机实用技术规划教材

计算机网络技术与应用教程

张连永　韩红梅　刘永强　张聪霞　编著

清华大学出版社

北　京

内 容 简 介

本书主要从应用角度介绍相关内容,包括计算机网络技术与应用基础和网页设计制作两部分。第1部分包括计算机网络简介、计算机网络体系结构、计算机局域网、广域网、网络通信协议、Internet技术及其应用、计算机信息检索和计算机网络安全;第2部分包括Dreamweaver MX 2004简介、创建站点、创建简单网页、表格及布局网页、使用层布局网页、框架和框架集、超级链接、表单、行为与多媒体技术应用。附录中安排了部分习题。

本书配有用于教学的电子课件,该课件可在清华大学出版社网站(www.tup.com.cn)下载。本书适合综合性大学新生第一学期使用,文、理科学生可根据课程设置调整教学内容,同时,本书也可作为培训教材。

图书在版编目(CIP)数据

计算机网络技术与应用教程/张连永等编著. —北京:清华大学出版社,2010.6
(21世纪师范院校计算机实用技术规划教材)
ISBN 978-7-302-22307-8

Ⅰ. ①计… Ⅱ. ①张… Ⅲ. ①计算机网络-师范大学-教材　Ⅳ. ①TP393

中国版本图书馆 CIP 数据核字(2010)第 055725 号

责任编辑:索　梅　王冰飞
责任校对:梁　毅
责任印制:李红英

出版发行:	清华大学出版社	地　　址:	北京清华大学学研大厦 A 座
	http://www.tup.com.cn	邮　　编:	100084
社　总　机:	010-62770175	邮　　购:	010-62786544
投稿与读者服务:	010-62776969,c-service@tup.tsinghua.edu.cn		
质　量　反　馈:	010-62772015,zhiliang@tup.tsinghua.edu.cn		

印 装 者:北京鑫海金澳胶印有限公司
经　　销:全国新华书店
开　　本:185×260　印　张:19.25　字　数:458 千字
版　　次:2010 年 6 月第 1 版　　印　　次:2010 年 6 月第 1 次印刷
印　　数:1～4000
定　　价:29.00 元

产品编号:036631-01

序　言

社会提倡终生教育，一线的教育工作者有着强烈的接受继续教育的要求，许多学校也为教师的长远发展制定了继续教育的计划，以人为本，活到老学到老的思想更加深入人心。

随着知识经济和信息社会的到来，对教师进行计算机培训已提到国家的议事日程上来了，让每位教师具有应用信息技术能力，已是刻不容缓的一件大事，将影响到国家的发展和人才的培养。目前，很多人已经意识到：有还是没有信息技术能力将影响到一个人在信息社会的生存能力，成为常说的新"功能性文盲"。作为教师如果是"功能性文盲"，有可能出现如下的尴尬局面：面对计算机手足无措；不会使用计算机备课、上课，不会使用多媒体手段进行教学，不会编制和应用课件，不会上网获取信息、更新知识、与同行交流，无法与掌握现代技术的学生很好地交流，无法开展网络教学等等。作为培养人才的教师，如果是一个现代的"功能性文盲"，如何适应现代化的要求？如何能培养出有现代意识和能力的下一代？

一本好书就是一所学校，对于我们教师更是如此。信息技术已经成为现代人必备的基本素质之一，好的教材可以帮助教师们迅速而又熟练地掌握信息技术，从最初的 Windows 操作系统到 Office 办公系统软件，还有各种课件制作软件的教材在我们的日常教学中发挥着巨大的作用。

作为师范院校计算机实用技术教材，本套丛书主要的读者对象是师范院校的在校师生、教育工作者以及中小学教师，是初、中级读者的首选。涉及到的软件主要有课件制作软件（Flash、Authorware、PowerPoint、几何画板等）、办公系列软件、多媒体技术、网络技术、计算机应用基础和图形图像处理技术等。考虑到一线教师的实际情况，我们尽可能地使用软件最新的中文版本，便于读者上手。

本丛书的作者大多是一线优秀教师，经验丰富、有一定的知识积累。他们在平时对于各种软件的使用中都有自己的心得体会，能够结合教学实际，整理出一线老师最想掌握的知识。本丛书的编写绝不是教条式的"用户手册"，而是与教学实践紧紧相扣，根据计算机教材时效性强的特点，以"实例+知识点"的结构建构内容，采用"任务驱动教学法"让读者边做边学，并配以相应的光盘，生动直观，能够让读者在短时间内迅速掌握所学知识。本丛书除了正文用简捷明快、图文并茂的形式讲解图书内容外，还使用"说明、提示、技巧、试一试"等特殊段落，为读者指点迷津。通过浅显易懂的文字，深入浅出的道理，好学实用的知识，图文并茂的编排，来引导教师们自己动手，在学习中获得乐趣，获得知识，获得成就感。

在学习本套丛书时，我们强调动手实践，手脑并重。光看书而不动手，是绝对学不会的。化难为易的金钥匙就是上机实践。好书还要有好的学习方法，二者缺一不可。我们相信读者学完本套丛书后，在你的日常生活和教学工作中你会有如虎添翼的感觉，在计算机的帮助下你的学习和工作效率会有极大的提高，这也是我们所期待的。祝你成功！

吴文虎

前　言

我国高等院校计算机基础教育经过多年的改革和实践,形成了一套比较完整的课程体系。全国高等院校计算机基础教育研究会在理论和实践研究的基础上,编写出《中国高等院校计算机基础教育课程体系 2009》一书。该书对各类高等院校计算机基础教育改革、课程设置具有重要指导作用。根据综合大学文、理科学生的基本情况,依据《中国高等院校计算机基础教育课程体系 2009》的相关内容,作者编写了本教材。

本教材的内容安排兼顾文、理科学生的需求,注重计算机网络技术基础知识的实用性和普及性。全书共分 17 章,主要内容包括计算机网络简介、计算机网络体系结构、计算机局域网、广域网、网络通信协议、Internet 技术及其应用、计算机信息检索、计算机网络安全和 Dreamweaver MX 2004 网页设计制作等。

本教材具有以下特点:

(1) 内容深入浅出,简明扼要,突出应用。如网络通信协议、Internet 技术及其应用、计算机信息检索、计算机网络安全和网页设计制作等,都体现了较强的实践性与实用性。

(2) 每章都给出了本章学习要点,既方便教师教学,也方便学生学习。

(3) 计算机网络技术基础知识与网页设计制作紧密结合,将计算机网络技术与应用和网页设计制作合编为一本教材,适合一些高校计算机应用教学内容安排的需要。

(4) 兼顾了综合高等院校文、理科学生的学习要求。理科学生可以全面学习本教材内容,文科学生可以侧重学习计算机网络技术基础知识和网页设计制作。

本教材针对综合性大学新生第一学期计算机应用基础教育而编写,学生在学习这本教材前,应当首先学习和掌握计算机基础知识、Windows 操作系统和 Office 软件等。使用本教材时,各学校可以根据具体情况,灵活安排教学内容。

本教材在编写过程中,由于时间比较紧迫,疏漏之处恳请广大读者提出宝贵意见。

编者

2010 年 3 月

目　　录

第1部分　计算机网络技术与应用基础篇

第 2 部分　网页设计制作篇

第1部分

计算机网络技术与应用基础篇

计算机网络简介

- 计算机网络的形成与发展；
- 计算机网络概念；
- 计算机网络分类；
- 计算机网络的组成与结构；
- 典型计算机网络；
- 网络技术发展趋势。

20 世纪 60 年代诞生了由计算机技术和通信技术相结合的计算机网络技术,经过几十年的发展,计算机网络给人类的生活、学习和工作领域带来了前所未有的变革,计算机网络能使世界各地的人们获得全人类最丰富的信息资源。

网络中的计算机通过中间设备连接在一起,人们可以将计算机上的信息传递给世界上每一台与网络相连的计算机。网络中的计算机都可以相互通信和互相访问。

1.1　计算机网络的形成与发展

计算机网络是将分布在不同地域并具有独立功能的计算机系统和终端设备通过相应的通信设备和传输介质互联起来,构成彼此间可以相互通信和协作的综合信息处理系统,其目的是实现资源共享和信息传输。

人们通过连接各个城市、地区、国家,乃至全世界的计算机网络来获取、存储、传输和处理各种信息,利用这些信息为科研、教学和各自工作服务。全国乃至全球范围的计算机互联网络不断地高速发展并日益深入到国民经济的各个部门和社会生活的各个方面,计算机网络已经成为人们日常生活中必不可少的工具。

1.1.1　计算机网络的发展过程

计算机网络的发展可以追溯到 20 世纪 50 年代。计算机网络涉及到通信与计算机两个领域,那时人们开始将彼此独立发展的计算机技术与通信技术结合起来,完成了数据通信与计算机网络通信的研究,为计算机网络的出现做好了技术准备,奠定了理论基础。

在科学研究中,如果我们对计算机网络发展的历史知道得越多,就有可能向前走得更远。因此,有必要回顾计算机网络的发展历史。计算机网络的发展经历了 20 世纪 50 年代、60 年代、70 年代、80 年代和 90 年代 5 个阶段。

1. 20 世纪 50 年代,数据通信技术的研究与发展

在 1946 年,世界上第一台数字电子计算机刚问世时,计算机和通信并没有什么关系。1954 年,人们开始使用一种叫做收发器的终端,将穿孔卡片上的数据从电话线路上发送到远地的计算机。后来,用户可在远地的电传打字机上输入自己的程序,而计算机算出的结果又可从计算机传送到远地的电传打字机打印出来。计算机与通信的结合就这样开始了。

在 1951 年,美国为了自身的安全,在美国本土北部和加拿大境内,美国麻省理工学院林肯实验室开始为美国空军设计称为 SAGE 的半自动化地面防空系统,译成中文叫“赛其系统”。该系统最终于 1963 年建成,在“赛其系统”中,雷达录取设备采集到的飞机目标信息自动送到通信设备,赛其信息处理中心的大型计算机自动地将通信设备送来的信息接收下来。这种将计算机与通信设备结合使用在人类的历史上还是首次,因此也可以说是一种创新,是计算机和通信技术结合的先驱。没有计算机与通信技术相结合的尝试,也就不会有现在这样先进的计算机网络。

在这一类早期的计算机通信网络中,为了提高通信线路的利用率并减轻主机的负担,已经使用了多点通信线路、终端集中器以及前端处理机。

2. 20 世纪 60 年代,ARPAnet 与分组交换技术的研究与发展

ARPAnet 是互联网的始祖,由美国国防部高级研究计划署设计开发,1969 年美国国防部高级研究计划局(DARPA)建成 ARPAnet 实验网。

美苏冷战期间,美国国防部领导的远景研究规划局 ARPA 提出要研制一种崭新的网络对付来自前苏联的核攻击威胁。当时传统的电路交换的电信网虽然四通八达,但战争期间,一旦正在通信的电路有一个交换机或链路被炸,则整个通信电路就要中断,如要立即改用其他迂回电路,还必须重新拨号建立连接,这将要延误一些时间。

1) 基本要求

这个新型网络必须满足一些基本要求:

(1) 不是为了打电话,而是用于计算机之间的数据传送。

(2) 能连接不同类型的计算机。

(3) 所有的网络节点都同等重要,这就大大提高了网络的生存性。

(4) 计算机在通信时,必须有迂回路由。当链路或节点被破坏时,迂回路由能使正在进行的通信自动地找到合适的路由。

(5) 网络结构要尽可能地简单,但要非常可靠地传送数据。

ARPAnet 在洛杉矶的加利福尼亚州大学洛杉矶分校、加州大学圣巴巴拉分校、斯坦福大学、犹他州大学四所大学的 4 台大型计算机采用分组交换技术,通过专门的接口信号处理机(IMP)和专门的通信线路相互连接。两年后,建成 15 个节点,进入工作阶段。此后,ARPAnet 的规模不断扩大。到了 20 世纪 70 年代后期,网络节点超过 60 个,主机 100 多台,地理范围跨越了美洲大陆,连通了美国东部和西部的许多大学和研究机构,而且通过通信卫星与夏威夷和欧洲地区的计算机网络相互连通。

2) 主要特点

ARPAnet 的主要特点是：

(1) 资源共享。

(2) 分散控制。

(3) 分组交换。

(4) 采用专门的通信控制处理机。

(5) 分层的网络协议。

这些特点被认为是现代计算机网络的一般特征。

3. 20 世纪 70 年代，网络体系结构、协议标准化研究

经过 20 世纪 60 年代和 20 世纪 70 年代前期的发展，人们对创建计算机网络的技术、方法和理论的研究已经比较成熟。为了促进网络产品的开发，各计算机公司开始制定网络技术标准。但是，这些网络技术标准只在一个公司范围内有效，只适合于同一公司生产的同构型设备，网络技术标准各自为政的状况使得用户在购买选择上无所适从。1977 年国际标准化组织 ISO 的 TC97 信息处理系统技术委员会 SC16 分技术委员会开始着手制定开放系统互连参考模型 OSI/RM。

作为国际标准，OSI 规定了可以互联的计算机系统之间的通信协议，遵从 OSI 协议的网络通信产品都是所谓的开放系统。目前，几乎所有网络产品厂商都在生产符合国际标准的产品，而这种统一的、标准化的产品互相竞争市场，也给网络技术的发展带来了更大的繁荣。

4. 20 世纪 80 年代，广域网、局域网与分组交换技术的研究与应用

20 世纪 80 年代初出现了微型计算机，这种更适合办公室环境和家庭使用的新机种对社会生活的各个方面都产生了深刻的影响。1972 年 Xerox 公司发明了以太网，以太网与微机的结合使得微机局域网得到了快速的发展。在一个单位内部的微型计算机和智能设备互相连接起来，提供了办公自动化的环境和信息共享的平台。1980 年 2 月 IEEE 组织了一个802 委员会，开始制定局域网标准。局域网的发展道路不同于广域网，局域网厂商从一开始就按照标准化，互相兼容的方式展开竞争。用户在建设自己的局域网时选择面更宽，设备更新更快。

5. 20 世纪 90 年代，Internet 技术的广泛应用

1985 年，美国国家科学基金会(National Science Foundation，NSF)利用 ARPAnet 协议建立了用于科学研究和教育的骨干网络 NSFnet。1990 年，NSFnet 代替 ARPAnet 成为国家骨干网，并且走出了大学和研究机构进入社会。从此，网上的电子邮件、文件下载和消息传输受到越来越多人们的欢迎并被广泛使用。1993 年，美国伊利诺斯大学国家超级计算中心开发成功了网上浏览工具 Mosaic(后来发展成 Netscape)，使各种信息都可以方便地在网上交流。浏览工具的实现引发了 Internet 发展和普及的高潮。上网不再是网络操作人员和科学研究人员的专利，而成为一般人进行远程通信和交流的工具。

网络技术的应用已渗透到我们生活中的每一个角落，在网络技术应用的这个巨大领

域内,各种新的应用途径也层出不穷。由于 Web 浏览器的问世,现在所有的 Internet 用户不必记一大堆枯燥而无聊的命令,只要按几下鼠标,他们就可以到世界的各个角落去翱翔。Web 的中文意思是遍及世界的网络,它将不同的彼此相关的信息以超文本的形式组织在一起,融合多媒体技术,将网络信息活灵活现地展现在用户的面前,使 Internet 风靡全球。

Internet 商业化服务提供商的出现,使工商企业终于可以堂堂正正地进入 Internet。商业机构一踏入 Internet 这一陌生的世界就发现了它在通信、资料检索、客户服务等方面的巨大潜力。世界各地无数的企业及个人纷纷涌入 Internet,带来 Internet 发展史上一个新的飞跃。

现在这个阶段互联网的特征包括搜索、社区化网络、网络媒体(音乐、视频等)、内容聚合和聚集(RSS)、mashups(一种交互式 Web 应用程序)以及更多。目前大部分都是通过计算机接入网络,但是,未来将从移动设备(如 Iphone)和电视机(如 Xbox Live 360)上感受到更多登录网络的愉悦。

随着信息化的不断发展,形形色色的网校、网吧、网上沙龙等都如雨后春笋般地涌现,如何最有效地利用这些网络资源,趋利避害,也正是许多专家正在研究的问题。

1.1.2 中国计算机网络的发展

互联网在中国的发展历程可以粗略地划分为三个阶段:

1. 研究试验阶段

1986 年 6 月—1993 年 3 月,中国一些科研部门和高等院校开始研究 Internet 联网技术,并开展了科研课题和科技合作工作。这个阶段的网络应用仅限于小范围内的电子邮件服务,而且仅为少数高等院校、研究机构提供电子邮件服务。

2. 起步阶段

1994 年 4 月—1996 年 12 月,中关村地区教育与科研示范网络工程进入互联网,实现和 Internet 的 TCP/IP 连接,从而开通了 Internet 全功能服务。从此中国被国际上正式承认为有互联网的国家。之后,Chinanet、CERnet、CSTnet、ChinaGBnet 等多个互联网络项目在全国范围相继启动,互联网开始进入公众生活,并在中国得到了迅速的发展。1996 年底,中国互联网用户数已达 20 万人,利用互联网开展的业务与应用逐步增多。

3. 快速增长阶段

1997 年至今,国内互联网用户数在 1997 年以后基本保持每半年翻一番的增长速度。

中国目前有许多具有独立国际出入口线路的商用性互联网骨干单位,还有面向教育、科技、经贸等领域的非营利性互联网骨干单位。现在有多家网络接入服务提供商(ISP)。

在网络基础设施方面,近年来,中国先后启用了数个国际光缆系统。已经建成并投入使用的有中日、中韩、环球海底光缆系统、亚欧陆地光缆系统;正在建设的有亚太 2 号海底光缆、中美海底光缆、亚欧海底光缆。1999 年共有 13 条国内干线光缆投入使用或试运行。光缆总长 100 万公里。国内互联网骨干网络对原有信道全面扩容,中继电路以 155Mb/s 为主。随着密集波分复用(DWDM)技术广泛应用于光通信建设,互联网骨干网带宽可达 2.5~40Gb/s。

2002 年 1 月 11 日,中国电信上海—杭州 10G IP over DWDM 建成开通,该通道所构建的长途波分复用传输系统,采用了思科公司长途波分复用系统和系列高速互联网路由器。这一系统已被世界各地的大型电信运营商用于构建规模庞大、运行快速稳定的 IP+Optical 网络,并被证明具有良好的稳定性、可靠性和先进性。这条全国最宽的数据通信通道的开通,标志着中国因特网骨干传输网从 2.5Gb/s 步入 10Gb/s 时代,标志着中国电信数据传输能力已经达到国际先进水平,中国电信的数据网已经成为真正的高速数据网络、海量带宽网。

中国已建立了四大公用数据通信网,为中国 Internet 的发展创造了条件。

(1) 中国公用分组交换数据通信网(ChinaPAC)。该网于 1993 年 9 月开通,1996 年底已覆盖全国县级以上城市和一部分发达地区的乡镇,与世界 23 个国家和地区的 44 个数据网互联。

(2) 中国公用数字数据网(ChinaDDN)。该网于 1994 年开通,1996 年底覆盖到 3000 个县级以上的城市和乡镇。中国的四大互联网的骨干大部分都采用 ChinaDDN。

(3) 中国公用帧中继网(ChinaFRN)。该网已在中国的八大区的省会城市设立了节点,向社会提供高速数据和多媒体通信。

(4) 中国公用计算机互联网(ChinaNet)。该网于 1995 年与 Internet 互联,物理节点覆盖 30 个省(市、自治区)的 200 多个城市,业务范围覆盖所有电话通达的地区。1998 年 7 月,中国公用计算机互联网(ChinaNet)骨干网二期工程开始启动。二期工程将 8 个大区间的主干带宽扩充至 155Mb/s,并且将 8 个大区的节点路由器全部换成千兆位路由器。

2000 年下半年,中国电信利用 n×10Gb/s DWDM 和千兆位路由器技术,对 ChinaNet 进行了大规模扩容。到 2000 年底 ChinaNet 国内总带宽已达 800Gb/s,到 2001 年 3 月份国际出口总带宽突破 3Gb/s。

1.1.3　信息社会与网络技术的发展

科学技术的重大进步往往会给城市的发展带来巨大的影响,以计算机及其网络技术和现代通信技术等为代表的现代信息技术是当代科学技术发展的主导领域。现代信息技术正以其他技术从未有过的速度向前发展,并以其他任何一种技术从未有过的深度和广度介入到社会的方方面面。

1. 现代信息技术对城市发展的正面影响

当今世界正在向信息时代迈进,信息已经成为社会、经济发展的"血液"、"润滑剂";现代信息技术广泛地渗透到人们的生活、学习和工作中并改变着人们的生活、学习和工作;信息产业正逐步成为全球最大的产业。在这股席卷全球的信息化浪潮的冲击下,城市规划、城市建设、城市管理、城市的传统形态与功能等城市发展的诸多方面也无一例外地受到了现代信息技术的强大影响,城市正面临着新的发展契机。

1）提高了城市规划的效率与科学性

城市规划必须以地球信息科学、人居环境科学、区域可持续发展为理论与方法基础，以体现以下几个方面：

（1）理想、理性、综合、整体、系统、动态、生态的思想；

（2）以区域为主体的多层次的人居环境为重点；

（3）决策支持的方法。

2）城市的产业结构发生了巨大变化

主要体现在三个方面：

（1）在现代信息技术基础上产生了一大批以往所没有的新兴产业；

（2）现代信息技术通过对传统产业的改造，使传统产业明显带有信息化的痕迹，从而获得新的出路；

（3）服务业的蓬勃发展，呈现取代制造业在国民经济中占主导地位的趋势。

总之，城市产业结构开始由传统的工业经济模式向新兴的信息经济模式转变。另外，与城市产业结构转变相对应，城市的就业呈现出"软化"的特征，也就是说就业结构中从事管理、研究、技术开发、咨询服务、教育等"软职业"的人员比重的增大。

3）城市空间布局结构由集聚走向集聚与分散并重

爆发于18世纪的产业革命，使资本和人口向城市集中，开始了近代的城市化过程，城市的发展主要表现为集中化趋势，这种集中化以制造业的规模经济和集聚经济为基础，以交通技术的改进为条件。但随着现代信息技术的发展，信息网络将使城市居民的工作、教育、生活、购物、就医、娱乐等打破时空限制，人们对办公室、学校、购物中心、医院、交通工具等的依赖性大大减弱；部分工业生产对资源、对高度集中的生产规模的依赖性亦降低，削弱了集聚的动力。这就大大地拓宽了城市的活动空间，城市空间布局结构也呈现扩散化趋向。在总体呈现扩散化的趋势下，城市也有一定程度的集聚。由于现代社会需要更高质量的协调与合作，这就要求城市各种功能在中心区域重新融聚。现代信息技术使城市发展可以根据各自所需更自由地选择其规模和空间布局结构。扩散化趋势将引导城市，尤其是特大城市和大城市产业和人口的分散，使其部分工业职能外迁，城市外围出现了一些新的工业生产区域城镇群体，集聚化趋势则促使了中心地区的进一步发展和繁荣，城市中枢功能更为强大。

4）城市尤其是大城市和特大城市的信息中心职能日趋加强

一方面，现代信息技术的产生，为信息的处理提供了先进的技术条件，为人们使用有序的信息提供了方便；另一方面，现代信息技术的产生又加速了信息的产生与传递。城市是区域社会经济活动中心，其交通、通信、科技力量、大众传媒等的服务水平优越，信息交汇便捷，为信息产业的发展提供了良好的客观条件，同时城市的中心地位的加强也要求信息产业的发展要加快。信息产业作为知识密集型的新兴产业，必然首先在城市兴起。在新技术革命兴起的今天，城市不仅是人流物流的集散地，更是创造、获得和传播信息的场所。信息是资源，是财富。信息开发和服务水平的高低、信息产业的发达与否，已成为城市社会经济发展水平的重要标志。简言之，对应于人类社会从农业社会进入工业社会再开始步入信息社会的发展历程，城市的发展史也将走过从政治中心到经济中心再到文化信息中心的演变过程。

5) 为解决城市交通问题提供了可能

城市交通问题是城市生长发育过程中的失衡现象之一,解决交通拥挤、堵塞的传统办法莫过于发展集体交通运输系统、限制私人汽车的发展、增加道路网的密度等等,但这都只是"治标不治本"。随着现代信息技术的发展,从根本上解决这一问题将成为可能。首先,城市交通问题产生于不断增长的交通量和滞后的交通设施之间的失衡,由于现代信息技术使人类跨越了时空限制,改变了人们与外界交流、交往的方式,城市中出行人数和次数减少,城市的交通总量必然下降;其次,现代信息技术将大大提高现有交通设施的服务水平,通过建立智能交通系统,解决好车内信息、车外环境信息的传送和交换处理,对城市的交通流量进行全面的动态协调控制,从而实现城市交通的高效率。

6) 城市建筑智能化

现代信息技术通过与现代建筑技术相结合,赋予了现代建筑全新的概念和更多的功能。世界上第一幢智能大厦是 1984 年在美国康涅狄格州的哈特福德市建成的,现在智能建筑已成为都市现代化的标志。一般来说,智能建筑都具有办公自动化、楼宇自动化、通信自动化、消防自动化和保安监控自动化等功能。

7) 城市管理与监控手段更为发达

我们知道,城市是一个社会、经济、自然复合的大系统,城市管理是一个涉及面广、变量多、层次多、目标多的综合性管理,传统管理手段已越来越不适应城市发展更加复杂、多变的趋势。现代信息技术能十分快捷地提供各种背景资讯,减少了因通信手段落后、方式简单和邮路误差所造成的信息失真,从而使决策可以做到更为科学、缜密和及时。城市管理与监控手段将变得更为先进和发达,借助计算机网络,城市建设与管理能真正摆脱"人治",走上"法治"轨道。

8) 全方位地影响了城市居民的生活方式

现代信息技术不仅影响城市的有形方面,对城市的无形方面也有影响。信息网络使远程办公、远程教学、网上购物、就医、娱乐等成为人们日常生活的一部分,而且加强了人与人之间的信息交流,促进了文化的多元化和多样性,人们能更方便地向社会表达自己的意愿,参与公共事务的管理社会将进一步走向公开化和民主化。

2. 现代信息技术对城市发展的负面影响

科学技术的发展像一把双刃剑,一方面给人类的未来带来了光明,使人憧憬未来;另一方面也使人类的未来笼罩上阴影,使人不无忧虑和担心。现代信息技术对城市发展的负面影响主要表现在以下方面:

1) 可能会加剧人类生态环境的恶化

现代信息技术的发展使人们选择居住地标准从重视城市空间区位转向重视生活环境,这样势必加速城市人口向乡间疏散,将使残留的森林、荒野、稀有动植物更快速绝迹。这要求政府加强对环保的管理。

2) 加大了城市人口的就业压力

虽然现代信息技术创造的就业岗位是否少于其取代的就业岗位还有争议,但现代信息技术的发展使社会的就业结构向智能化趋势发展却是共识。因而至少现代信息技术会导致结构性失业。解决这个问题根本办法在于人们要"终身学习",这要求城市教育信息网提供方便。

3）不同地域之间的信息分配不公平

信息高速公路可以使地域的空间差别缩小到最小，但由于信息高速公路的建设是有时序性的，其到达的地域有先有后，这就造成了地域之间的信息分配不公，城乡之间差距有可能扩大。大城市的城市规划者应充分认识到这一点，全盘考虑信息高速公路的建设。

4）使社会隔离问题严重化

在工业社会，人们居住地的选择往往取决于交通距离、环境条件、个人收入三个因素，在信息社会，人们的居住地主要取决于环境和收入，而收入主要取决于智力高低，这势必造成人口进一步分化，在城市空间上产生严重隔离，因此破坏合理的社会结构。

5）人类信息环境面临许多前所未有的难题

现代信息技术给人类带来了高效、方便的信息服务，同时也使人类信息环境面临许多前所未有的难题，如隐私权受侵问题、知识产权问题、信息污染问题和信息安全问题等。

1.2　计算机网络概念

计算机网络是指将有独立功能的多台计算机，通过通信设备线路连接起来，在网络软件的支持下，实现彼此之间资源共享和数据通信的整个系统。

计算机网络的基本功能是数据通信和资源共享。资源共享包括硬件、软件和数据资源的共享。

1.3　计算机网络分类

学习计算机网络，首先就要了解目前主要网络类型，分清哪些是我们初级学习者应该掌握的，哪些是目前的主流网络类型。

1.3.1　常见计算机网络的分类方法

网络类型的划分标准各种各样，按网络传输技术可以将计算机网络分为广播式网络（broadcast networks）和点点式网络（point-to-point networks）。按覆盖的地理范围可以将计算机网络分为局域网（Local Area Network，LAN）、城域网（Metropolitan Area Network，MAN）和广域网（Wide Area Network，WAN）。

1.3.2　局域网、城域网和广域网

1. 局域网的技术特点

局域网是我们最常见、应用最广的一种网络。现在局域网随着整个计算机网络技术的

发展和提高得到充分的应用和普及,几乎每个单位都有自己的局域网,有的甚至家庭中都有自己的小型局域网。很明显,所谓局域网,那就是在局部地区范围内的网络,它所覆盖的地区范围较小。局域网在计算机数量配置上没有太多的限制,少的可以只有两台,多的可达几百台。一般来说在企业局域网中,工作站的数量在几十到两百台次左右。在网络所涉及的地理距离上一般来说可以是几米至 10 公里以内。局域网一般位于一个建筑物或一个单位内,不存在寻径问题,不包括网络层的应用。

这种网络的特点就是:连接范围窄、用户数少、配置容易、连接速率高。

2. 城域网的技术特点

城域网是介于广域网与局域网之间的一种高速网络,它设计的目标是要满足几十公里范围内的大量企业、机关、公司的多个局域网互联的需求。这种网络一般来说是在一个城市,但不在同一小地理范围内的计算机互联。这种网络的连接距离可以在 10～100 公里,它采用的是 IEEE 802.6 标准。MAN 与 LAN 相比扩展的距离更长,连接的计算机数量更多,在地理范围上可以说是 LAN 网络的延伸。在一个大型城市或都市地区,一个 MAN 网络通常连接着多个 LAN 网。如连接政府机构的 LAN、医院的 LAN、电信的 LAN、公司企业的 LAN 等等。由于光纤连接的引入,使 MAN 中高速的 LAN 互联成为可能。

城域网多采用 ATM 技术做骨干网。ATM 是一个用于数据、语音、视频以及多媒体应用程序的高速网络传输方法。ATM 包括一个接口和一个协议,该协议能够在一个常规的传输信道上,在比特率不变及变化的通信量之间进行切换。ATM 也包括硬件、软件以及与 ATM 协议标准一致的介质。ATM 提供一个可伸缩的主干基础设施,以便能够适应不同规模、速度以及寻址技术的网络。ATM 的最大缺点就是成本太高,所以一般在政府城域网中应用,如邮政、银行、医院等。

3. 广域网的技术特点

广域网也称为远程网,所覆盖的范围比城域网(MAN)更广,它一般是在不同城市之间的 LAN 或者 MAN 网络互联,地理范围可从几百公里到几千公里。因为距离较远,信息衰减比较严重,所以这种网络一般是要租用专线,通过 IMP(接口信息处理)协议和线路连接起来,构成网状结构,解决寻径问题。这种城域网因为所连接的用户多,总出口带宽有限,所以用户的终端连接速率一般较低。

1.4 计算机网络的组成与结构

计算机网络的组成元素可以分为两大类,即网络节点和通信链路。网络节点又分为端节点和转接节点。端节点指信源和信宿节点,例如用户主机和用户终端;转接节点指网络通信过程中起控制和转发信息作用的节点,例如交换机、集线器、接口信息处理机等。通信链路是指传输信息的信道,可以是电话线、同轴电缆、无线电线路、卫星线路、微波中继线路、光纤缆线等。网络节点通过通信链路连接成的计算机网络如图 1.1 所示。

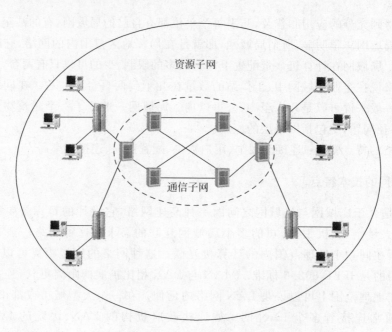

图 1.1　资源子网与通信子网关系图

在图 1.1 中,虚线框外的部分称为资源子网。资源子网中包括拥有资源的用户主机和请求资源的用户终端,它们都是端节点。框内的部分叫做通信子网,其任务是在端节点之间传送由信息组成的报文,主要由转接节点和通信链路组成。

1.4.1　资源子网的概念

资源子网由计算机系统、终端、终端控制器、联网外设、各种软件资源与信息资源组成。资源子网主要负责全网的数据处理业务,向网络用户提供各种网络资源和网络服务。

主计算机系统简称主机(Host),它可以是大型机、中型机、小型机。主机是资源子网的主要组成单元,它通过高速通信线路与通信子网的通信控制处理机相连接。普通用户终端通过主机联入网内。主机要为本地用户访问网络其他主机设备和资源提供服务,同时为远程服务用户共享本地资源提供服务。

终端(Terminal) 是用户访问网络的界面。终端可以是简单的输入、输出终端,也可以是带有微处理机的智能终端。终端可以通过主机联入网内,也可以通过终端控制器、报文分组组装与拆卸装置或通信控制处理机联入。

1.4.2　通信子网的概念

通信子网是指网络中实现网络通信功能的设备及其软件的集合,通信设备、网络通信协议、通信控制软件等属于通信子网,是网络的内层,负责信息的传输。主要为用户提供数据的传输、转接、加工、变换等通信子网的设计一般有两种方式:点到点通道和广播通道。通信子网的任务是在端节点之间传送报文,主要由转节点和通信链路组成。在 ARPA 网中,把转节点通称为接口处理机(IMP)。

1.4.3 现代网络结构的特点

计算机连接的方式叫做"网络拓扑结构"(Topology)。网络拓扑是指用传输媒体互联各种设备的物理布局。设计一个网络的时候,应根据自己的实际情况选择正确的拓扑方式。每种拓扑都有它自己的优点和缺点。

1. 网络拓扑的分类

网络拓扑可以根据通信子网的通信信道分为两类:广播通信信道子网的拓扑与点到点通信子网的拓扑。采用广播通信信道子网的基本拓扑结构主要有总线型、树型、环型、无线通信与卫星通信型。采用点到点的通信子网的基本拓扑结构主要有星型、环型、树型与网状型拓扑。

2. 网络的拓扑结构

网络的拓扑结构分为逻辑拓扑结构和物理拓扑结构,下面主要介绍物理拓扑结构。

1) 总线型拓扑结构

总线型拓扑结构是一种基于多点连接的拓扑结构,所有的设备连接在共同的传输介质上。总线拓扑结构使用一条所有 PC 都可访问的公共通道,每台 PC 只要连一条线缆即可,但是它的缺点是所有的 PC 不得不共享线缆,优点是不会因为一条线路发生故障而使整个网络瘫痪。

2) 环型拓扑结构

环型拓扑结构是把每台 PC 连接起来,数据沿着环依次通过每台 PC 直接到达目的地,在环型结构中每台 PC 都与另两台 PC 相连,每台 PC 的接口适配器必须接收数据再传往另一台,一台出错,整个网络就会崩溃。因为两台 PC 之间都有电缆,所以能获得好的性能。

3) 树型拓扑结构

树型拓扑结构是把整个电缆连接成树型,每个小树枝有一台计算机。优点是布局灵活,缺点是故障检测较为复杂。

4) 星型拓扑结构

星型拓扑结构是在中心放一台计算机,每个臂的端点放置一台 PC,所有的数据包及报文通过中心计算机来通信,除了中心机外每台 PC 仅有一条连接。星型拓扑结构在网络布线中较为常见。

5) 菊花链拓扑结构

菊花链拓扑结构类似于环型拓扑结构,但是中间有一对断点。

以上几种拓扑结构可以混合使用,并且星型拓扑较为常见。

要注意区分开网络物理拓扑结构和逻辑拓扑结构。物理拓扑结构是连接 PC 的真实路径。逻辑拓扑结构是数据由一台 PC 传输到另一台 PC 的实际流向而构成的路径。

1.5　典型计算机网络

1. ARPAnet

1969 年 11 月,实验性的 ARPAnet 开通;1975 年,ARPAnet 已经联入了 100 多台主机,并且结束了网络实验阶段,移交美国国防部国防通信局正式运行;1983 年 1 月,ARPAnet 向 TCP/IP 的转换结束;20 世纪 80 年代中期,ARPAnet 成为 Internet 的主干网;1990 年,ARPAnet 退役。ARPAnet 对网络的产生与发展起到重要的影响。

2. NSFnet

NSFnet 采取的是一种层次型结构,分为主干网、地区网与校园网;1990 年 NSFnet 主干网的传输速率为 44.746Mb/s;1995 年 4 月 1 日,NSF 和 MCI 合作创建了 NvBS(very high-speed backbone service);NvBS 主干网运行的速率范围是从 622Mb/s(OC12)到 4.8Gb/s(OC48)。

3. Internet

20 世纪 80 年代中期人们开始认识到 Internet 的重要作用;90 年代是 Internet 历史上发展的最快的时期;Internet 应用主要有 E-mail、WWW、Telnet、FTP 与 Usenet 等,随着 Internet 规模和用户的不断增长,Internet 上的应用领域也进一步得到开拓;从用户的角度来看,Internet 是一个全球范围的信息资源网;从网络结构角度看,Internet 是一个由路由器互联起来的大型网际网。

4. Internet2

由于 Internet 的商业化,业务量增多,导致网络性能降低;1996 年 10 月,一些大学申请建立 Internet2,为其成员组织服务,初始运行速率可达 10Gb/s;Internet2 可以用于多媒体虚拟图书馆、远程医疗、远程教学、视频会议、视频点播 VOD、天气预报等领域;Internet2 在网络层运行的是 IPv4,同时也支持 IPv6 业务,希望形成下一代 Internet 的技术与标准;人们希望利用更加先进的网络服务技术,开展全球通信、数字地球、环境检测预报、能源与地球资源的利用研究,以及紧急事务的快速反应系统的研究与应用。

1.6　网络技术发展趋势

1. 移动计算网络的研究与应用

移动计算网络是当前网络领域中一个重要的研究课题;移动计算是将计算机网络和移动通信技术结合起来,为用户提供移动的计算环境和新的计算模式,其作用是在任何时间都能够及时、准确地将有用信息提供给在任何地理位置的用户;移动计算技术可以使用户在汽车、飞机或火车里随时随地办公,从事远程事务处理、现场数据采集、股市行情分析、战场指挥、异地实时控制等。移动计算网络的主要研究内容有蜂窝式数字分组数据通信平台的应用、无线局域网的应用、Ad hoc 网络的研究与应用、无线应用协议 WAP 等。

移动计算机网络已经在亚洲和欧洲的部分城市发展迅猛。2009 年推出的苹果 iphone 是美国市场移动网络的一个标志事件,这仅仅是个开始,在未来 10 年的时间里将有更多的定位感知服务可通过移动设备来实现,例如当人们逛商场的时候,会收到很多定制的购物优惠信息,或者当人们在驾驶车的时候,收到地图信息,或者跟朋友在一起的时候收到玩乐信息等。

2. 多媒体网络的研究与应用

人们在大脑中存储的对客观世界的认识,是综合的多媒体信息。人类的认识从感性上升到理性的过程也是一种多媒体信息的处理过程。现在,高度综合先进信息技术的计算机网络应用已越来越广泛地深入到社会生活的各个方面,人们从计算机网络得到各种服务,还希望能像人类直接观察客观世界一样进行互联网技术行为。具有文字、图形、图像和声音等多种信息形式的网络感受是人类自然信息器官对多媒体信息的自然需求,这一人类需求推动了各种信息技术与多媒体技术的结合,特别是计算机网络技术与多媒体技术的结合。因此,多媒体技术与计算机网络的结合与融合既是多媒体技术发展的必然趋势,也是计算机网络技术发展的必然趋势。

通过网络和多媒体技术的结合,参与者与计算机组成了一个统一的虚拟环境。在网络多媒体系统所提供的虚拟空间中,多台计算机及其用户通过网络构成一个分布式交互仿真环境;多媒体网络需要支持多媒体传输所需要的交互性与实时性要求;典型的网络多媒体系统有网络视频会议系统、分布式多媒体交互仿真系统、远程教学系统与远程医疗系统。

3. 基于网络的并行计算

并行计算是指同时使用多台计算机协同合作解决计算问题的过程,其主要目的是快速解决大型且复杂的计算问题。

机群计算是采用高速网络连接一组工作站或微机组成一个机群,或在通用网上寻找一组空闲处理机形成一个动态的虚拟机群,在中间件管理控制下提供具有很高性价比的高性能计算服务。机群系统主要包括下列组件:

- 高性能的计算节点机(PC 或工作站);
- 具有较强网络功能的微内核操作系统;
- 高性能的局域网系统;
- 高速传输协议和服务;
- 中间件与并行程序设计环境;
- 编译器和语言等;
- 网格计算。

网格计算被定义为一个广域范围的无缝的集成和协同计算环境;网格计算不仅提供利用超级计算能力与环境,还是一种基础组织。它把各种其他类远程资源和设备组织成统一的整体,这些设备包括从传感器到数据源、从超级计算机到个人数字设备等广泛的领域,对用户提供最普遍的服务；网格计算包括分布式计算、高吞吐量计算、协同工程和数据查询等多种功能。它也可理解为一种把广义的各类资源(包括机群系统)综合起来的超级机群；网格计算的应用包括：桌面超级计算、智能设备、协同环境与分布式并行计算；桌面超级计算可以将普通桌面用户和超级计算中心、大型数据库连接起来,用户可以不受距离限制使用这些计算能力；智能设备可以连接用户和大量的、分布的、远程的智能设备,如显微镜、望远镜、传感器、卫星设备等,进行实时处理和远程操作等；协同环境可以连接多个虚拟环境使不同位置的用户能进行交互、仿真。

4. 存储区域网络的研究与应用

存储区域网络(SAN)是一种高速网络或子网络,提供在计算机与存储系统之间的数据传输。存储设备是指一张或多张用以存储计算机数据的磁盘设备。一个 SAN 网络由负责网络连接的通信结构、负责组织连接的管理层、存储部件以及计算机系统构成,从而保证数据传输的安全性和力度。

Internet 与存储技术的结合,数据存储数量的剧增和对数据高效管理的要求导致了存储区域网络(Storage Area Network,SAN)和网络连接存储(Network Attached Storage,NAS)的出现；网络存储的一个重要发展趋势是存储服务提供商(Storage Services Provider,SSP)的出现；SSP 将提供 Internet 存储服务和资源。

5. 开放和大容量的网络系统

系统开放性是任何系统保持旺盛生命力和能够持续发展的重要系统特性,是计算机网络系统发展的一个重要方向。基于统一网络通信协议标准的互联网结构,正是计算机网络系统开放性的体现。

Internet 依据的 TCP/IP 协议栈已逐步成为事实上的计算机网络通信体系结构的国际标准,各种不同类型的巨、大、中、小、微型机及其他网络设备,只要所装网络软件遵循 TCP/IP 协议栈的标准,都可联入 Internet 中协同工作。互联网在网络通信体系第三层路由交换功能统一管理下,实现不同通信子网互联的结构,它体现了网络分层体系中支持多种通信协议的低层开放性,把高速局域通信网、广域公众通信网、光纤通信、卫星通信及无线移动通信等各种不同通信技术和通信系统有机地联入到计算机网络这个大系统中,构成覆盖全球、支持数亿人灵活、方便上网的大通信平台。

近几年来,各种互联设备和互联技术的蓬勃发展,统一协议标准和互联网结构形成了以 Internet 为代表的全球开放的计算机网络系统。计算机网络的这种全球开放性使它要面向数十亿的全球用户,迅速增加资源,这将推动计算机网络系统向广域的大容量方向发展。对网络系统的大容量需求又将推动网络通信体系结构、通信系统、计算机和互联技术向高速、宽带、大容量方向发展。网络宽带、高速和大容量方向是与网络开放性方向密切联系的,21 世纪的现代计算机网络将是不断融入各种新信息技术、具有极大丰富资源和进一步面向全球开放的广域、宽带、高速网络。

6. 网络个性化服务

最初的互联网发展的重点是着重与商家的合作、服务效率的提高、信息的标准化以及服务的开放程度。在这种模式下,用户的参与被降低到最小程度。近年来,随着互联网服务的经营方式向最终客户转移,尤其是无线移动用户对互联网服务"随时随地"要求的迅猛增长,新的运营模式形成,像所有传统产业一样,用户丰富的背景、千变万化的需求都将对互联网服务产生紧迫和深远的影响。其最终目标是满足个人用户复杂多变的需求。进一步而言,互联网服务需要把个人用户的需求划分为不同类型,并根据其分类决定是否有相应的服务满足该需求。

今天,互联网服务已开始提供一些简单的"以用户为中心"的个性化服务。以雅虎为例,每个用户都可以拥有"我的雅虎",是因为雅虎给每一个注册用户提供了一份私人档案,用户可以选择那些自己感兴趣的新闻,可以自行设置雅虎首页,可以在雅虎网站上存入自己的信用卡信息,也可以在雅虎音乐专线为自己创造一个"个人频道"。而这一切,在该用户下次登录时依然有效。

7. 高效、安全的网络管理

计算机网络是一个复杂的系统,结构日益复杂,如果没有有效的管理方法,很难维持正常运行。计算机网络管理的基本任务包括网络系统配置管理、性能管理、故障管理和安全管理等几个主要方面。

网络管理问题是计算机网络系统的一个重要的全局性问题,必须对网络管理问题作一体化的统盘考虑。系统设计者经常需要系统安全、可靠性指标和其他质量指标。采用什么样的网管方法和系统方案,不仅影响网络系统的功能和性能,而且也直接影响网络系统的结构,网络管理系统已成为现代计算机网络系统中不可分割的一部分。

网络管理着眼于网络系统整体功能和性能的管理,在当前网络全球化的大发展的形势下,各种危害网络安全的因素,如病毒、黑客、垃圾邮件、计算机犯罪等也很猖獗,具有全球传播的特点,甚至可能威胁网络系统的生存。因此,进一步研究和发展各种先进的访问控制、防火墙、反病毒、数据加密和信息认证等网络系统信息安全技术已成为计算机网络系统发展不可缺少的重要保障。现代计算机网络管理应该更加高效,更加安全可靠。

8. 智能网络的研究与应用

人工智能可能会是计算机历史中的一个终极目标。从 1950 年阿兰·图灵提出图灵测试开始,人工智能就成为计算机科学家们的梦想。

在接下来的网络发展中,人工智能使机器更加智能化。人工智能的近期研究目标在于建造智能计算机,用以代替人类从事脑力劳动,使现有的计算机更聪明更有用。正是根据这一近期研究目标,人们才把人工智能理解为计算机科学的一个分支。人工智能还有它的远期研究目标,即探究人类智能和机器智能的基本原理,研究用自动机(automata)模拟人类的思维过程和智能行为。这个长期目标远远超出计算机科学的范畴,几乎涉及自然科学和社会科学的所有学科。

目前,已经在一些网站应用一些低级形态人工智能。人工智能赋予网络很多的承诺,人工智能技术现在正被用于一些搜索技术、识别人脸等等。

习题 1

一、单项选择题

1. 用户资源子网是由（　　）组成的。

A. 主机、终端控制器、传输链路 　　　　　　　B. 主机、终端、终端控制器

C. 终端、交换机、传输链路 　　　　　　　　　D. 通信控制处理机、传输链路

2. 下面（　　）项不能作为通信子网的设备。

A. 网络节点、传输链路 　　　　　　　　　　　B. 交换机、传输链路

C. 网络节点、终端机 　　　　　　　　　　　　D. 通信控制处理机、传输链路

3. 在各种网络拓扑结构中，可靠性最高的是（　　）。

A. 分布式 　　　　B. 分散式 　　　　C. 集中式 　　　　D. 星型与格状网的混合

4. 信息传输速率的单位一般为（　　）。

A. b 　　　　　　B. b/s 　　　　　　C. mhz/s 　　　　D. mps

5. 数据链路层的服务数据单元为（　　）。

A. 比特 　　　　　B. 帧 　　　　　　C. 分组 　　　　　D. 报文

6. 未来全世界信息高速公路的雏形是（　　）。

A. NII 和 GII 　　B. Internet 网 　　C. Arpa 网 　　　D. NSF 网

7. 信息高速公路最早由（　　）提出。

A. 美国 　　　　　B. 欧洲 　　　　　C. 联合国 　　　　D. 日本

8. Internet 主要由（　　）、通信线路、服务器与客户机和信息资源 4 部分组成。

A. 网关 　　　　　B. 路由器 　　　　C. 网桥 　　　　　D. 集线器

9. 典型的网络多媒体系统有（　　）、分布式多媒体交互仿真系统、远程教学系统与远程医疗系统。

A. 网络视频会议系统 　　　　　　　　　　　　B. 数据库系统

C. 操作系统 　　　　　　　　　　　　　　　　D. 行政管理系统

10. 一个计算机网络一般由资源子网、一系列通信协议和（　　）组成。

A. 若干数据库 　　　　　　　　　　　　　　　B. 通信子网

C. 网络结构 　　　　　　　　　　　　　　　　D. 若干主机

二、填空题

1. 按照网络的分布地理范围，可以将计算机网络分为（　　）、（　　）和（　　）三种。

2. 计算机网络的发展经历了（　　）、（　　）和（　　）三个阶段。

3. 计算机网络的主要功能包括（　　）和（　　）。

4. 计算机网络在逻辑功能上分为（　　）子网和（　　）子网两个部分。

5. 计算机网络中采用点到点的通信子网的拓扑结构主要有（　　）、（　　）、（　　）与网状型拓扑。

6. 计算机处理的信号是（　　），公用电话系统传输的是（　　）。

7. 数据从发出到被接收的整个过程称为通信过程，通信过程中每次通信包含（　　）和

（　　）两个内容。

8. 20 世纪 70 年代，（　　）的出现是计算机网络发展的里程碑，其核心技术是（　　）。

9. 从网络的使用范围进行分类，计算机网络可以划分为（　　）和（　　）。

三、简答题

1. 简述局域网的特点。

2. 建立互联网络的目标是什么？

3. 按网络的拓扑结构，计算机网络可以划分为哪几类？

4. 一个计算机网络由哪三个主要部分组成？

计算机网络体系结构

- 计算机网络体系结构的形成；
- 网络体系结构的基本概念；
- 开放系统互连参考模型；
- TCP/IP 的体系结构；
- OSI 与 TCP/IP 模型的比较。

计算机网络涉及到计算机技术、通信技术等多个方面，计算机网络的应用领域广泛，涉及到经济、军事、政府、教育、家庭生活等各个领域。

计算机网络由多个互联的节点组成，节点之间不断地交换数据和控制信息，为了正确地传送和接收网络中的数据，计算机网络需要按照结构化设计方法采用功能分层原理来实现，即计算机网络体系结构是为解决计算机网络的这一关键问题而设计的。

体系结构是研究系统各部分组成及相互关系的技术科学。网络体系结构就是为了完成计算机之间的通信合作，把每台计算机的功能划分层次，每层有明确定义，并规定了同层次通信的协议及相邻接口及服务，将各层次通信协议及相邻层的接口统称为网络体系结构。

2.1 计算机网络体系结构的形成

将各种计算机网络连接起来，最大范围地实现计算机网络资源的共享是计算机网络追求的目标，为了达到这一目标，设计计算机网络的统一标准就显得十分重要，也就是说要实现计算机网络体系结构的标准化。

1974 年，美国 IBM 公司宣布了著名的按分层方法制订的系统网络体系结构 SNA (System Network Architecture)。与 OSI 七层参考模型不同的是 SNA 模型只有六层，它没有为物理层定义协议，物理层是通过其他标准实现的。尽管现在 SNA 模型被认为是一种旧网络模型，但不断改进的 SNA 仍是使用较为广泛的一种网络体系结构。

国际标准化组织在 1977 年成立了专门机构研究，试图提出一个计算机在世界范围内互联的标准框架，即开放系统互连参考模型 OSI/RM（Open System Interconnection/Reference Model），简称为 OSI。"开放"的含义是：只要遵守 OSI 标准，一个计算机系统就可以和世界上任何一个也遵守该标准的其他计算机系统进行互联通信。1983 年，形成 OSI/RM 正式文件——ISO7498 国际标准。

但是，规模最大的计算机互联网 Internet 并未使用 OSI 标准。原因在于：一方面，OSI 标准的制定周期过长，使按 OSI 标准生产的设备无法及时进入市场；另一方面，OSI 标准实现起来复杂，运行效率低，OSI 的层次划分不太合理，使有些功能在多个层次中重复出现。

　　发展到 20 世纪 70 年代末，出现了局域网，这是计算机网络发展过程中的大事件，局域网使在一定范围内的许多微型计算机互联在一起交换信息，而且，局域网联网简单，价格便宜，使用方便，传输速率高，因此局域网逐步得到很大发展。

2.2　网络体系结构的基本概念

　　网络体系（Network Architecture）是为了使计算机完成相互之间的通信合作，把每台互联计算机的功能明确划分成特定的层次，并规定了同层次通信的协议及相邻的接口及服务。

　　网络体系结构是指用分层研究方法规定的网络分层及其功能、各层协议和接口的集合。

　　计算机网络体系结构是指计算机网络层次结构模型和各层协议的集合。计算机的网络结构可以从网络体系结构、网络组织和网络配置三个方面来描述，网络体系结构是从功能上描述计算机网络结构；网络组织是从网络的物理结构和网络的实现两方面来描述计算机网络；网络配置是从网络实际应用方面来描述计算机网络的布局、硬件、软件和通信线路。

　　研究计算机的网络体系结构是将复杂的系统设计问题分解成一个个容易处理的子问题或分成层次分明的一组容易处理的子问题，然后加以解决。

　　采用层次结构方法的优点如下：

- 各层之间互相独立，结构清晰，易于实现和维护。
- 定义并提供具有兼容性的标准接口，灵活性好。
- 使设计人员能专心设计和开发所关心的功能模块。
- 能促进标准化工作。
- 适应性强。由于结构上分割开，各层可以采用各自最合适的技术来实现。
- 一个区域网络的变化不会影响另外一个区域的网络，因此每个区域的网络可单独升级或改造。

2.3　开放系统互连参考模型

　　开放系统互连参考模型（OSI/RM），是国际标准组织提出的一个使各种计算机在世界范围内互联成网络的标准框架。

2.3.1　分层的作用和含义

　　网络中的计算机类型不同，使用的操作系统也不尽相同，由几百台乃至几千台计算机连成的计算机网络是一个大的系统。

举一个例子说明：

假定 A 是 X 国公司经理，B 是 Y 国公司的经理，A、B 想通过文本通信的方式对某件事进行沟通。具体做法是：A 把信写好后交给他的秘书，然后秘书将信的内容翻译成英文，用 A4 纸打印出来，由 A 经理签字并盖章，用特快专递邮寄。此后，这封信就作为特快专递信件按邮局的发送顺序被发到了 Y 国公司。在 Y 国公司，B 的秘书将英文信件翻译成本国语言，用 A4 纸打印出来，检查、核对，标上接收日期送交 B 经理进行处理。

这件事情至少可分为三个层次。最高层为经理层，A、B 了解他们所要商谈的事情；下面一层是秘书层，这一层不必了解商谈内容，只负责翻译信笺，装、拆信封，编号；最低层是邮政层，邮局的人负责将信件从发送地送到接收地，这一层完全不管信件的性质、所用语言，更不管信件的内容。

这种分层做法的好处是，每一层是完成一种相对独立的功能，将复杂的系统问题分层为若干易处理的小问题。计算机系统之间的通信与以上寄信过程虽然有很大差别，但其分层的目的是一致的。把网络体系分成复杂性较低的单元，可以实现以下优势：

(1) 结构清晰，易于实现和维护；

(2) 接口易于标准化；

(3) 设计开发人员的专业化；

(4) 独立性强，通过层间接口提供服务，只要服务和接口不变，各层内容实现方法可任意改变；

(5) 一个区域网络的变化不会影响另外的区域网络，区域网络可单独升级或改造。

进行通信的两个系统应具有相同的层次结构，如图 2.1 所示，两个不同系统的相同的层次称为同等层或对等层。通信在对等层上的实体之间进行(实体泛指任何以发送或接收信息的软件或设备)，双方实现第 N 层功能所遵守的规则，就称为第 N 层协议。计算机网络按功能进行分层并且给各层规定了相应的协议，就形成了网络的体系结构。

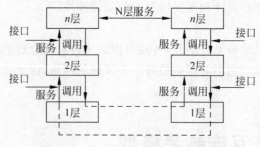

图 2.1　计算机网络的层次结构

2.3.2　ISO/OSI 参考模型

OSI 将计算机网络体系结构(architecture)划分为以下 7 层，如图 2.2 所示。

1. 物理层(Physical Layer)

物理层是 OSI 模型中最低的一层，提供传输数据所需要的物理链路，包括建立、维持和拆除，确保原始数据可在各种物理媒体上传输。

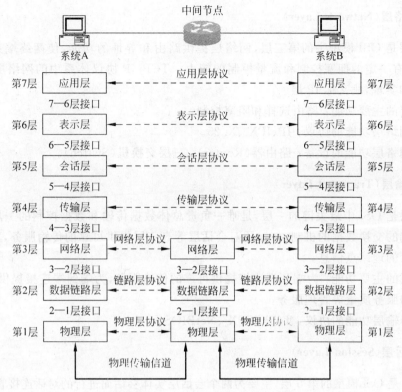

图 2.2　OSI/RM 参考模型

物理层的功能：为数据端设备提供传送数据通路。

物理层的协议：CCITT V.24 、EIA RS-443 、EIA RS-232C 、ISO-2593。

具有物理层功能的设备：RJ-45 、各种电缆 、串口 、并口 、接线设备。

在 Windows 2000 下，物理层由网络接口卡（NIC）来实现。它的接收器，通过的介质由 NIC 附带。

2. 数据链路层（Data Link Layer）

数据链路层位于物理层与网络层之间，它是 OSI 中比较重要的一层。它将物理层提供的可能出错的物理连接改造成逻辑上无差错的数据链路，并对物理层的原始数据进行数据封装。

数据链路层中的数据封装：封装的数据信息中，包含了地址段和数据段。地址段含有发送节点和接收节点的地址，数据段包含实际要传输的数据。

数据链路层的主要功能：在两个网络实体之间提供数据链路连接的建立、维持和释放管理，构成数据链路数据单元（帧），并对帧定界、同步、收发顺序的控制以及传输过程中的流量控制（Flow Control）、差错检测（Error Detection）和差错控制（Error Control）等方面。

数据链路层的协议：ATM、IEEE 802.2、帧中继（Frame Relay）、HDLC（High-Level Data Link Control，HDLC）等。

数据链路层的设备：集线器和交换机等。

3. 网络层（Network Layer）

网络层是 OSI 模型中的第三层,网络层提供路由和寻址的功能,使两终端系统能够互联,并且具有一定的拥塞控制和流量控制的能力。TCP/IP 协议体系中的网络层功能由 IP 协议规定和实现,故又称 IP 层。

网络层的主要功能:路由选择和阻塞控制。

具有网络层功能的协议:IP、IPX 、X. 25。

具有网络层功能的设备:路由器(Router) 、三层交换机(Switch)。

4. 传输层（Transport Layer）

传输层是 OSI 中最关键的一层,是唯一负责总体数据传输和数据控制的一层。传输层提供端到端的交换数据的机制,传输层对会话层等高三层提供可靠的传输服务,对网络层提供可靠的目的地站点信息。

传输层的主要功能:为端到端连接提供可靠的传输服务,为端到端连接提供流量控制、差错控制和服务质量等管理服务。

具有传输层功能的协议:TCP 、SPX 、NetBIOS。

5. 会话层（Session Layer）

会话层是 OSI 模型的第 5 层,主要为两个会话层实体会话而进行的对话连接管理服务。

会话层的主要功能:建立会话,拆除会话等会话管理服务。

6. 表示层（Presentation Layer）

表示层为不同终端的上层用户提供数据和信息的语法表示变换方法。

表示层的主要功能:数据语法转换 、语法表示、连接管理 、数据处理 、数据加密 、数据压缩。

具有表示层功能的协议:HTTP/HTML 、FTP 、Telnet 、ASN. 1。

7. 应用层（Application Layer）

应用层向应用程序提供访问网络/OSI 的接口服务。

应用层的主要功能:文件传输,访问和管理 、虚拟终端协议(VTP) 、电子邮件服务。

具有应用层功能的协议:FTP 、SMTP 、POP。

2.3.3 物理层

物理层是 OSI 的第一层,是整个开放系统的基础。物理层为设备之间的数据通信提供传输媒体、互联设备及可靠的传输环境。

1. 媒体和互联设备

物理层的媒体主要包括架空明线、平衡电缆、光纤、无线信道等。通信用的互联设备如计算机、终端、调制解调器等。

LAN 中的同轴电缆、T 型接、插头、接收器、发送器、中继器等都属物理层的媒体和连接器。

2. 物理层的主要功能

(1) 物理层要尽可能地屏蔽掉物理设备和传输媒体,通信手段的差异,使数据链路层不受物理层设备差异的影响。

(2) 给数据链路层提供一条物理的传输媒体,保障传送和接收比特流的能力,为此,物理层要解决物理连接的建立、维持和释放问题。

(3) 在两个相邻系统之间唯一地标识数据电路。

3. 物理层的一些重要标准

物理层的标准和协议早在 OSI/TC97/C16 分技术委员会成立之前就已制定并在应用了,OSI 也制定了一些标准,下面列出一些重要的标准。

(1) ISO2110　ISO2110 称为数据通信——25 芯 DTE/DCE 接口连接器和插针分配,它与 EIA(美国电子工业协会)的"RS-232-C"基本兼容。

(2) ISO2593　ISO2593 称为数据通信——34 芯 DTE/DCE——接口连接器和插针分配。

(3) ISO4092　ISO4092 称为数据通信——37 芯 DTE/DEC——接口连接器和插针分配,与 EIARS-449 兼容。

(4) CCITT V. 24　CCITT V. 24 称为数据终端设备(DTE)和数据电路终接设备之间的接口电路定义表,其功能与 EIARS-232-C 及 RS-449 兼容于 100 序列线上。

2.3.4　数据链路层

数据链路层是 OSI 参考模型中的第二层,介乎于物理层和网络层之间。数据链路层在物理层提供的服务的基础上向网络层提供服务,其最基本的服务是将源机网络层传过来的数据可靠地传输到相邻节点的目标机网络层,可以理解为数据通道。

1. 数据链路层的主要功能

在物理媒体上传输的数据经常会受到各种因素的干扰而产生差错,数据链路层为了弥补物理层上的不足,保障对上层提供无差错的数据传输,就需要对数据进行检错,所以,数据链路层应具备下列相应的主要功能:

(1) 建立、拆除和分离数据链路连接。

(2) 界定帧和帧同步,链路层的数据传输单元是帧,协议不同,帧的长短和界面也有差别,这就需要对帧进行定界和控制帧的收发顺序。

(3) 差错检测和恢复。

(4) 控制流量等。

2. 数据链路层的主要协议

数据链路层协议是为了顺利完成对网络层的服务,主要协议如下所示。

(1) ISO1745—1975　ISO1745—1975是数据通信系统的基本型控制规程。这是一种面向字符的标准,利用10个控制字符完成链路的建立、拆除及数据交换。对帧的收发情况及差错恢复也是靠这些字符来完成的,与ISO1155、ISO1177、ISO2626和ISO2629等标准的配合使用可形成多种链路控制和数据传输方式。

(2) ISO3309—1984　其中有3个标准,分别为ISO3309—1984称为HDLC帧结构。ISO4335—1984称为HDLC规程要素,ISO7809—1984称为HDLC规程类型汇编。这3个标准都是为面向比特的数据传输控制而制定的,经常把以上3个标准的组合称为高级链路控制规程。

(3) ISO7776　ISO7776称为DTE数据链路层规程,与CCITT X.25LAB平衡型链路访问规程相兼容。

3. 数据链路层设备

数据链路设备中最常见的有网卡和网桥。

2.3.5　网络层

网络层的产生是网络发展的结果,随着计算机终端的增多,计算机之间靠中继设备相连,这时就出现了一台终端能和多台终端交换数据的情况,这就需要把任意两台数据终端设备的数据链接起来,也就是路由或者叫寻径。另外,还有一种情况是当一条物理信道建立之后,被一对计算机终端用户使用,经常会出现空闲时间,于是人们希望让多对终端用户共用一条链路,这一问题的解决产生了逻辑信道技术和虚拟电路技术。

1. 网络层主要功能

网络层是OSI参考模型中的第三层,是通信子网的最高层。网络层关系到通信子网的运行控制,体现了网络应用环境中资源子网对通信子网的访问方式。

网络层的主要任务是将源机传出的数据包传送到目标机,从而向传输层提供最基本的端到端的数据传送服务,网络层主要具有以下功能:

(1) 路由选择和中继。

(2) 激活和终止网络连接。

(3) 采取分时复用技术。

(4) 差错检测。

(5) 排序和流量控制。

(6) 服务选择。

(7) 网络层管理。

(8) 分段和合段。

(9) 流量控制。

（10）加速数据传送。

2．路由选择算法简介

路由算法很多，大致可分为静态路由算法和动态路由算法两类。

1）静态路由算法

静态路由算法又称为非自适应算法，是按某种固定规则进行的路由选择。其特点是算法简单、容易实现，但效率和性能较差。属于静态路由算法的有以下几种：

（1）最短路由选择。

（2）扩散式路由选择。

（3）随机路由选择。

（4）集中路由选择。

2）动态路由算法

动态路由算法又称为自适应算法，是一种依靠网络的当前状态信息来决定路由的算法。这种算法能较好地适应网络流量、拓扑结构的变化，有利于改善网络的性能，但算法复杂，实现造价高，属于动态路由算法的有以下几种：

（1）分布式路由选择策略；

（2）集中路由选择策略。

3．网络层的网络连接设备

1）路由器

在互联网中，两台主机之间传送数据的通路会有很多条，数据包从一台主机出发，经过多个站点到达另一台主机。这些中间站点通常由称为路由器的设备担当，其作用就是为数据包选择一条合适的数据传输路径。

路由器工作在网络层，根据数据包中的逻辑地址（网络地址）来转发数据包。路由器的主要工作是为经过路由器的每个数据包寻找一条最佳的传输路径，可根据网络的拥塞程度，自动选择适当的路径，将该数据包准确有效地传送到目的站点。

路由器与网桥不同之处在于，它并不是使用路由表来找到其他网络中指定设备的地址，而是依靠其他的路由器来完成任务。也就是说，网桥是根据路由表来转发或过滤数据包，而路由器是使用它的信息来为每一个数据包选择最佳路径的。

路由器有静态和动态之分，静态路由器需要管理员来修改所有的网络路由表，一般用于小型的网间互联；动态路由器能根据指定的路由协议来完成对路由器信息的修改。

2）第三层交换机

随着技术的发展，有些交换机也具备了路由的功能，可以在网络层对数据包进行操作，因此也被称为第三层交换机。

2.4　TCP/IP 的体系结构

TCP/IP 为传输控制协议/因特网互联协议，又叫网络通信协议，是 Internet 互联网的基础，它是由网络层的 IP 协议和传输层的 TCP 协议组成的，该协议是网络中"计算机与计算机"之间的"会话协议"。

在阿帕网（ARPR）运作之初，通过接口信号处理机实现互联的计算机并不多，大部分计算机相互之间不兼容。在计算机硬件和软件有差异的情况下实现计算机联网存在很多技术上的困难。当时美国的状况是，陆军用的计算机是 DEC 系列产品，海军用的计算机是 Honeywell 机器，空军用的是 IBM 公司的计算机，每一种计算机在各自的系统中都运行良好，但却不能共享资源。

为了实现计算机的"资源共享"，就得为这些系统建立一个大家都共同遵守的标准，不同的计算机系统按照一定的规则进行合作。1974 年 12 月，卡恩、瑟夫的第一份 TCP 协议详细说明正式发表。当时美国国防部与三个科学家小组签订了完成 TCP/IP 的协议，结果由瑟夫领衔的小组捷足先登，首先制定出了详细定义的 TCP/IP 协议标准。当时作了一个试验，将信息包通过点对点的卫星网络，再通过陆地电缆，再通过卫星网络，再由地面传输，贯穿欧洲和美国，经过各种计算机系统，全程 9.4 万公里竟然没有丢失一个数据位，远距离的可靠数据传输证明了 TCP/IP 协议的成功。

TCP 负责发现传输中的问题，针对问题发出信号，要求重新传输，直到所有数据正确有效地传输到目的地。IP 负责给因特网的每一台计算机规定一个地址。

1983 年 1 月 1 日，运行较长时期曾被人们习惯了的 NCP 被停止使用，TCP/IP 协议作为因特网上所有主机间的共同协议，从此被作为一种必须遵守的规则被肯定和应用，因特网因此而获得巨大发展。

2.4.1 TCP/IP 的概述

TCP/IP 是已连接因特网计算机的通信协议，TCP/IP 定义了电子设备（比如计算机）如何联入因特网，以及数据如何在它们之间传输的标准。

IP（Internet Protocol）协议直译就是因特网协议。从这个名称可以知道 IP 协议的重要性。在现实生活中，进行邮件邮递时都是把邮件打包成纸箱或者集装箱再进行邮递，在网络世界中各种信息也是通过类似的方式进行传输的。IP 协议规定了数据传输时的基本单元和格式，如果比作邮件邮递，IP 协议规定了邮件打包时的包装箱尺寸和打包程序。另外，IP 协议还定义了数据包的递交办法和路由选择。同样用邮件邮递作比喻，IP 协议规定了邮件的邮递方法和邮递路线。

我们已经知道了 IP 协议的重要性，IP 协议规定了数据传输的主要内容，那 TCP 协议是做什么的呢？在 IP 协议中定义的传输是单向的，就好像你投寄的普通信件一样，发出去的信件对方有没有收到我们不知道。那对于重要的信件我们特快专递怎么办呢？TCP 协议就是帮我们寄"特快专递"的。TCP 协议提供了可靠的面向对象的数据流传输服务的规则和约定，简单地说在 TCP 模式中，对方发一个数据包给你，你要发一个确认数据包给对方，由此来确认数据传输的可靠性。

TCP/IP 协议的主要特点如下：

（1）开放的协议标准。

（2）统一的网络地址分配方案。

（3）标准化的高层协议。

TCP/IP 协议的主要缺点如下：

(1) 该协议没有清楚地区分哪些是规范、哪些是实现。

(2) TCP/IP 模型的主机-网络层定义了网络层与数据链路层的接口，并不是常规意义上的一层，接口和层的区别是非常重要的，TCP/IP 模型没有将它们区分开来。

2.4.2　TCP/IP 的层次结构

TCP/IP 是网络中使用的基本的通信协议，从名字上看 TCP/IP 包括两个协议，传输控制协议(TCP)和网际协议(IP)，但 TCP/IP 实际上是一组协议，它包括上百个各种功能的协议，如远程登录、文件传输和电子邮件等，而 TCP 协议和 IP 协议是保证数据完整传输的两个基本的重要协议。通常说 TCP/IP 是 Internet 协议族，而不单单是 TCP 和 IP。

因为 TCP/IP 协议包括 TCP、IP、UDP、ICMP、RIP、TELNETFTP、SMTP、ARP、TFTP 等许多协议，所以说 TCP/IP 是一个协议族，这些协议一起称为 TCP/IP 协议。下面对协议族中一些常用协议英文名称和用途作一介绍：

- TCP(Transport Control Protocol，传输控制协议)；
- IP(Internetworking Protocol，网际协议)；
- UDP(User Datagram Protocol，用户数据报协议)；
- ICMP(Internet Control Message Protocol，互联网控制信息协议)；
- SMTP(Simple Mail Transfer Protocol，简单邮件传输协议)；
- SNMP(Simple Network Manage Protocol，简单网络管理协议)；
- FTP(File Transfer Protocol，文件传输协议)；
- ARP(Address Resolation Protocol，地址解析协议)。

从协议分层模型方面来讲，TCP/IP 由 4 个层次组成：网络接口层、网际层、传输层和应用层，如图 2.3 所示。

其中：网络接口层是 TCP/IP 软件的最低层，负责接收 IP 数据报并通过网络发送之，或者从网络上接收物理帧，抽出 IP 数据报，交给 IP 层。

图 2.3　TCP/IP 参考模型

网际层负责相邻计算机之间的通信，其功能包括三方面。

(1) 处理来自传输层的分组发送请求，收到请求后，将分组装入 IP 数据报，填充报头，选择去往信宿机的路径，然后将数据报发往适当的网络接口。

(2) 处理输入数据报，首先检查其合法性，然后进行寻径——假如该数据报已到达信宿机，则去掉报头，将剩下部分交给适当的传输协议，假如该数据报尚未到达信宿，则转发该数据报。

(3) 处理路径、流控、拥塞等问题。

传输层提供应用程序间的通信。其功能包括：

(1) 格式化信息流。

(2) 提供可靠传输。

为实现后者，传输层协议规定接收端必须发回确认，并且假如分组丢失，必须重新发送。

应用层向用户提供一组常用的应用程序，比如电子邮件、文件传输访问、远程登录等。

远程登录 Telnet 使用 Telnet 协议提供在网络其他主机上注册的接口。Telnet 会话提供了基于字符的虚拟终端。文件传输访问 FTP 使用 FTP 协议来提供网络内机器间的文件复制功能。

数据链路层包括了硬件接口和协议 ARP 和 RARP,这两个协议主要是用来建立送到物理层上的信息和接收从物理层上传来的信息。

网络层中的协议主要有 IP、ICMP、IGMP 等,由于它包含了 IP 协议模块,所以,它是所有基于 TCP/IP 协议网络的核心。在网络层中,IP 模块完成大部分功能,ICMP 和 IGMP 以及其他支持 IP 的协议帮助 IP 完成特定的任务,如传输差错控制信息以及主机/路由器之间的控制电文等。网络层掌管着网络中主机间的信息传输。

传输层上的主要协议是 TCP 和 UDP,正如网络层控制着主机之间的数据传递,传输层控制着那些将要进入网络层的数据。两个协议就是它管理这些数据的两种方式:TCP 是一个基于连接的协议,UDP 则是面向无连接服务的管理方式的协议。

应用层位于协议的顶端,它的主要任务就是应用,具体说来一些常用的协议功能如下:

- Telnet:提供远程登录(终端仿真)服务;
- FTP:提供远程文件访问等服务;
- SMTP:电子邮件协议;
- TFTP:提供小而简单的文件传输服务,实际上从某个角度上来说是对 FTP 的一种替换;
- SNTP:简单网络管理协议;
- DNS:域名解析服务,也就是如何将域名映射成 IP 地址的协议;
- HTTP:这是超文本传输协议,现在能看到网上的图片、动画、音频等等,都是此协议在起作用。

TCP/IP 协议使用范围极广,是目前异种网络通信使用的唯一协议体系,适用于连接多种机型,既可用于局域网,又可用于广域网,许多厂商的计算机操作系统和网络操作系统产品都采用或含有 TCP/IP 协议。TCP/IP 协议已成为目前事实上的国际标准和工业标准。

2.5　OSI 与 TCP/IP 模型的比较

OSI 参考模型与 TCP/IP 协议作为两个为了完成相同任务的协议体系结构,因此二者有比较紧密的关系,OSI 参考模型和 TCP/IP 模型都是分层的模型,不过它们所分的层次有所不同,下面从以下几个方面逐一比较它们之间的联系与区别。

2.5.1　分层结构

OSI 参考模型与 TCP/IP 协议都采用了分层结构,都是基于独立的协议概念。OSI 参考模型有 7 层,而 TCP/IP 协议只有 4 层,即 TCP/IP 协议没有了表示层和会话层,并且把数据链路层和物理层合并为网络接口层。不过,二者的分层之间有一定的对应关系,如图 2.4 所示。

OSI 参考模型	TCP/IP 参考模型
应用层	应用层
会话层	
表示层	
传输层	传输层
网络层	网际层
数据链路层	网络接口层
物理层	

图 2.4　OSI 模型与 TCP/IP 模型的对照

2.5.2　标准的特色

OSI 参考模型的标准最早是由 ISO 和 CCITT(ITU 的前身)制定的,由于通信的技术背景,因此具有了深厚的通信系统特色,通常会考虑到面向连接的服务。它首先定义了一套功能完整的构架,然后根据构架来发展相应的协议与系统。

TCP/IP 协议产生于对 Internet 网络的研究与实践中,是根据实际需求产生的,再由 IAB、IETF 等组织标准化,之前并没有一个严谨的框架;而且 TCP/IP 最早是在 UNIX 系统中实现的,考虑了计算机网络的特点,比较适合计算机实现和使用。

2.5.3　连接服务

OSI 的网络层基本与 TCP/IP 的网际层对应,二者的功能基本相似,但是寻址方式有较大的区别。

OSI 的地址空间为不固定的可变长,由选定的地址命名方式决定,最长可达 160B,可以容纳非常大的网络,因而具有较大的成长空间。根据 OSI 的规定,网络上每个系统至多可以有 256 个通信地址。

TCP/IP 网络的地址空间为固定的 4B(在目前常用的 IPv4 中是这样,在 IPv6 中将扩展到 16B)。网络上的每一个系统至少有一个唯一的地址与之对应。

2.5.4　传输服务

OSI 与 TCP/IP 的传输层都对不同的业务采取不同的传输策略。OSI 定义了 5 个不同层次的服务,即 TP1、TP2、TP3、TP4 和 TP5。TCP/IP 定义了 TCP 和 UPD 两种协议,分别具有面向连接和面向无连接的性质。其中 TCP 与 OSI 中的 TP4,UDP 与 OSI 中的 TP0 在构架和功能上大体相同,只是内部细节有一些差异。

2.5.5　应用范围

OSI 由于体系比较复杂,而且设计先于实现,有许多设计过于理想,不太方便计算机软件实现,因而完全实现 OSI 参考模型的系统并不多,应用的范围有限。但是 TCP/IP 协议最早在计算机系统中实现,在 UNIX、Windows 平台中都有稳定的实现,并且提供了简单方便的编程接口(API),可以在其上开发出丰富的应用程序,因此得到了广泛的应用。TCP/IP 协议已成为目前网际互联事实上的国际标准和工业标准。

从以上的比较可以看出,OSI 参考模型和 TCP/IP 协议大致相似,也各具特色。虽然 TCP/IP 在目前的应用中占了统治地位,在下一代网络(NGN)中也有强大的发展潜力,甚至有人提出了"Everything is IP"的预言。但是 OSI 作为一个完整、严谨的体系结构,也有它的生存空间,它的设计思想在许多系统中得以借鉴,同时随着它的逐步改进,必将得到更广泛的应用。

TCP/IP 目前面临的主要问题有地址空间问题、安全问题等。地址问题有望随着 IPv6 的引入而得到解决,安全保证也正在研究,并取得了不少的成果。因此,TCP/IP 在一段时期内还将保持它强大的生命力。

OSI 的确定在于太理想化,不易适应变化与实现。因此,它在这些方面做出适当的调整,也将会迎来自己的发展机会。

习题 2

一、单项选择题

1. 以下(　　)不是网络上可共享的资源。

A. 文件 　　　　　　B. 打印机 　　　　　C. 内存 　　　　　　D. 应用程序

2. 网关不能在(　　)上实现网络互联。

A. 网络层 　　　　　B. 运输层 　　　　　C. 会话层 　　　　　D. 应用层

3. 将 IP 地址转换为物理网络地址的协议是(　　)。

A. IP 　　　　　　　B. ICMP 　　　　　　C. ARP 　　　　　　D. RARP

4. 目前实际存在与使用的广域网基本都采用(　　)。

A. 总线拓扑 　　　　B. 环型拓扑 　　　　C. 网状拓扑 　　　　D. 星型拓扑

5. 在下列传输介质中,(　　)的抗电磁干扰性最好。

A. 双绞线 　　　　　B. 同轴电缆 　　　　C. 光缆 　　　　　　D. 无线介质

6. 在电缆中屏蔽的好处是(　　)。

A. 减少信号衰减 　　　　　　　　　B. 减少电磁干扰辐射和对外界干扰的灵敏度

C. 减少物理损坏 　　　　　　　　　D. 减少电磁的阻抗

7. 下列传输介质中,(　　)的传输速率最高。

A. 双绞线 　　　　　B. 同轴电缆 　　　　C. 光缆 　　　　　　D. 无线介质

8. 将传输比特流划分为帧,应属于下列 OSI 的(　　)层处理。

A. 物理层 　　　　　B. 数据链路层 　　　C. 传输层 　　　　　D. 网络层

9. 两端用户传输文件,应属于下列 OSI 的(　　)层处理。

A. 表示层 　　　　　B. 会话层 　　　　　C. 传输层 　　　　　D. 应用层

10. OSI 模型把通信协议分成(　　)层。

A. 3 　　　　　　　　B. 7 　　　　　　　　C. 6 　　　　　　　　D. 9

11. (　　)是路由器最主要的功能。

A. 将信号还原为原来的强度,再传送出去

B. 选择信息包传送的最佳路径

C. 集中线路

D. 连接互联网

12. 在 OSI 参考模型的各层中,向用户提供可靠的端到端(End-to-End)服务,透明地传送报文的是(　　)。

A. 应用层　　　　B. 数据链路层　　　　C. 传输层　　　　D. 网络层

13. 对于连接到计算机网络上的计算机(　　)。

A. 各自遵循自己的网络协议　　　　B. 由网络操作系统统一分配工作

C. 一个逻辑整体中的一部分　　　　D. 用户必须了解各台计算机有哪些资源

14. 在计算机网络体系结构中,要采用分层结构的理由是(　　)。

A. 可以简化计算机网络的实现

B. 各层功能相对独立,各层因技术进步而做的改动不会影响到其他层,从而保持体系结构的稳定性

C. 比模块结构好

D. 只允许每层和其上、下相邻层发生联系

15. 以光纤作为传输介质的最大好处为(　　)。

A. 带宽提升　　　　B. 成本降低　　　　C. 管理方便　　　　D. 安装容易

16. 将单位内部的局域网接入 Internet 所需使用的接入设备是(　　)。

A. 防火墙　　　　B. 集线器　　　　C. 路由器　　　　D. 中继转发器

17. 中继器运行在(　　)。

A. 物理层　　　　B. 网络层　　　　C. 数据链路层　　　　D. 传输层

18. 文件传输是使用下面的(　　)协议。

A. SMTP　　　　B. FTP　　　　C. UDP　　　　D. Telnet

19. WWW 的超链接中定位信息所在位置使用的是(　　)。

A. 超文本(hypertext)技术

B. 统一资源定位器(Uniform Resource Locators,URL)

C. 超媒体(hypermedia)技术

D. 超文本标记语言 HTML

20. 如果对数据的实时性要求比较高,但对数据的准确性要求相对较低(如在线电影),一般可在传输层采用(　　)协议。

A. UDP　　　　B. TCP　　　　C. FTP　　　　D. IP

二、填空题

1. 计算机网络采用的是对解决复杂问题十分有效的(　　)方法。

2. 在计算机网络中目前常用的传输媒体有(　　)、(　　)、(　　)、(　　)等。

3. (　　)就是为实现网络中的数据交换而建立的规则或标准。

4. 一般来说,协议由(　　)、语法和(　　)三部分组成。

5. 物理层是指在物理媒体之上的为上一层(　　)提供一个传输原始比特流的物理

连接。

6. 物理层所关心的是把通信双方连接起来,为数据链路层实现无差错的数据传输创造环境。物理层不负责(　　　)和(　　　)服务。

7. 数据链路层的功能包括(　　　)的建立与释放、以(　　　)为单位传送接收数据、差错控制功能、流量控制功能。

8. (　　　)是通信子网的最高层,它在数据链路层提供服务的基础上,向资源子网提供服务。

9. 网络层向传输层提供的服务包括(　　　)、(　　　)及其服务。

10. 传输层以上各层协议统称为高层协议,它们主要考虑的问题是(　　　)之间的协议问题。

11. TCP/IP 协议成功地在不同网络之间实现了(　　　)通信。

12. 事实上,局域网是在(　　　)的基础上发展起来的。

13. 客户/服务器模式的工作流程包括以下几步,即(　　　)、处理和(　　　)。

14. 目前用于网络互联的设备主要有(　　　)、(　　　)、(　　　)、(　　　)等。

15. 中继器位于 OSI 模型的(　　　)层,是最简单的网络互联产品。

16. 网桥也称桥接器,它是(　　　)层上局域网之间的互联设备。

17. IP 地址是 Internet 中识别主机的唯一标识。为了便于记忆,在 Internet 中将 IP 地址分成(　　　)组,每组(　　　)位,组与组之间用(　　　)分隔开。

18. IP 地址分(　　　)和(　　　)两个部分。

19. Internet 网所采用的协议是(　　　),其前身是(　　　)。

20. Internet 广泛使用的电子邮件传送协议是(　　　)。

21. 常用的物理层标准有(　　　)、(　　　)。

22. 物理层上所传数据的单位是(　　　)。

23. 屏蔽双绞线,是在双绞线的外面再加上一个用金属丝编织成的屏蔽层,为了提高双绞线的(　　　)的能力。

三、简答题

1. 网络层次结构的主要特点是什么?

2. 双绞线、同轴电缆、光缆、无线传输介质各有什么特性? 如何选择?

3. 如何减少传输介质的衰减?

4. 物理层的接口有哪几个方面的特性? 各包含些什么内容?

5. 传输层的主要作用是什么? 它在 OSI/RM 中处于什么样的地位?

6. 说明网桥、中继器和路由器各自的主要功能,以及分别工作在网络体系结构的哪一层。

7. 简述为什么要对计算机网络分层以及分层的一般原则。

第3章

计算机局域网

本章学习要点

- 局域网概述；
- 局域网的主要技术；
- 以太网；
- 无线局域网；
- 网络连接设备。

局域网(LAN)是计算机网络的一种,它既具有一般计算机的特点,又有自己的特征。它的范围比较小,比如一个办公室、一栋楼或一个校园。局域网通过通信线路将众多计算机及外设连接起来,以达到数据通信和资源共享的目的。现在,世界上每天都有成千上万个局域网在运行,其数量远远超过了广域网。

3.1 局域网概述

3.1.1 局域网的特点

局域网的特点主要有以下几个方面。

1. 较小的地域范围

局域网用于办公室、机关、工厂、学校等内部联网,其范围没有严格的定义,但一般认为距离为 0.1～25km。

2. 高传输速率和低误码率

目前局域网传输速率一般为 10～100Mb/s,最高可达 1000Mb/s,其误码率一般在 10^{-8}～10^{-11} 之间。

3. 面向的用户比较集中

局域网一般为一个单位所建,在单位或部门内部控制管理和使用,服务于本单位的用户,其网络易于建立、维护和扩展。

4. 使用多种传输介质

局域网可以根据不同的性能需要选择价格低廉的双绞线、同轴电缆或价格较贵的光纤以及无线局域网。

3.1.2　局域网层次结构及标准化模型

1. 局域网的层次结构

局域网是一种将小区域内的各种通信设备互联在一起的通信网络,因此它不具备广域网的路由功能,它的参考模型只相当于 OSI 参考模型的最低两层,即物理层和数据链路层;而且,为了使局域网中的数据链路层不至于过于复杂,将数据链路层进一步划分为两个子层:媒体访问控制(Medium Access Control,MAC)子层和逻辑链路控制(Logical Link Control,LLC)子层,如图 3.1 所示。

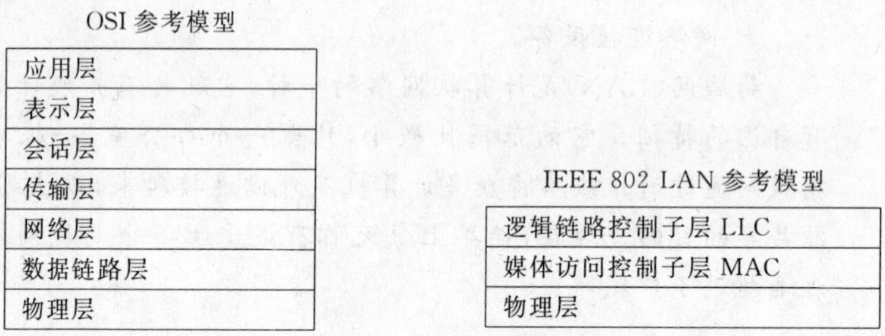

OSI 参考模型

| 应用层 |
| 表示层 |
| 会话层 |
| 传输层 |
| 网络层 |
| 数据链路层 |
| 物理层 |

IEEE 802 LAN 参考模型

| 逻辑链路控制子层 LLC |
| 媒体访问控制子层 MAC |
| 物理层 |

图 3.1　OSI 参考模型与 IEEE 802 LAN 参考模型

1) 物理层

IEEE 802 局域网参考模型中的物理层的功能与 OSI 参考模型中的物理层的功能相同:实现比特流的传输与接收以及数据的同步控制等。IEEE 802 还规定了局域网物理层所使用的信号与编码、传输介质、拓扑结构和传输速率等规范。

(1) 采用基带信号传输。

在数据通信中,由计算机或终端等数字设备直接发出的信号是二进制数字信号,是典型的矩形电脉冲信号,其频谱包括直流、低频和高频等多种成分。在数字信号频谱中,把直流(零频)开始到能量集中的一段频率范围称为基本频带,简称为基带。因此,数字信号被称为数字基带信号,在信道中直接传输这种基带信号的就称为基带传输。

在基带传输中,整个信道只传输一种信号,通信信道利用率低。由于在近距离范围内,基带信号的功率衰减不大,从而信道容量不会发生变化,因此,在局域网中通常使用基带传输技术。在基带传输中,需要对数字信号进行编码来表示数据。

(2) 数据编码采用曼彻斯特编码。

曼彻斯特编码常用于局域网传输。在曼彻斯特编码中,每一位的中间有一跳变,位中间的跳变既作时钟信号,又作数据信号;从高到低跳变表示"1",从低到高跳变表示"0"。这种编码的好处是可以保证在每一个码元的正中间出现一次电平的转换,这对接收端的提取位同步信号是非常有利的。缺点是它所占的频带宽度比原始的基带信号增加了一倍。

(3) 传输介质可以是双绞线、同轴电缆和光纤等。

（4）拓扑结构可以是总线型、树型、星型和环型。

（5）传输速率可以是 10Mb/s、100Mb/s、1000Mb/s。

2）局域网的数据链路层

局域网的数据链路层分为两个功能子层，即媒体访问控制 MAC 子层和逻辑链路控制 LLC 子层。LLC 和 MAC 共同完成类似 OSI 数据链路层的功能。IEEE 802 模型中之所以要将数据链路层分解为两个子层，主要目的是使数据链路层的功能与硬件有关的部分和与硬件无关的部分分开，比如，IEEE 802 标准制定了几种 MAC 子层的介质访问控制方法，对于这些不同的方法都共同使用了 LLC 子层的逻辑链路控制功能。通过分层使 IEEE 802 标准具有很好的可扩充性，有利于将来使用新的媒体访问控制方法。

注意：在媒体访问控制子层形成的数据帧中使用了 MAC 地址，这个地址也称为物理地址。物理地址被固化在网卡中，所以物理地址就是网卡号，网卡号是唯一的。

媒体访问控制子层 MAC 主要解决各种与传输媒体相关的问题，同时还负责在物理层的基础上进行无差错的通信，具体包括如下功能：

（1）完成数据帧的封装和拆除。

数据帧是物理网络传输过程中的一种模式，一种固定的模式，所有的数据报都会被封装成这样的数据帧投到网络上，当一台计算机的网卡收到一个数据帧，物理层会解包，然后由物理层的上一层解读 IP 地址，如果不是，会丢弃掉这个帧，不会处理数据，如果是，那么就会处理数据，接收后面的数据帧。

（2）实现媒体访问控制协议。

（3）完成比特差错检测。

（4）实现寻址功能。

逻辑链路控制子层 LLC 实现的功能与传输媒体无关，具体包括：

（1）建立和释放数据链路层的逻辑连接。

（2）提供与高层的接口。

（3）差错控制，给帧加上序号。

2. 局域网的标准化模型

IEEE 在 1980 年 2 月成立了 LAN 标准化委员会（简称 IEEE 802 委员会），专门从事 LAN 的协议制订，形成了一系列的标准，称为 IEEE 802 标准。IEEE 802 标准系列包含以下部分：

- 802.1 基本介绍和接口原语定义；
- 802.2 逻辑链路控制子层（LLC）；
- 802.3 采用 CSMA/CD 技术的局域网；
- 802.4 采用令牌总线（Token Bus）技术的局域网；
- 802.5 采用令牌环（Token Ring）技术的局域网；
- 802.11 无线局域网；
- 802.12 优先级高速局域网（100Mb/s）。

各个子标准之间的关系如图 3.2 所示。

图 3.2　IEEE 802 模型

3.2　局域网的主要技术

决定局域网特征的主要技术有拓扑结构、传输介质及访问控制方法。

3.2.1　拓扑结构

局域网的网络拓扑结构主要分为总线型、环型和星型结构三种。

1. 总线型拓扑结构

总线型拓扑结构是局域网主要的拓扑结构之一。总线型局域网的拓扑结构如图 3.3 所示。总线型局域网的介质访问控制方法采用"共享介质"方式。总线型拓扑结构的优点是结构简单、易于扩展、可靠性较好。

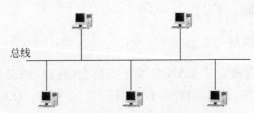

图 3.3　总线型局域网的拓扑结构

总线型拓扑结构局域网的主要特点如下：

(1) 所有节点都通过网卡直接连接到一条作为公共传输介质的总线上。

(2) 总线通常采用双绞线或同轴电缆作为传输介质。

(3) 所有节点都通过总线传输介质发送或接收数据，但一段时间内只允许一个节点通过总线传输介质发送数据，当一个节点通过总线传输介质以"广播"方式发送数据时，其他的节点只能以"收听"方式接收数据。

(4) 由于总线作为公共传输介质为多个节点共享，就有可能出现同一时刻有两个或两个以上节点通过总线发送数据的情况,因此会出现"冲突"(collision)造成传输失败。

(5) 在"共享介质"方式的总线型局域网实现技术中,必须解决多个节点访问总线的介质访问控制问题。

2. 环型拓扑结构

环型拓扑结构是共享介质局域网主要的拓扑结构之一,环型局域网的拓扑结构如图 3.4 所示。在环型拓扑结构中,节点通过相应的网卡,使用点对点线路连接,构成闭合的环型。环中数据沿着一个方向绕环逐站传输。

在环型拓扑中,多个节点共享一条环通路,为了确定环中的节点在什么时候可以传送数据帧,同样要进行介质访问控制。因此,环型拓扑结构的实现技术中也要解决介质访问控制方法的问题。与总线型拓扑一样,环型拓扑一般也采用某种分布式控制方法,环中每个节点都要执行发送与接收控制逻辑。

3. 星型拓扑结构

在星型拓扑结构中存在一个中心节点,每个节点通过点到点线路与中心节点连接,任何两个节点之间的通信都要通过中心节点转接。星型拓扑结构如图 3.5 所示。

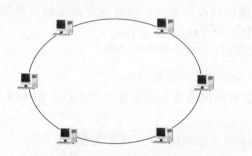
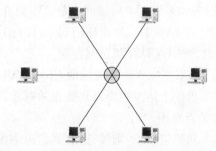

图 3.4 环型局域网的拓扑结构　　　　　图 3.5 星型拓扑结构

在局域网中,由于使用中央设备的不同,局域网的物理拓扑结构(各设备之间使用传输介质的物理连接关系)和逻辑拓扑结构(设备之间的逻辑链路连接关系)也将不同,比如,使用集线器连接所有的计算机时,其物理连接是星型结构,但其逻辑拓扑结构是总线型拓扑结构。

3.2.2 传输介质

局域网常用的传输介质有同轴电缆、双绞线、光纤和无线通信信道,如图 3.6 所示。早期应用最多的是同轴电缆。随着计算机通信技术的发展,双绞线和光纤的应用十分普遍。尤其是双绞线物美价廉,在局域网中使用得比较多,常用的非屏蔽 5 类双绞线的传输速率可达 100Mb/s,在局域网中被广泛使用。

在局部范围内的中、高速局域网中使用双绞线,在远距离传输中使用光纤,在有移动节点的局域网中采用无线技术已基本成为业界首选。

(a) 光纤　　　　　　(b) 同轴电缆　　　　　　(c) 双绞线

图 3.6　有线传输介质

3.2.3　介质访问控制方法

所谓介质访问控制方法,是指多个节点利用公共传输介质发送和接收数据的方法,介质访问控制方法是所有"共享介质"类局域网都必须解决的问题。

介质访问控制方法需要解决以下几个问题:

(1) 应该哪个节点发送数据?

(2) 在发送时会不会出现冲突?

(3) 出现冲突时怎么办?

IEEE 802 规定了局域网中最常用的介质访问控制方法:带有冲突检测的载波侦听多路访问(CSMA/CD)、令牌环(Token Ring)和令牌总线(Token Bus)。

1) CSMA/CD 介质访问控制

由 IEEE 802.3 标准确定的 CSMA/CD 检测冲突的方法如下:

(1) 当一个站点想要发送数据的时候,它检测网络查看是否有其他站点正在传输,即监听信道是否空闲。

(2) 如果信道忙,则等待,直到信道空闲;如果信道闲,站点就传输数据。

(3) 在发送数据的同时,站点继续监听网络确信没其他站点在同时传输数据。因为有可能两个或多个站点都同时检测到网络空闲然后几乎在同一时刻开始传输数据。如果两个或多个站点同时发送数据,就会产生冲突。

(4) 当一个传输节点识别出一个冲突,它就发送一个拥塞信号,这个信号使冲突的时间足够长,让其他的节点都能发现。

(5) 其他节点收到拥塞信号后,都停止传输,等待一个随机产生的时间间隙(回退时间)后重发。

上述对 CSMA/CD 协议的工作过程通常可以概括为"先听后发,边听边发,冲突停发,随机重发"。

2) 令牌环(Token Ring)

令牌环的操作过程如下:

(1) 网络空闲时,只有一个令牌在环路上绕行。

(2) 当一个站点要发送数据时,必须等待并获得一个令牌,将令牌的标志位置为 1,随后便可发送数据。

(3) 环路中的每个站点边发送数据,边检查数据帧中的目的地址,若为本站点地址,便读取其中所携带的数据。

（4）数据帧绕环一周返回时，发送站将其从环路上撤销。

（5）发送站完成数据发送后，重新产生一个令牌传至下一个站点，以使其他站点获得发送数据帧的许可权。

对于令牌环，由于每个节点不是随机地争用信道，不会产生冲突，因此它是一种确定型的介质访问控制方法，而且每个节点发送数据的延迟时间可以确定。在轻负载时，由于存在等待令牌的时间，效率较低；而在重负载时，对各节点公平，且效率高。这一点正好和 CSMA/CD 相反。

3）令牌总线（Token Bus）

令牌总线访问控制是在物理总线上建立一个逻辑环，如图 3.7 所示。

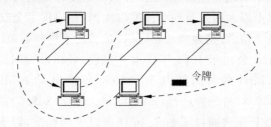

图 3.7　令牌总线局域网逻辑环示意图

从物理连接上看，它是总线结构的局域网，但从逻辑上看，它是环型拓扑结构，连接到总线上的所有节点组成了一个逻辑环，每个节点被赋予一个顺序的逻辑位置。和令牌环一样，节点只有取得令牌才能发送数据，令牌在逻辑环上依次传递。在正常运行时，当某个节点发完数据后，就要将令牌传送给下一个节点。

令牌总线的主要操作如下：

（1）环初始化，即生成一个顺序访问的次序。

（2）令牌传递。

（3）站插入环算法。必须周期性地给未加入环的站点以机会，将它们插入到逻辑环的适当位置中。如果同时有几个站要插入时，可采用带有响应窗口的争用处理算法。

（4）站退出环算法。可以通过将其前趋站和后继站连接到一起的办法，使不活动的站退出逻辑环，并修正逻辑环递减的站地址次序。

（5）故障处理。网络可能出现错误，这包括令牌丢失引起断环、重复地址、产生多个令牌等。网络需要对这些故障做出相应的处理。

令牌环总线的特点如下：

（1）由于只有收到令牌帧的站点才能将信息帧送到总线上，所以令牌总线不可能产生冲突，因此也就没有最短帧长度的要求。

（2）由于站点接收到令牌的过程是依次进行的，因此对所有站点都有公平的访问权。

（3）由于每个站点发送帧的最大长度可以加以限制，所以每个站点传输之前必须使等待的时间总量是"确定"的。

3.3 以太网

3.3.1 以太网的产生和发展

以太网是目前使用最为广泛的局域网,从 20 世纪 70 年代末期就有了正式的网络产品。在 20 世纪 80 年代中期,以太网与 PC 同步发展,其传输速率自初期的 10Mb/s 发展到 20 世纪 90 年代的 100Mb/s,而目前 1Gb/s 的以太网产品已很成熟。以太网支持的传输介质从最初的同轴电缆发展到双绞线和光缆,星型拓扑的出现使以太网技术上了一个新台阶,获得更迅速的发展。从共享型以太网发展到交换型以太网,并出现了全双工以太网技术,致使整个以太网系统的带宽呈十倍、百倍地增长,并保持足够的系统覆盖范围。

以太网技术由 Xerox 公司于 1973 年提出并实现,最初以太网的速率只有 2.94Mb/s,之后在 Xerox、Digital、Intel 的共同努力下于 1980 年推出了 10Mb/s DIX 以太网标准。1983 年,以太网技术(802.3)与令牌总线(802.4)和令牌环(802.5)共同成为局域网领域的三大标准。1995 年,IEEE 正式通过了 802.3u 快速以太网标准,以太网技术实现了第一次飞跃,1998 年 802.3z 千兆以太网标准正式发布,2002 年 7 月 18 日 IEEE 通过了 802.3ae:10Gb/s 以太网又称万兆以太网。分析以太网的发展历程和技术特点,可以发现以太网的发展主要得益于以下原因:

(1) 开放标准,获得众多厂商的支持。

(2) 结构简单,管理方便,价格低。

(3) 持续技术改进,满足用户不断增长的需求。

(4) 网络可平滑升级,保护用户投资。

3.3.2 传统以太网

传统以太网的速率一般为 10Mb/s,其使用的传输介质有 4 种,分别为铜缆(又分为粗缆和细缆)双绞线和光纤。相应地,以太网也有 4 种不同的物理层,如图 3.8 所示。

介质访问控制子层(MAC)			
10Base5 粗缆	10Base2 细缆	10BaseT 双绞线	10BaseF 光纤

图 3.8 以太网的 4 种不同物理层

1. 粗缆以太网

10Base5 型局域网通常称为粗缆以太网,它是最早出现的以太网。10Base5 的含义为:10 表示信号在电缆上传输速率为 10Mb/s,Base 表示电缆上的信号为基带信号,5 表示网络中每一段电缆最大长度为 500m。

2. 细缆以太网

10Base2 型局域网通常称为细缆以太网,它的传输介质采用细同轴电缆,它易于安装和使用。10Base2 的含义为:10 表示信号在电缆上传输速率为 10Mb/s,Base 表示电缆上的信号为基带信号,2 表示网络中每一段电缆最大长度为 200m。

注意:同轴电缆的长度受限制是因为信号沿总线传输时会有衰减,若总线太长,则信号将会衰减得很弱,当电缆长度超过一定的极限后,就会影响载波监听和冲突检测的正常工作,因此,以太网所用的同轴电缆的长度 10Base5 不超过 500m,10Base2 不超过 200m。

3. 10BaseT 双绞线以太网

10BaseT 以太网,采用 Hub 和众多双绞线,线的最大长度为 100m。由于这种局域网的配线十分方便,故障检测也十分容易,价格低廉,所以被广泛采用,并进一步发展为速率为 100Mb/s 的 100BaseT。

3.3.3 快速以太网

随着局域网应用的深入,用户对局域网的带宽提出了更高的要求。对于目前已经存在的 Ethernet 来说,既要保护用户已有的投资,又要增加网络带宽,这样,新一代高速局域网 Fast Ethernet(快速以太网)应运而生。

快速以太网的传输速率为 100Mb/s。它保留了传统的 10Mb/s 速率以太网的所有特征,即相同的数据格式、相同的介质访问控制方法 CSMA/CD 和相同的组网方法,只是将有关的时间参量提高 10 倍。

快速以太网和 10BaseT 一样,采用 Hub 的拓扑结构,使用同样的线缆配置,同样的软件,并有大量厂商支持,因此,它为用户提供了 10BaseT 平滑过渡到 100Mb/s 性能的方案。

3.3.4 千兆位以太网

在传统的 10Mb/s 或 100Mb/s 以太网基础上,只要减少其传输距离,就能获得更高的速率。能否在不减少传输距离的前提下,使以太网达到 1000Mb/s 的水平呢?答案是肯定的,千兆位以太网就是这样一种网络技术。

千兆位以太网遵守同样的以太网通信规程,即 CSMA/CD 介质访问控制方法,因此它仍然是一种共享介质的局域网。发送到网上的信号是广播式的,接收站根据地址接收信号。网络接口硬件能侦听线路上是否已存在信号,以避免冲突。

千兆位以太网有铜线和光纤两种标准。

千兆位以太网的问世,反映了当前局域网技术的发展趋势。它不仅满足了应用对网络速率和带宽的要求,而且较好地解决了和传统的 10Mb/s 以太网及 100Mb/s 以太网的兼容与升级,因此它在今后局域网的市场上特别是局域网的骨干网上将作为主流技术不断发展。

3.3.5 交换式以太网

1. 交换机概述

20 世纪 90 年代初,随着计算机性能的提高及通信量的骤增,传统局域网已经愈来愈超出了自身的负荷,交换式以太网技术应运而生,大大提高了局域网的性能。与现在基于网桥和路由器的共享媒体的局域网拓扑结构相比,网络交换机能显著地增加带宽。交换技术的加入,就可以建立地理位置相对分散的网络,使局域网交换机的每个端口可平行、安全、同时的互相传输信息,而且使局域网可以高度扩充。

对于使用共享式集线器的用户,在某一时刻只能有一对用户通信,而交换机提供了多个通道,它允许多个用户之间同时进行数据传输。如图 3.9 所示,因此,它比传统的共享式集线器提供了更多的带宽。

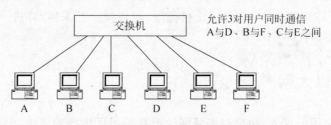

图 3.9　各用户在交换机之间通信示意图

2. 交换机的工作原理

以太网交换机的原理很简单,它检测从以太网端口来的数据包的源和目的地的 MAC (介质访问层)地址,然后与系统内部的动态查找表进行比较,若数据包的 MAC 层地址不在查找表中,则将该地址加入查找表中,并将数据包发送给相应的目的端口。

3. 交换式以太网技术的优点

交换式以太网不需要改变网络其他硬件,包括电缆和用户的网卡,仅需要用交换式交换机改变共享式 Hub,节省用户网络升级的费用。

可在高速与低速网络间转换,实现不同网络的协同。目前大多数交换式以太网都具100MB/s 的端口,通过与之相对应的 100MB/s 的网卡接入到服务器上,暂时解决了 10MB/s 的瓶颈,成为网络局域网升级时首选的方案。

它同时提供多个通道,比传统的共享式集线器提供更多的带宽,传统的 10MB/s/100MB/s 以太网采用广播式通信方式,每次只能在一对用户间进行通信,如果发生碰撞还得重试,而交换式以太网允许不同用户间进行传送,比如,一个 16 端口的以太网交换机允许16 个站点在 8 条链路间通信。

特别是在时间响应方面的优点,使局域网交换机备受青睐。它以比路由器低的成本却提供了比路由器宽的带宽、高的速度,除非有上广域网(WAN)的要求,否则,交换机有替代路由器的趋势。

3.4　无线局域网

随着网络的飞速发展,笔记本电脑的普及,人们对移动办公的要求越来越高。传统的有线局域网要受到布线的限制,如果建筑物中没有预留的线路,布线以及调试的工程量将非常大,而且线路容易损坏,给维护和扩容等带来不便,网络中的各节点的搬迁和移动也非常麻烦。因此高效快捷、组网灵活的无线局域网应运而生。

无线局域网 WLAN(Wireless Local Area Network)是计算机网络与无线通信技术相结合的产物。它以无线多址信道作为传输媒介,利用电磁波完成数据交互,实现传统有线局域网的功能。

1. 无线局域网的特点

1) 安装便捷

无线局域网免去了大量的布线工作,只需要安装一个或多个无线访问点(Access Point,AP)就可覆盖整个建筑的局域网络,而且便于管理、维护。

2) 高移动性

在无线局域网中,各节点可随意移动,不受地理位置的限制。目前,AP 可覆盖 10～100m。在无线信号覆盖的范围内,均可以接入网络,而且 WLAN 能够在不同运营商、不同国家的网络间漫游。

3) 易扩展性

无线局域网有多种配置方式,每个 AP 可支持 100 多个用户的接入,只需在现有无线局域网基础上增加 AP,就可以将几个用户的小型网络扩展为几千用户的大型网络。

2. 无线局域网技术

蓝牙(Bluetooth)技术是一种短距的无线通信技术,工作在 2.4GHz ISM 频段,其面向移动设备间的小范围连接,通过统一的短距离无线链路,在各种数字设备间实现灵活、安全、低成本、小功耗的语音以及数据通信。

3. 无线局域网的安全性

由于无线局域网采用公共的电磁波作为载体,更容易受到非法用户入侵和数据窃听。无线局域网必须考虑的安全因素有三个:信息保密、身份验证和访问控制。为了保障无线局域网的安全,主要有以下几种技术:

(1) 物理地址(MAC)过滤。

每个无线工作站的无线网卡都有唯一的物理地址,类似以太网物理地址。可以在 AP 中建立允许访问的 MAC 地址列表,这种方法要求 MAC 地址列表必须随时更新,可扩展性差。

(2) 服务集标识符(SSID)匹配。

对 AP 设置不同的 SSID,无线工作站必须出示正确的 SSID 才能访问 AP,这样就可以允许不同的用户群组接入,并区别限制对资源的访问。

(3) 有线等效保密(WEP)。

(4) 虚拟专用网络(VPN)。

VPN(Virtual Private Networking)是指在一个公共的 IP 网络平台上通过隧道以及加密技术保证专用数据的网络安全性,它主要采用 DES、3DES 以及 AES 等技术来保障数据传输的安全。

无线局域网的应用范围非常广泛,如果将其应用划分为室内和室外应用,室内应用包括大型办公室、车间、智能仓库、临时办公室、会议室、证券市场;室外应用包括城市建筑群间通信、学校校园网络、工矿企业厂区自动化控制与管理网络、银行金融证券城区网、矿山、水利、油田、港口、码头、江河湖坝区、野外勘测实验、军事流动网、公安流动网等。

目前无线网络技术已相当成熟,广泛应用于各种军事、民用领域。现在,高速无线网络的传输速率已达到 11Mb/s,完全能满足一般的网络传输要求,包括传输文字、声音、图像等,甚至可以多路声音、图像并发地传输。

3.5　网络连接设备

3.5.1　网络适配器

网络适配器又称网卡或网络接口卡(Network Interface Card,NIC),它是使计算机联网的设备。网卡插在计算机主板插槽中或直接连接在主板上,负责将用户要传递的数据转换为网络上其他设备能够识别的格式,通过网络介质传输。它的基本功能为:从并行到串行的数据转换,包的装配和拆装,网络存取控制,数据缓存和网络信号。

网卡是计算机网络中最基本的元素。在计算机局域网络中,如果有一台计算机没有网卡,那么这台计算机将不能和其他计算机通信,也就是说,这台计算机和网络是孤立的。

网卡的不同分类:根据网络技术的不同,网卡的分类也有所不同,如大家所熟知的ATM 网卡、令牌环网卡和以太网网卡等。据统计,目前约有 80% 的局域网采用以太网技术。按网卡所支持带宽的不同可分为 10Mb/s 网卡、100Mb/s 网卡、10/100Mb/s 自适应网卡、1000Mb/s 网卡几种;根据网卡总线类型的不同,主要分为 ISA 网卡、EISA 网卡和 PCI网卡三大类,其中 ISA 网卡和 PCI 网卡较常使用。ISA 总线网卡的带宽一般为 10Mb/s,PCI 总线网卡的带宽从 10Mb/s 到 1000Mb/s 都有。同样是 10Mb/s 网卡,因为 ISA 总线为16 位,而 PCI 总线为 32 位,所以 PCI 网卡要比 ISA 网卡快。

3.5.2　中继器

中继器是网络物理层的一种介质连接设备,即中继器工作在 OSI 的物理层。

中继器具有放大信号的作用,它实际上是一种信号再生放大器,如图 3.10 所示。中继器用来扩展局域网段的长度,驱动长距离通信。电磁信号在网络传输介质上传递时,由于衰减和噪音使有效数据信号变得越来越弱。为保证数据的完整性,它只能在一定的有限距离内传递。

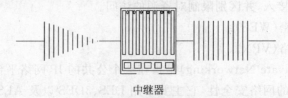

中继器

图 3.10　中继器的作用

中继器将接收到的弱信号中的数据提出,新的信号与原来的完全相同,但是它的信号强度大大提高了。

中继器的优点是安装简单容易,造价低廉。

有些中继器还可以连接不同的传输介质,起转换作用,如图 3.11 所示。

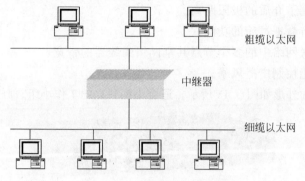

图 3.11 中继器和物理介质

在 IEEE 802.3 标准中,几种主要介质传输距离设计规格如表 3.1 所示。

表 3.1 局域网几种主要介质传输距离

介质	标准	标准距离	设计最大距离
双绞线	10Base-T	100m	150m
细同轴电缆	10Base-2	185m	300m
粗同轴电缆	10Base-5	500m	800m
光纤	10Base-F	2000m	4000m

3.5.3 集线器

集线器也叫 Hub,Hub 的英文本意是中枢或多路交汇点。如图 3.12 所示。集线器工作在物理层(最底层),没有相匹配的软件系统,是纯硬件设备。集线器主要用来连接计算机等网络终端。

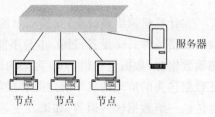

图 3.12 以太网星状连接图

集线器为共享式带宽,连接在集线器上的任何一个设备发送数据时,其他所有设备必须等待,此设备享有全部带宽,通信完毕,再由其他设备使用带宽。所有设备相互交替使用,就好像大家一起过一根独木桥一样。

集线器不能判断数据包的目的地和类型,所以如果是广播数据包也依然转发,而且所有设备发出数据以广播方式发送到每个接口。

集线器的应用特点如下。

1. 优点

(1) 集线器可扩充网络的规模,即延伸网络的距离和增加网络的节点数目。

(2) 集线器安装极为简单,几乎不需要配置。

(3) 集线器可以连接多个物理层不同,但高层(2~7层)协议相同或兼容的网络。

2. 缺点

(1) 集线器限制了介质的极限距离。

(2) 集线器没有数据过滤的功能。

(3) 集线器互联网络中的多个节点共享网络集线器的带宽。

(4) 集线器不能控制广播风暴。

独立型集线器的外形如图 3.13 所示。适合小型独立的工作小组、部门或者办公室使用。

图 3.13　独立型集线器

3.5.4　交换机

交换机处于 OSI 模型的第二层,即数据链路层,交换机的数据传输原理与 Hub 不同,它采用矩阵交换通道的方式传输数据,各个数据通道都有独立的带宽,虽然一个时刻一个端口只能有一个通道,但整体上看交换机却是多个交换通道同时开通的,因此,交换机的数据传输性能比 Hub 要高得多。交换机比集线器在延伸网络上具有优势。交换机更为智能,如图 3.14 所示。

图 3.14　网络交换机

在计算机网络系统中,交换概念的提出是对于共享工作模式的改进。以前介绍过的集线器就是一种共享设备,Hub 本身不能识别目的地址,当同一局域网内的 A 主机给 B 主机传输数据时,数据包在以 Hub 为架构的网络上是以广播方式传输的,由每一台终端通过验证数据包头的地址信息来确定是否接收。也就是说,在这种工作方式下,同一时刻网络上只能传输一组数据帧的通信,如果发生碰撞还得重试。这种方式就是共享网络带宽。

交换机拥有一条很高带宽的背部总线和内部交换矩阵。交换机的所有的端口都挂接在这条背部总线上,控制电路收到数据包以后,处理端口会查找内存中的地址对照表以确定目的 MAC(网卡的硬件地址)的 NIC(网卡)挂接在哪个端口上,通过内部交换矩阵迅速将数据包传送到目的端口,目的 MAC 若不存在才广播到所有的端口,接收端口回应后交换机会"学习"新的地址,并把它添加入内部 MAC 地址表中。

使用交换机也可以把网络"分段",通过对照 MAC 地址表,交换机只允许必要的网络流量通过交换机。通过交换机的过滤和转发,可以有效地隔离广播风暴,减少误包和错包的出现,避免共享冲突。

交换机在同一时刻可进行多个端口对之间的数据传输。每一端口都可视为独立的网段,连接在其上的网络设备独自享有全部的带宽,无须同其他设备竞争使用。当节点 A 向节点 D 发送数据时,节点 B 可同时向节点 C 发送数据,而且这两个传输都享有网络的全部带宽,都有着自己的虚拟连接。假使这里使用的是 10Mb/s 的以太网交换机,那么该交换机这时的总流通量就等于 $2 \times 10\text{Mb/s} = 20\text{Mb/s}$,而使用 10Mb/s 的共享式 Hub 时,一个 Hub 的总流通量也不会超出 10Mb/s。

总之,交换机是一种基于 MAC 地址识别,能完成封装转发数据包功能的网络设备。交换机可以"学习"MAC 地址,并把其存放在内部地址表中,通过在数据帧的始发者和目标接收者之间建立临时的交换路径,使数据帧直接由源地址到达目的地址。

交换机的三个主要功能如下:

(1) 学习:以太网交换机了解每一端口相连设备的 MAC 地址,并将地址同相应的端口映射起来存放在交换机缓存中的 MAC 地址表中。

(2) 转发/过滤:当一个数据帧的目的地址在 MAC 地址表中有映射时,它被转发到连接目的节点的端口而不是所有端口(如该数据帧为广播/组播帧则转发至所有端口)。

(3) 消除回路:当交换机包括一个冗余回路时,以太网交换机通过生成树协议避免回路的产生,同时允许存在后备路径。

交换机除了能够连接同种类型的网络之外,还可以在不同类型的网络(如以太网和快速以太网)之间起到互联作用。如今许多交换机都能够提供支持快速以太网或 FDDI 等的高速连接端口,用于连接网络中的其他交换机或者为带宽占用量大的关键服务器提供附加带宽。

一般来说,交换机的每个端口都用来连接一个独立的网段,但是有时为了提供更快的接入速度,可以把一些重要的网络计算机直接连接到交换机的端口上。这样,网络的关键服务器和重要用户就拥有更快的接入速度,支持更大的信息流量。图 3.15 是交换机组网图示。

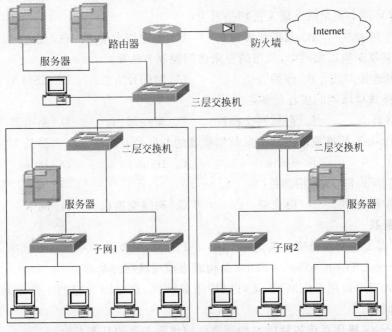

图 3.15　交换机组网图

习题 3

一、单项选择题

1. 在有网络需要互联时,通常在(　　　)上连接时需要用交换机这样的互联设备。

A. 信号物理层　　　B. 数据链路层　　　C. 网络层　　　　D. 传输层

2. 在 IEEE 802.3 的标准系列的以太网中,10Base2 规定了网络所采用的物理传输媒体、传输速度等方面的标准,其中 10Base2 中的"2"表示的含义为(　　　)。

A. 传输媒体　　　B. 传输介质　　　C. 距离限制　　　D. 时间限制

3. 对局域网来说,网络控制的核心是(　　　)。

A. 工作站　　　　B. 网卡　　　　C. 网络服务器　　D. 网络互联设备

4. 在中继系统中,中继器处于(　　　)。

A. 物理层　　　　B. 数据链路层　　　C. 网络层　　　　D. 高层

5. 局域网的协议结构不包括(　　　)。

A. 网络层　　　　B. 介质访问控制层　　C. 物理层　　　　D. 数据链路层

6. 在局域网中,媒体访问控制的功能属于(　　　)。

A. MAC 子层　　　B. LLC 子层　　　　C. 物理层　　　　D. 高层

7. 以太网媒体访问控制技术 CSMA/CD 的机制是(　　　)。

A. 争用带宽　　　B. 循环使用带宽　　C. 预约带宽　　　D. 按优先级分配带宽

8. 传输介质是网络中收发双方之间的物理通路,下列传输介质中,具有很高的传输速率、信号传输衰减最小、抗干扰能力最强的是(　　　)。

A. 电话线　　　　B. 光缆　　　　C. 同轴电缆　　　D. 双绞线

9. 令牌环网中某个站点能发送帧是因为(　　　)。

A. 令牌到达　　　B. 可随机发送　　C. 最先提出申请　D. 优先级最高

10. 在共享介质以太网中,采用的介质访问控制方法是(　　　)。

A. 并发连接方法　B. 令牌方法　　　C. 时间片方法　　D. CSMA/CD 方法

11. 交换式局域网的核心设备是(　　　)。

A. 中继器　　　　B. 局域网交换机　　C. 聚线器　　　　D. 路由器

12. 10Base-T 标准规定连接节点与集线器的非屏蔽双绞线的距离最长为(　　　)。

A. 50m　　　　　B. 500m　　　　C. 100m　　　　D. 185m

13. 人们所说的 Hub 指的是(　　　)。

A. 网络集线器　　B. 防火墙　　　　C. 网络交换机　　D. 网卡

二、判断题

1. 所有以太网交换机端口既支持 10Base-T 标准,又支持 100Base-T 标准。

2. Ethernet. Token Ring 与 FDDI 是构成虚拟局域网的基础。

3. ATM 既可以用于广域网,又可以用于局域网,这是因为它的工作原理与 Ethernet 基本上是相同的。

4. Windows 操作系统各种版本均适合作网络服务器的基本平台。

5. 局域网的安全措施首选防火墙技术。

三、简答题

1. 什么是局域网？局域网有什么特点？

2. 局域网的 3 个关键技术是什么？

3. 局域网的拓扑结构分为几种？每种拓扑结构有什么特点？

4. 简述 CSMA/CD 的工作原理。

5. 无线局域网具有哪些特点？

6. 中继器和集线器的区别是什么？

第4章

广　域　网

本章学习要点

- 网络互联的基本概念；
- 网络互联设备；
- 广域网技术。

广域网覆盖的地理范围从数百公里至数千公里，甚至上万公里，可以是一个地区或一个国家，甚至世界几大洲，所以又称为远程网。广域网在采用的技术，应用范围和协议标准方面与局域网有所不同。在广域网中，通常是利用电信部门提供的各种公用交换网，将分布在不同地区的计算机系统互联起来，达到资源共享的目的，如图 4.1 所示。广域网使用的主要技术为存储转发技术。

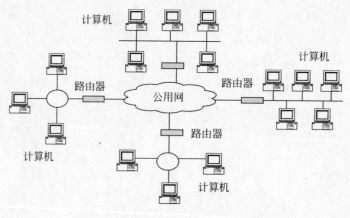

图 4.1　广域网示意图

4.1　网络互联的基本概念

所谓的网络互联就是指不同网段、网络或子网之间通过网络的连接或互联设备（中继器、网桥、路由器或网关等）实现各个网络段或子网间的互相连接，其目的在于实现各个网段或子网之间的数据传输、通信、交互与资源共享。

4.1.1　网络互联的类型

由于互联网络的规模不一样，网络互联有以下几种形式：

(1) 局域网之间的互联(LAN-LAN)。由于局域网种类较多(如令牌环网、以太网等),使用的软件也较多,因此局域网的互联较为复杂。对不同标准的异种局域网来讲,既可实现从低层到高层的互联,也可只实现低层(在数据链路层上,例如网桥)上的互联。

(2) 局域网与广域网的互联(LAN-WAN)。不同地方(可能相隔很远)的局域网要借助于广域网互联。这时每个独立工作的局域网都能相当于广域网的互联常用网络接入、网络服务和协议功能。

(3) 广域网与广域网的互联。这种互联相对以上两种互联要容易些。这是因为广域网的协议层次常处于 OSI 七层模型的低层,不涉及高层协议。著名的 X.25 标准就是实现 X.25 网联的协议。帧中继与 X.25 网,DDN 均为广域网。它们之间的互联属于广域网的互联。

4.1.2　互联网络必须要解决的问题

互联网络必须要解决的问题有:
(1) 如何在物理上把两种不同的网络连接起来?
(2) 如何实现一种网络与另一种网络的互访与通信?
(3) 如何解决两种不同网络之间在协议方面的差异?
(4) 如何处理两种网络之间在传输速率方面的差别?

4.2　网络互联设备

常用的网络互联设备有网桥、路由器和网关。

4.2.1　网桥

1. 网桥(**Birdge**)

网桥工作在 OSI 体系的数据链路层。所以 OSI 模型数据链路层以上各层的信息对网桥来说是毫无作用的。所以协议的理解依赖于各自的计算机。

网桥能将一个较大的 LAN 分割为多个网段,或将两个以上的 LAN 互联为一个逻辑 LAN,无论哪种情况,LAN 上的所有用户都可访问服务器。

网桥包含了中继器的功能和特性,不仅可以连接多种介质,还能连接不同的物理分支,如以太网和令牌网,能将数据包在更大的范围内传送。

但网桥比中继器“精明”,这主要在于这种互联设备操作在物理层之上的数据链路层,即数据链路层和子层——媒体访问控制(MAC)。互联设备操作层次越高,功能就越多,于是便呈现了“精明”的特性。

当 LAN 上的用户数量和工作站数增加时,LAN 上的通信量也随之增加,因而引起性能下降。这是所有 LAN 共同存在的问题,特别是使用 IEEE 802.3 CSMA/CD 访问方法的LAN,这个问题表现得更为突出。在这种 LAN 环境下,必须将网络进行分段,以减少网络上的用户数和通信量。将网络进行分段的设备便是网桥。

网桥的典型应用是将局域网分段成子网,从而降低数据传输的瓶颈,这样的网桥叫"本地"桥。用于广域网上的网桥叫做"远地"桥。两种类型的桥执行同样的功能,只是所用的网络接口不同。

2. 网桥的功能

当使用网桥连接如图 4.2 所示的两段 LAN 时,网桥对来自网段 1 的 MAC 帧,首先要检查其终点地址。如果该帧是发往网段 1 上某一站的,网桥则不将帧转发到网段 2,而将其滤除;如果该帧是发往网段 2 上某一站的,网桥则将它转发到网段 2。这表明,如果 LAN1 和 LAN2 上各有一对用户在本网段上同时进行通信,显然是可以实现的。因为网桥起到了隔离作用。可以看出,网桥在一定条件下具有增加网络带宽的作用。

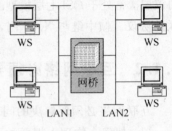

图 4.2 网桥

1) 网桥的存储和转发功能的优点

(1) 使用网桥进行互联克服了物理限制,这意味着构成 LAN 的数据站总数和网段数很容易扩充。

(2) 网桥纳入存储和转发功能可使其适应于连接使用不同 MAC 协议的两个 LAN。因而构成一个不同 LAN 混连在一起的混合网络环境。

(3) 网桥的中继功能仅仅依赖于 MAC 帧的地址,因而对高层协议完全透明。

(4) 网桥将一个较大的 LAN 分成段,有利于改善可靠性、可用性和安全性。

2) 网桥的主要缺点

(1) 由于网桥在执行转发前先接收帧并进行缓冲,与中继器相比会引入更多时延。

(2) 由于网桥不提供流控功能,因此在流量较大时有可能使其过载,从而造成帧的丢失。

网桥的优点多于缺点正是其广泛使用的原因。生活中的交换机就是网桥。

4.2.2 路由器

1. 路由器(router)

路由器(如图 4.3 所示)在互联网中扮演着十分重要的角色,那么什么是路由器呢? 通俗地来讲,路由器是互联网的枢纽——"交通警察"。路由器的定义是:用来实现路由选择功能的一种媒介系统设备。所谓路由就是指通过相互连接的网络把信息从源地点移动到目标地点的活动。一般来说,在路由过程中,信息至少会经过一个或多个中间节点。通常,人们会把路由和交换进行对比,这主要是因为在普通用户看来两者所实现的功能是完全一样

图 4.3 路由器

的。其实,路由和交换之间的主要区别就是交换发生在 OSI 参考模型的第二层(数据链路层),而路由发生在第三层,即网络层。这一区别决定了路由和交换在移动信息的过程中需要使用不同的控制信息,所以两者实现各自功能的方式是不同的。

路由器是互联网的主要节点设备。路由器通过路由决定数据的转发。转发策略称为路由选择(routing),这也是路由器名称的由来(router,转发者)。也可以说,路由器构成了 Internet 的骨架。它的处理速度是网络通信的主要瓶颈之一,它的可靠性则直接影响着网络互联的质量。因此,在园区网、地区网,乃至整个 Internet 研究领域中,路由器技术始终处于核心地位,其发展历程和方向,成为整个 Internet 研究的一个缩影。路由器构成的复杂计算机网络,如图 4.4 所示。

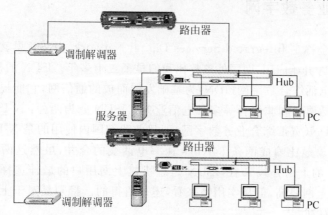

图 4.4　复杂的计算机网络示意图

2. 路由器的作用

路由器的一个作用是连通不同的网络,另一个作用是选择信息传送的线路。选择通畅快捷的近路,能大大提高通信速度,减轻网络系统通信负荷,节约网络系统资源,提高网络系统畅通率,从而让网络系统发挥出更大的效益来。

比起网桥,路由器不但能过滤和分隔网络信息流,连接网络分支,还能访问数据包中更多的信息,并且用来提高数据包的传输效率。

路由表包含有网络地址、连接信息、路径信息和发送代价等。

路由器比网桥慢,主要用于广域网或广域网与局域网的互联。

4.2.3　网关

1. 网关(Gatway)

网关又称网间连接器,协议转换器。网关在传输层上以实现网络互联,是最复杂的网络互联设备,仅用于两个高层协议不同的网络互联。网关的结构也和路由器类似,不同的是互联层。网关既可以用于广域网互联,也可以用于局域网互联。

2. 网关的作用

网关的作用可以概括为:

(1) 网关把信息重新包装,其目的是适应目标环境的要求。

（2）网关能互联异类的网络。

（3）网关从一个环境中读取数据,剥去数据的老协议,然后用目标网络的协议进行重新包装。

（4）网关的一个较为常见的用途是在局域网的微机和小型机或大型机之间做翻译。

（5）网关的典型应用是网络专用服务器。

4.3　广域网技术

4.3.1　综合业务数字网

ISDN 的英文全称是 Integrated Services Digital Network,中文意思就是综合业务数字网。在国内前两年才开始应用,而国外整整比我们早了二十多年。ISDN 的概念是在 1972 年首次提出的,是以电话综合数字网(IDN)为基础发展而成的通信网,它能提供端到端的数字连接,用来承载包括语音和非语音等多种电信业务。ISDN 分为两种:N-ISDN(窄带综合业务数字网)和 B-ISDN(宽带综合业务数字网)。目前我们国内使用的是 N-ISDN。

ISDN 可以形象地比喻成两条 64Kb/s 速率电话线的合并,虽然这两者完全不是一回事。就目前市场上的上网方式来看,ISDN 是想快速上网用户的最佳选择。虽然它在价格上比普通 Modem 上网要高,但从实用性来看,还是值得的。特别是对于上网下载东西和查资料的用户,最为有利。

由于 ISDN 是数字信号,所以比普通模拟电话信号更加稳定,而上网的稳定性是速度的最根本的保证。ISDN 比模拟电路更不易塞车,并且它可以按需拨号。

ISDN 用户终端设备种类很多,有 ISDN 电视会议系统、PC 桌面系统(包括可视电话)、ISDN 小交换机、TA 适配器(内置、外置)、ISDN 路由器、ISDN 拨号服务器、数字电话机、四类传真机、DDN 后备转换器、ISDN 无数转换器等。在如此多的设备中,TA 适配器是目前用户端的主要设备,如图 4.5 所示。

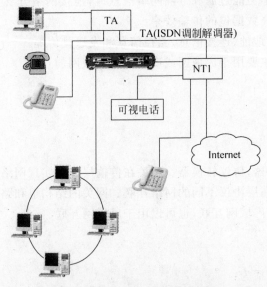

图 4.5　综合业务数字网示意图

4.3.2 DDN 专线

DDN 是 Digital Data Network 的缩写,意思是数字数据网,即平时所说的专线上网方式。数字数据网是一种利用光纤,数字微波或卫星等数字传输通道和数字交叉复用设备组成的数字数据传输网,它可以为用户提供各种速率的高质量数字专用电路和其他新业务,以满足用户多媒体通信和组建高速计算机通信网的需要。主要由 6 个部分组成:光纤或数字微波通信系统、智能节点或集线器设备、网络管理系统、数据电路终端设备、用户环路、用户端计算机或终端设备。它的速率从 64Kb/s~2Mb/s 可选。

4.3.3 ATM 异步传输方式

ATM 是目前网络发展的最新技术,它采用基于信元的异步传输模式和虚电路结构,每个信元固定 53B,ATM 从根本上解决了多媒体的实时性及带宽问题。实现面向虚链路的点到点传输,它通常提供 155Mb/s 的带宽。它既汲取了话务通信中电路交换的"有连接"服务和服务质量保证,又保持了以太、FDDI 等传统网络中带宽可变,适于突发性传输的灵活性,从而成为迄今为止适用范围最广,技术最先进,传输效果最理想的网络互联手段。ATM 技术具有如下特点:

(1) 实现网络传输有连接服务,实现服务质量保证。

(2) 交换吞吐量大,带宽利用率高。

(3) 具有灵活的组网拓扑结构和负载平衡能力,伸缩性及可靠性极高。

(4) ATM 是现今唯一可同时应用于局域网、广域网两种网络应用领域的网络技术,它将局域网与广域网技术统一,速率可达千兆位(1000Mb/s)。

4.3.4 ADSL 不对称数字用户服务线

ADSL(Asymmetric Digital Subscriber Loop,非对称数字用户回路)的特点是能在现有的铜双绞普通电话线上提供高达 8Mb/s 的高速下载速率和 1Mb/s 的上行速率,而其传输距离为 3~5km。其优势在于可以不需要重新布线,它充分利用现有的电话线网络,只需在线路两端加装 ADSL 设备即可为用户提供高速高带宽的接入服务,它的速度是普通 Modem 拨号速度所不能及的,就连最新的 ISDN 一线通的传输率也只有它的百分之一。这种上网方式不但降低了技术成本,而且大大提高了网络速度。因而受到了许多用户的关注,如图 4.6 所示。

ADSL 的其他特点如下:

(1) 上因特网和打电话互不干扰。像 ISDN 一样,ADSL 可以与普通电话共存于一条电话线上,可在同一条电话线上接听、拨打电话并且同时进行 ADSL 传输,之间互不影响。

(2) ADSL 在同一线路上分别传送数据和语音信号,由于它不需拨号,因而它的数据信号并不通过电话交换机设备,这意味着使用 ADSL 上网不需要缴付另外的电话费,这就节省了一部分使用费。

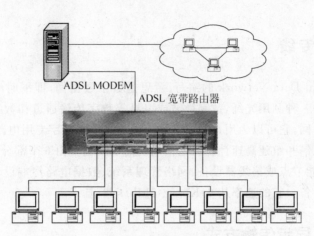

图 4.6　ADSL 不对称数字网络示意图

（3）ADSL 还提供不少额外服务，用户可以通过 ADSL 接入因特网后，独享 8Mb/s 带宽，在这么高的速度下，可自主选择流量为 1.5Mb/s 的影视节目，同时还可以举行一个视频会议、高速下载文件和使用电话等，其速度一般下行可以达到 8Mb/s，上行可以达到 1Mb/s。

ADSL 的用途是十分广泛的，对于商业用户来说，可组建局域网共享 ADSL 专线上网，利用 ADSL 还可以达到远程办公、家庭办公等高速数据应用，获取高速低价的、极高的价格性能比。对于公益事业来说，ADSL 还可以实现高速远程医疗、教学、视频会议的即时传送，达到以前所不能及的效果。

ADSL 的安装也很方便快捷。用户现有线路不需改动，改动只须在电信局的交换机房内进行。

4.3.5　有线电视网

利用有线电视网进行通信，可以使用 Cable Modem，即电缆调制解调器，可以进行数据传输。Cable Modem 主要面向计算机用户的终端。它连接有线电视同轴电缆与用户计算机之间的中间设备。目前的有线电视节目传输所占用的带宽一般在 50～550MHz 范围内，有很多的频带资源都没有得到有效利用。由于大多数新建的 CATV 网都采用光纤同轴混合网络（Hybrid Fiber Coax Network，HFC），使原有的 550MHz CATV 网扩展为 750MHz 的 HFC 双向 CATV 网，其中有 200MHz 的带宽用于数据传输，接入国际互联网。这种模式的带宽上限为 860～1000MHz。Cable Modem 技术就是基于 750MHz HFC 双向 CATV 网的网络接入技术的。

有线电视一般从 42～750MHz 之间电视频道中分离出一条 6MHz 的信道，用于下行传送数据。它无须拨号上网，不占用电话线，可永久连接。服务商的设备同用户的 Modem 之间建立了一个 VLAN（虚拟专网）连接，大多数的 Modem 提供一个标准的 10BaseT 以太网接口同用户的 PC 设备或局域网集线器相连。

Cabel Modem 采用一种视频信号格式来传送 Internet 信息。视频信号所表示的是在同步脉冲信号之间插入视频扫描线的数字数据。数据是在物理层上被插入到视频信号的。同步脉冲使任何标准的 Cabel Modem 设备都可以不加修改地应用。Cabel Modem 采用幅度键控（ASK）突发解调技术对每一条视频线上的数据进行译码。

Cable Modem 与普通 Modem 在原理上都是将数据进行调制后,在 Cable(电缆)的一个频率范围内传输,接收时进行解调。Cable Modem 在有线电缆上将数据进行调制,然后在有线网(Cable)的某个频率范围内进行传输,接收一方再在同一频率范围内对该已调制的信号进行解调,解析出数据,传递给接收方。它在物理层上的传输机制与电话线上的调制解调器无异,同样也是通过调频或调幅对数据编码。

4.3.6 虚拟专用网络

1. VPN 简介

虚拟专用网络(Virtual Private Network,VPN)可以理解成是虚拟出来的企业内部专线。它是利用 Internet 或其他公共互联网络的基础设施为用户创建数据通道,实现不同网络组件和资源之间的相互连接,并提供与专用网络一样的安全和功能保障。

虚拟专用网络允许远程通信方、销售人员或企业分支机构使用 Internet 等公共互联网络的路由基础设施以安全的方式与位于企业局域网端的企业服务器建立连接。如图 4.7 所示,虚拟专用网络对用户端透明,用户好像使用一条专用线路在客户计算机和企业服务器之间建立点对点连接,进行数据的传输。

虽然 VPN 通信建立在公共互联网络的基础上,但是用户在使用 VPN 时感觉如同在使用专用网络进行通信,所以得名虚拟专用网络。

使用 VPN 技术可以解决在当今远程通信量日益增大,企业全球运作广泛分布的情况下,员工需要访问中央资源,企业相互之间必须进行及时和有效的通信问题。

2. VPN 网关

VPN 网关是实现局域网到局域网连接的设备。从字面上就能够知道它可以实现两大功能:VPN 和网关。广义上讲,支持 VPN 的路由器和防火墙等设备都可以算作 VPN 网关。目前常见的 VPN 网关产品可以包括单纯的 VPN 网关、VPN 路由器、VPN 防火墙、VPN 服务器等产品,如图 4.7 所示。

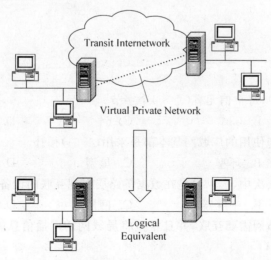

图 4.7　VPN 示意图

典型的 VPN 网关产品应该具有以下性能。

1）集成包过滤防火墙和应用代理防火墙的功能

企业级 VPN 产品是从防火墙产品发展而来的，防火墙的功能特性已经成为它的基本功能集中的一部分。如果是一个独立的产品，VPN 与防火墙的协同工作会遇到很多难以解决的问题，有可能不同厂家的防火墙和 VPN 不能协同工作，防火墙的安全策略无法制定（这是由于 VPN 把 IP 数据包加密封装的缘故）或者带来性能的损失，如防火墙无法使用 NAT 功能等等。而如果采用功能整合的产品，则上述问题就不存在或很容易解决。

2）VPN 应有一个开放的架构

VPN 部署在企业接入因特网的路由器之后，或者它本身就具有路由器的功能，因此，它已经成为保护企业内部资产安全最重要的门户。阻止黑客入侵，检查病毒，身份认证与权限检查等很多安全功能需要 VPN 完成或 VPN 与相关产品协同完成。因此，VPN 必须按照一个开放的标准，提供与第三方安全产品协同工作的能力。

3）有完善的认证管理

一个 VPN 系统应支持标准的认证方式，如 RADIUS(Remote Authentication Dial In User Service，远程认证拨号用户服务)认证，基于 PKI(Public Key Infrastructure，公钥基础设施)的证书认证以及逐渐兴起的生物识别技术等等。对于一个大规模的 VPN 系统，PKI/KMI 的密钥管理中心，提供实体(人员、设备、应用)信息的 LDAP 目录服务及采用标准的强认证技术(令牌、IC 卡)是一个 VPN 系统成功实施和正常运行必不可少的条件。

4）VPN 应提供第三方产品的接口

当用户部署了客户到 LAN 的 VPN 方案时，VPN 产品应提供标准的特性或公开的 API (应用程序编程接口)，可以从公司数据库中直接输入用户信息。否则，对于一个有数千甚至上万的 SOHO 人员和移动办公人员的企业来说，单独地创建和管理用户的权限是不可想像的。

VPN 网关应拥有 IP 过滤语言，并可以根据数据包的性质进行包过滤。

数据包的性质有目标和源 IP 地址、协议类型、源和目的 TCP/UDP 端口、TCP 包的 ACK 位、出栈和入栈网络接口等。

习题 4

一、单项选择题

1. 在 ATM 网络中，每个信元有（　　）个字节。

A. 1024　　　　　　B. 53　　　　　　　C. 64　　　　　　　D. 486

2. 目前实际存在与使用的广域网基本都是采用（　　）拓扑。

A. 网状　　　　　　B. 环型　　　　　　C. 星型　　　　　　D. 总线型

3. 在网络互联的层次中，（　　）是在数据链路层实现互联的设备。

A. 网关　　　　　　B. 中继器　　　　　C. 网桥　　　　　　D. 路由器

4. 如果有多个局域网需要互联，并且希望将局域网的广播信息能很好地隔离开来，那么最简单的方法是采用（　　）。

A. 中继器　　　　　B. 网桥　　　　　　C. 路由器　　　　　D. 网关

5. 下列不属于广域网的是( )。

A. 以太网   B. ISDN   C. 帧中继   D. X. 25 公用网络

6. 如果一个以太网与一个帧中继网互联,应该选择的互联设备是( )。

A. 中继器   B. 网桥   C. 路由器   D. 网关

7. 广城网(WAN)是一种跨越很大地域范围的一种计算机网络,下面关于广域网的叙述中,正确的是( )。

A. 广域网是一种通用的公共网,所有计算机用户都可以接入广域网

B. 广域网使用专用的通信线路,数据传输速率很高

C. 广域网能连接任意多的计算机,也能将相距任意距离的计算机互相连接起来

D. 广域网像很多局域网一样按广播方式进行通信

二、简答题

1. 网络互联类型有哪几类?请举出一个实例,说明它属于哪种类型。

2. 网桥是从哪个层次上实现了不同网络的互联?它具有什么特点?

3. 路由器是从哪个层次上实现了不同网络的互联?它具有什么特点?

4. 网关的作用主要有哪些?

5. 简述 ISDN 的基本概念。

6. 简述 ATM 的基本交换原理。

第5章

网络通信协议

本章学习要点

- TCP/IP 协议集；
- 网际层协议；
- 传输层协议；
- 应用层协议；
- 网络互联技术。

5.1 TCP/IP 协议集

网络中各种设备之间的互相连接和通信是建立在共同的通信规则和协议的基础之上的。这些共同遵守的规则必须是清晰和确定的,否则网络中不同的设备和系统之间就不可能顺利有效地通信和传输数据。

TCP/IP 是指传输控制协议/网际协议,由两个重要的协议组成,即 TCP 协议和 IP 协议,统称为 TCP/IP。TCP/IP 是 Internet 上所有网络和主机之间进行通信和传输数据的一组协议,因此把 TCP/IP 称其为协议集。

在 TCP/IP 体系结构中包含有 4 个层次,但只有 3 个层次包含了实际的协议,即网际层、传输层、应用层。TCP/IP 中各层的协议如图 5.1 所示。详细内容介绍见以下内容。

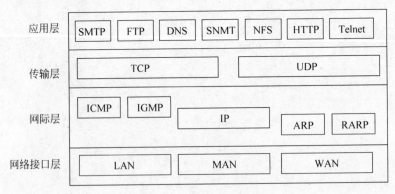

图 5.1 TCP/IP 协议集

1. 网际层协议

- 网际协议(Internet Protocol,IP);
- 网际控制报文协议(Internet Control Message Protocol,ICMP);

- 网际主机组管理协议(Internet Group Management Protocol,IGMP);
- 地址解析协议(Address Resolution Protocol,ARP)和反向地址解析协议(RARP)。

2. 传输层协议

- 传输控制协议(Transmission Control Protocol,TCP);
- 用户数据报协议(User Datagram Protocol,UDP)。

3. 应用层协议

在 TCP/IP 模型中,应用层包括了所有的高层协议,而且随着网络的发展,不断有新的协议加入进来。应用层的协议主要有以下几种:

- 超文本传输协议(HTTP),用于 Internet 中客户机与 WWW 服务器之间的数据传输;
- 域名服务(DNS),用于实现主机名与 IP 地址之间的映射;
- 简单邮件传输协议(SMTP),实现邮件服务器之间的邮件传送;
- 邮件代理协议(POP),实现用户计算机与邮件服务器之间的邮件传送;
- 文件传输协议(FTP),实现主机之间的文件传送;
- 动态主机配置协议(DHCP),实现对主机地址分配和配置工作;
- 远程终端协议(Telnet),本地主机作为仿真终端登录到远程主机上运行应用程序;
- 路由信息协议(RIP),用于网络设备之间交换路由信息;
- 网络文件系统(NFS),实现主机之间的文件系统的共享;
- 引导协议(BOOTP),用于无盘主机或工作站的启动;
- 简单网络管理协议(SNMP),实现网络的管理。

5.2　网际层协议

5.2.1　网际协议

网际协议(Internet Protocol,IP)是 TCP/IP 协议族中核心的协议。所有的 TCP、UDP、ICMP 和 IGMP 数据都以 IP 数据报格式传输。现在所用的 IP 版本为 1981 年定义的第 4 版,即 IPv4。

IP 对应于 OSI 模型的第 3 层,即网络层。IP 主要功能有寻址、路由选择、分段和组装。在不同的网络之间对数据包进行相应的寻址和路由,从一个网络转发到另一个网络。传输层把网络层传来的报文分成若干个数据报,每个数据报在网关中进行路由选择,穿越物理网络从源主机到达目的主机。数据报的一般格式由两个部分组成,数据报的报头(首部)和数据区。数据报报头包含了源地址、目的地址和一个表示数据报内容的类型字段(域)。

IP 提供了一种不可靠、无连接的数据报传输机制。不可靠的含义是指它不能保证 IP 数据报能成功地到达目的地。IP 仅提供最好的传输服务,它对数据没有差错控制。任何要求的可靠性必须由上层来提供,如依靠网络层的 TCP。无连接的意思是 IP 并不维护任何关于后续数据报的状态信息。每个数据报的处理是相互独立的。

5.2.2 IP 地址与子网掩码

1. IP 地址的划分

IP 地址是 Internet 及其相连的网络系统必然涉及的极其重要的概念。IP 要求参加 Internet 网的网节点要有一个统一的规定格式的地址,这种地址被称为 IP 地址。

在网络中,Internet 要为每一台主机分配一个 Internet 地址,这个地址在全球范围内是唯一的。目前应用的 IP 地址称为 IPv4,由 32 位组成,分为 4 部分,每个部分为一个字节,8 位二进制。通常用二进制、十进制和十六进制来表示。

IPv4 的 IP 地址结构分为两部分,一部分代表网络号,一部分代表主机号。网络号,是唯一标识一个网络,同一个网络上每台机器 IP 地址的网络号部分是相同的。主机号,分配给该网络上的每台机器,并唯一地标识这台机器,所以这部分地址必须是唯一的。

在 Internet 中,由于网络数量众多,并且每个网络的规模却是比较容易确定的。因此必须加以区别。所以,按照网络规模大小以及使用目的的不同,可以将 Internet 的 IP 地址分为 5 种类型,即 A 类、B 类、C 类、D 类和 E 类。其中 A、B、C 三类 IP 地址的区别如表 5.1 所示。

表 5.1 A、B、C 三类 IP 地址的区别

类别	第一字节范围	网络地址位数	主机地址位数	适用的网络规模
A	1~126	7	24	大型网络
B	128~191	14	16	中型网络
C	192~223	21	8	小型网络

(1) A 类地址:第 1 个字节表示网络号,其中最高位为 0。剩余 3 个字节共 24 位表示主机号,可以拥有很大数量的主机。总共允许有 126 个网络。

(2) B 类地址:前两个字节表示网络号,其中最高位总是被置于二进制的 10,剩余两个字节共 16 位表示主机号,允许有 16 384 个网络。

(3) C 类地址:前 3 个字节表示网络号,其中高 3 位被置为二进制的 110,剩余一个字节表示主机号,允许大约 200 万个网络。

(4) D 类地址:被用于多路广播组用户,高 4 位被置位 1110,剩余的位用于标明客户机所属的组。

(5) E 类地址:第 1 个字节的前 4 位为 1111。E 类地址为保留地址,为今后使用。

2. 子网掩码

对于标准的 IP 地址而言,网络号和主机号是通过网络的类别进行判断的。要判别在 IP 地址中的子网和主机,就要采用子网掩码(或称为子网屏蔽码)。子网掩码采用了和 IP 地址一样的 32 位二进制数值。在它的 4 个字节里,所对应网络号的位置都被置为 1,相应字节的十进制数是 255,所有主机号的位都置 0。标准的 A 类、B 类、C 类地址都有一个默认

的子网掩码,如表 5.2 所示。

表 5.2　A、B、C 三类地址默认的子网掩码

类型	子网掩码的十进制表示	子网掩码的十进制表示
A 类	255.0.0.0	11111111.00000000.00000000.00000000
B 类	255.255.0.0	11111111.11111111.00000000.00000000
C 类	255.255.255.0	11111111.11111111.11111111.00000000

将掩码和 IP 地址值进行"逻辑与"运算,可以求出它的网络地址。

3. IPv6 及其表示

由于 IPv4 采用 32 位 IP 地址,随着 Internet 规模的迅速发展,IPv4 面对网络的日益膨胀已经不能满足需要了。32 位的地址空间趋于枯竭,IETF 提出了创建 IP 协议新版本的建议,即 IPv6。

IPv6 的 IP 地址长度由 32 位扩充为 16 个字节(128 位),增加了安全认证机制,提高了路由器的转发效率。

IPv6 制定了冒号十六进制表示法,表示 IPv6 的 128 位地址,将 128 位地址分成 8 个 16 位十六进制加上分隔它们的冒号来表示。形式如下:

X:X:X:X:X:X:X:X

其中每个 X 代表地址为一个 16 位部分,并使用十六进制表示。

例如:

FEDC:BA98:7654:3210:FEDC:8BDE:4325:3210

1800:0000:0000:0000:0007:0800:200C:528F

由于目前全球正在使用 IPv4 的数亿台终端机不可能在短期内完成到 IPv6 的转变,因此 IPv4 和 IPv6 在相当一段时间内共存,IPv6 对 IPv4 兼容。协议设计了 IPv4 的兼容地址。是在原有的 IPv4 地址前加上适当的前缀形成 IPv6 地址。

简写的办法如下。

IPv4 兼容地址的表示分为两部分:

地址右边的 32 位,即原先的 IPv4 地址仍然沿用"点分十进制"表示法书写。

地址左边的 96 位的前缀使用 IPv6 的地址表示法抄写,这两部分之间用冒号连接。

x:x:x:x:x:x:y.y.y.y

其中,y 为 0~255 之间的十进制数。

例如:0:0:0:0:0:0:13.1.68.3 或 ::13.1.68.3

5.2.3　地址解析协议

网络具有分层的体系结构,在高层的应用软件仅仅使用计算机的 IP 地址来进行通信。但是数据要在物理网上传输,使用 IP 地址是不行的。因为数据链路层通信使用的是计算机的网卡地址,即物理地址,也被称为硬件地址或媒体访问控制 MAC 地址,即网卡的号码,可在命令提示符中输入命令 ipconfig/all 查询。

当网络中的任何两台主机之间进行通信时，都必须获得对方的物理地址，而 IP 地址是一个逻辑地址。为了完成数据传输，IP 必须具有一种确定目标主机物理地址的方法，也就是说，要在 IP 地址与物理地址之间建立一种映射关系，而这种映射关系被称为"地址解析"（Address Resolution）。将网络地址 IP 到物理地址映射，这就需要一个底层软件来进行这种转换工作，地址解析协议（Address Resolution Protocol，ARP）就是这种软件。而从物理地址到 IP 地址的映射，由 TCP/IP 协议中的逆向地址解析协议（Reverse Address Resolution Protocol，RARP）完成。

5.3　传输层协议

5.3.1　基本概念

　　在 TCP/IP 体系结构中，传输层的作用是向应用层提供端到端的可靠传输。传输层使用两种协议，即 TCP 和 UDP。TCP 是面向连接的可靠传输协议。UDP 是面向无连接的不可靠传输协议。可靠传输和不可靠传输是指在不同的网络传输环境假设下的两种传输方式。

　　可靠传输是指当网络中传输的信息相对于网络的带宽而言比较大时，为了保证信息正确到达，必须采取一系列的措施来实现可靠传输，比如，采取纠错、确认和控制重传等机制。典型的应用有 Web(HTTP)、邮件(SMTP)和文件传输(FTP)等，这些服务常常会在网络中传输少则几兆，多则几百兆，甚至千兆的海量信息，在传输过程中只要丢失一个报文就会导致信息无法使用。因此，它们在传输层使用 TCP。而不可靠传输是指当网络中传输的信息相对于网络的带宽而言比较小时，在传输过程中出错的概率比较小。此时，如果每个信息都确认，反而增加了传输延时。典型的应用有 DNS 等，DNS 每次传输的报文只有几十字节。

5.3.2　传输控制协议

　　TCP 是传输控制协议，TCP 提供面向连接的、可靠的字节流的传输服务。这里面向连接是指使用 TCP 的客户端和服务器端在彼此交换数据之前，必须首先建立一个 TCP 连接。这很像普通的电话系统，当电话两端的通话人确认电话连通后，双方才开始讲述通话的内容。TCP 通过下列方式提供端到端的可靠传输。

5.3.3　用户数据报协议

　　UDP 是用户数据报协议，UDP 是面向无连接的，不可靠的传输协议。在传输层使用 UDP 的应用层服务通常有 DNS、TFTP 和 SNMP 等。

　　在使用 UDP 进行网络传输的过程中，UDP 只负责数据传输。首先，UDP 只负责将数据发出，不保证数据一定到达目的地；如果传输中出现故障，UDP 不负责重传数据，数据是否重传将由应用程序控制；其次，当数据正确到达后，UDP 协议的接收方不负责发送"数据已经到达"的确认信息。确认信息将由接收方的应用程序负责。

5.4　应用层协议

5.4.1　域名解析协议

1. 域名系统

在 Intranet 环境中为了使用 Internet 上各种资源,必须使计算机能够识别 IP 地址或计算机的物理地址。为此人们在 Internet 或 Intranet 中使用了一整套规定来表示 Internet 上的计算机地址,这就是域名系统(DNS)。

2. 域名服务器

有了 DNS 和 TCP/IP,当用户在 Internet 上浏览和使用资源时,无须记忆它的 IP 地址和物理地址,而只知道它的域名。例如,当浏览 CCTV 中文网页时,只需要输入 www.cctv.com 就可以进入它的主页。这就像使用不同语言的人们交流时必须经过"翻译"一样。在网络上负责这项工作的计算机就是 DNS 服务器。域名服务器需要解决如下一些问题:

(1) 主机命名机制。

(2) 主机域名管理。

(3) 主机域名与 IP 地址之间的映射。

3. 域名解析

用自然语言去标识计算机主机的域名,给人们的记忆带来方便,但是主机域名不能直接用于 TCP/IP 协议的路由选择之中。当用户使用主机域名进行通信时,必须首先将其映射成 IP 地址。因为 Internet 通信软件在发送和接收数据时都必须使用 IP 地址,这种将主机域名映射为 IP 地址的过程叫做域名解析。域名解析包括正向解析(从域名到 IP 地址)以及反向解析(从 IP 地址到域名)。Internet 的域名系统 DNS 能够透明地完成此项工作。

4. 域名服务

域名系统是一个分布式的主机信息数据库,它管理着整个 Internet 的主机名与 IP 地址。

域名系统是采用分层管理的,因此,这个分布式主机信息数据库也是分层结构的,它类似于计算机中文件系统的结构。整个数据库是一棵倒立的树形结构,如图 5.2 所示。

树上的每一个节点都有一个标号,它是最多为 63 个字符的字符串。根标号是空字符串,文本格式写成"."。DNS 要求一个节点的子节点(从同一个节点分支出来的节点)具有不同的标号,这就保证了域名的唯一性。

树上的每个节点都有一个域名。一个完全的域名是用(.)分隔开的标号序列。域名总是从节点上读到根。最后一个标号是根标号(空)。这就表示一个完全的域名总是以空标号结束。

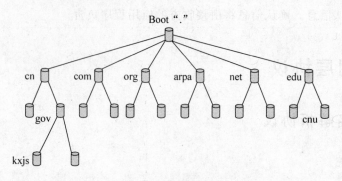

图 5.2 域名系统结构

在层次型命名机制管理中,最高一级名字空间的划分是基于"网点名"的。一个网点作为整个 Internet 的一部分,由若干网络组成,这些网络在地理位置或组织关系上联系非常紧密,因此,Internet 将它们抽象成一个"点"来处理。例如,商业组织 COM、教育机构 EDU、某一个国家代码等。在各个网点内又可以分出若干个"管理组",因此,第二级名字空间的划分是基于"组名"(Group Name)的,在组名下面才是各主机的"本地名"。一般情况下,一个完整而通用的层次型主机名由如下 3 部分组成,如图 5.3 所示。

有时主机的本地名部分可能是一个具体的机构或网络,称为"子域"。在子域前面可标有主机名,因而,层次型主机名可表示为:主机名.本地名.组名.网点名,如图 5.4 所示。

本地名	.	组名	网点名

图 5.3 3 部分组成的主机名结构

主机名	.	本地名	组名	网点名

图 5.4 4 部分组成的主机名结构

Internet 为了保证域名系统使用中的通用性,制定了一组正式的通用标准代码作为第 1 级域名,见表 5.3。

表 5.3 通用标准代码表

域名代码	意义	域名代码	意义
COM	商业组织	<Counery Code>	国家代码
EDU	教育机构	FIRM	商业公司
GOV	政府部门	STORE	商品销售企业
MIL	军事部门	WEB	与 WWW 相关的单位
NET	网络支持中心	ARTS	文化和娱乐单位
ORG	其他组织	REC	消遣和娱乐单位
ARPA	临时(未用)	INFO	提供信息服务的单位
INT	国际组织	NOM	个人

在第 1 级域名代码中前 8 个域名对应组织模式,接下来的一个域名对应于地理模式。组织模式是按组织管理的层次结构划分所产生的组织型域名,由 3 个字母组成,如 EDU、COM 等,1997 年又新增加了 7 个第一级域名 FIRM、STORE、WEB、ARTS、REC、INFO 和 NOM。而地理模式则是按国别地理区域划分所产生的地理型域名,这类域名是世界各国和地区的名称,并且规定由两个字母组成,表 5.4 列出了一些国家或地区代码。

表 5.4　国家或地区（地理型）代码

地区代码	国家或地区	地区代码	国家或地区
AU	澳大利亚	JP	日本
BR	巴西	KR	韩国
CA	加拿大	MO	中国澳门
CN	中国	RU	俄罗斯
FR	法国	SG	新加坡
DE	德国	TW	中国台湾
HK	中国香港	UK	英国

中国的 Internet 的最高级域名为"CN"，二级域名共 40 个，分为 6 个"类别域名"，包括 AC、COM、EDU、GOV、NET 和 ORG，34 个"行政区域名"，例如 BJ（北京）、SH（上海）、TJ（天津）、ZJ（浙江）等。

5.4.2　动态主机配置协议

动态主机配置协议（DHCP）提供动态配置。当主机从某个网络移动到另一个网络，或连接到某个网络后又断开连接时（如同一个用户和服务提供者的关系），DHCP 也是需要的。DHCP 在有限的期间提供临时的 IP 地址。

DHCP 服务器有两个数据库。第一个数据库静态地绑定物理地址和 IP 地址。第二个数据库拥有可用 IP 地址池，使得 DHCP 成为动态。当 DHCP 客户机请求临时的 IP 地址时，DHCP 服务器就查找可用（即未使用的）IP 地址池，然后在可协商的期间内指派有效的 IP 地址。

当 DHCP 客户机向 DHCP 服务器发送请求时，服务器首先检查它的静态数据库。若静态数据库存在所请求的物理地址项目，则返回这个客户机的永久 IP 地址。反之，若静态数据库中没有这个项目，服务器就从可用 IP 地址池中选择一个 IP 地址，并把这个地址指派给客户机，然后把这个项目添加到动态数据中。

5.4.3　文件传输协议

TCP/IP 协议族提供了许多操纵文件的协议。访问远程文件最简单的机制是将特定的文件传输到本地机器上。在这种情况下，同一个文件可能会存在多个拷贝。文件传输协议（FTP）和简单文件传输协议（TFTP）都采用这种文件共享机制。

文件传输协议是用来在 TCP/IP 网络上从客户机向服务器传输信息的，反之亦然。FTP 协议的客户机与服务器之间完成数据传输，需要使用两个 TCP 连接，一个控制命令，一个数据传输。将控制和数据传输分开可以使 FTP 工作效率更高。控制连接主要用于传输 FTP 控制命令以及服务器的回送信息。数据连接主要用于数据传输，完成文件内容的传输。

利用控制命令，客户可以向服务器提出请求，比如传输一组文件。客户每提出一个请求，服务器就与客户建立一个数据连接，并进行实际的文件数据传输。一旦数据传输完毕，数据连接便相继撤销,但是控制连接仍然存在,客户可以继续发出传输文件的请求,直到客户使用关闭命令(Close)撤销控制连接,再使用退出连接命令(Quit),此时客户机与服务器之间的连接才算完全终止。

5.4.4 超文本传输协议

超文本传输协议(HTTP)是为了传输超文本标记语言(HTML)而设计的协议。HTML是一种用于创建超文本文档的标记语言。超文本文档包括与其他文档的链接,可以包含文档以外的其他元素,诸如图形图像、音频和视频素材等。

HTTP负责用户与服务器之间的超文本数据传输。客户端运行浏览器应用程序,它建立与服务器的连接,并以请求的形式发送一个请求到服务器。服务器用一个状态行做出响应,包括消息的协议版本以及成功或者错误代码,后面跟着一个消息,包括服务器消息、实体消息等。

HTTP会话过程划分为以下4个步骤:

(1) 浏览器的客户机与服务器建立连接。

(2) 浏览器的客户机发送一个请求到服务器。

(3) 服务器发送一个响应给浏览器的客户机。

(4) 客户机与服务器断开连接。

在Internet上HTTP通信通常在TCP连接上发生。默认端口是TCP80,其他端口也能使用。但是这并不排除能够在Internet或者其他网络的任何其他协议之上实现HTTP。HTTP只要求一种可靠的传输,因此可以使用提供这种保证的任何协议。

简单地说,HTTP是一种无状态协议,因为它不跟踪连接。例如,为了装入包含两个图形的页面,支持图形的浏览器将打开3个TCP连接:一个连接用于页面,而另外两个用于图形。然而大多数浏览器能够同时处理几个这样的连接。

5.4.5 电子邮件的相关协议

电子邮件(E-mail)是使用最广泛的TCP/IP应用。对于多数人来讲,电子邮件已经成为日常生活中不可缺少的一部分。

在TCP/IP协议集中,提供了两个电子邮件协议:简单邮件传送协议(Simple Mail Transfer Protocol,SMTP)和邮政代理协议(Post Office Protocol,POP)。

1. 简单邮件传送协议

简单邮件传送协议(SMTP)是基于电子邮件地址的系统,用来把邮件发送给另一个计算机用户。SMTP提供在相同的或不同的计算机上的用户之间的邮件交换。SMTP支持以下应用:

(1) 把邮件发送给一个或多个收信人。

(2) 发送包括正文、声音、视频或图形的报文。

(3) 把报文发送给Internet以外的网络上的用户。

在电子邮件系统中,SMTP 协议是按照客户机服务器方式工作的。发信人的主机为客户方,收信人的邮件服务器为服务器方,双方机器上的 SMTP 协议相互配合,将电子邮件从发信方的主机传送到收信方的信箱中。在传送邮件的过程中,需要使用 TCP 协议进行连接(默认端口号为 25)。SMTP 协议规定了发送方和接收方双方进行交互的动作,如图 5.5 所示。

图 5.5　SMTP 协议简单交互模型

2. 邮政代理协议

邮政代理协议(POP),目前主要使用的是 POP 第三版,即 POP3。POP3 的主要任务是实现当用户计算机与邮件服务器连通时,将邮件服务器的电子邮箱中的邮件直接传送到用户本地计算机上。

POP3 是一种标准协议,这是一种可选标准。邮政代理协议是一个同时具有客户机(发送方/接受方)和服务器(存储器)功能的电子邮件协议。POP3 支持电子邮件的基本检索功能(下载和删除)。

5.5　网络互联技术

5.5.1　互联网络的基本概念

网络互联是扩展网络的重要方法,即在简单网络的基础上,将分布在不同地理位置,并且采用不同协议的网络相互连接起来,以构成大规模的、复杂的网络,使不同的网络之间能够在更大范围进行通信,让用户方便透明地访问各种网络,达到更高层次信息交换和资源共享的目的。

网络互联通常要经过中间设备,可以统称为中继系统,在两个网络互联的路径上可以有多个不同类型的中继系统。按照 OSI/RM 开放系统互连参考模型的标准,对所属的层次划分,网络互联可以分为 4 个层次,即物理层的互联、数据链路层的互联、网络层的互联和高层的互联。

按照网络互联的距离,一般分为局域网的互联和广域网的互联两种类型,它们在原理、规范、技术和设备等方面均具有各自的特点,但由于计算机网络技术的飞速发展,各种技术相互融合,对网络技术和设备的分类越来越模糊。

实现网络互联的基本条件是:

(1)在需要连接的网络之间提供物理链路,建立数据交换的通道,并有全面的控制规程。

(2)在不同的网络之间建立适当的路由。

(3)能够在有差异的网络中间进行数据交换。

（4）能够进行有效的网络管理。

5.5.2 网络互联的基本类型

在介绍网络互联技术时，通常按照局域网和广域网的分类方法。在相对较小的地域范围内使用的计算机网络，称之为局域网，而广域网用于连接地域范围跨度较大的计算机网络。使用局域网和广域网这两个术语所关注的是网络中所使用的下层技术，相当于 OSI/RM 中的物理层、数据链路层和网络层，或 TCP/IP 中的网络接口层和网络层中所采用的网络连接技术，包括连接原理、方法和设备等。如图 5.6 所示为局域网技术和广域网技术的层次位置。在 OSI/RM 中的高层或 TCP/IP 中应用层采用的网关来解决互联问题。

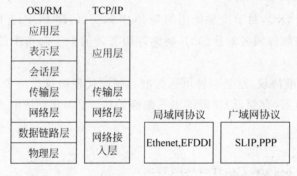

图 5.6　局域网技术和广域网技术的层次位置

1. 同构局域网互联与异构局域网互联

局域网范围的实际应用有同构局域网互联和异构局域网互联两种基本模式。同构局域网互联是指互联的局域网属于相同的结构类型，例如若干个以太网互联或若干个 FDDI 网的互联。互联设备是中继器、集线器、交换机和网桥等。异构局域网互联是指互联的局域网属于不相同的结构类型，例如若干个以太网和若干个令牌环网的互联。互联设备是路由器、网桥和交换机等。

2. 局域网与广域网互联

在地域范围较大或采用更多技术手段的条件下，实际应用时需要加入广域网的内容，一般有局域网-广域网互联和局域网-广域网-局域网互联两种基本模式。

局域网-广域网互联是指某结构类型的局域网和广域网互联，例如，以太网接入 Internet。互联设备是路由器和网关等。

局域网-广域网-局域网互联是指局域网分布地理位置过大，或必须采用广域网的技术手段，例如：两个城市间局域网的互联。互联设备是路由器和网关等。

5.5.3 网络互联的层次

网络互联一般需要中继系统通过若干中间设备才能实现。由于网络系统是分层的体系结构,其网络协议也分层次,按照 OSI/RM 模型和 TCP/IP 体系划分为 4 个网络互联层次,如图 5.7 所示。

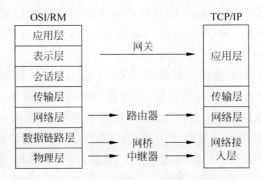

图 5.7　网络互联层次的概念模型

1. 应用层的互联

网关(Gateway)是应用层使用的互联设备。属于能够连接不同网络的硬件和软件的结合产品。网关用来连接异类网络,是一个协议转换器,工作在 OSI/RM 模型或 TCP/IP 体系的高层。通过网关可以使不同格式、不同通信协议、不同的结构类型的网络连接起来。实现不同协议网络间的信息传送和接收,简化了网络管理,网关的实现较为复杂,因此工作效率低,透明性不强,一般只限于几种协议的转换。

网关的连接方式有两种:无连接的网关和面向连接的网关。网关提供的服务主要是连接、翻译和转换,使不同类型的网络体系能够连接。

局域网的网关可以使运行不同协议或运行于 OSI/RM 模型不同层次上的局域网网段之间的通信或隔离,路由器和计算机都可以配置成网关。

2. 网络层的互联

网络互联一般连接相同协议的网络,可以连接异构网络,还可以利用协议将整个网络划分为若干逻辑子网。本层的互联主要解决的技术问题是:路由选择、拥塞控制、差错处理和分段技术等。网络层互联的典型设备是路由器,它具有判断网络地址和选择路径的功能,完成网络层中继的任务。

路由器是面向协议,并依据网络地址进行操作的设备。现在的路由器可以提供多种协议的支持,协议决定信息传输的最佳路径。路由器在网络层互联中的主要功能有地址映射、数据转换、路由选择和协议转换。

路由器有以下几种分类:

(1) 按网络互联原理分类,分为面向连接和无连接的路由器。

(2) 按功能分类,分为单协议路由器和多协议路由器。

(3) 按结构分类,分为模块化路由器和非模块化路由器。

(4) 按应用位置分类,分为核心路由器和边界路由器,核心路由器用于连接远程工作组和个人进入骨干网。边界路由器是配合中央交换路由器工作的一种特殊体系结构的路由器。

（5）按处理能力分类，可以分为高端路由器和低端路由器。

华为（Quidway）公司作为国内的 Internet 和 Intranet 网络互联产品的厂商，其研制的系列路由器设备和通用路由平台（VRP）软件产品主要用于连接计算机网络系统，其提供的解决方案应用于很多行业。华为路由器产品很多，具有很好的性能，是建立网络的优秀产品。

思科系统（Cisco System）公司是著名的 Inranet 和 Internet 网络互联产品厂商，其设备和软件产品主要用于连接计算机网络系统，其提供的解决方案是建立经典网络互联的基础，用户遍及各行各业。Cisco 的路由器产品很多，从高端到低端，具有很好的性能。

路由表：路由器一般至少连接两个网络，并根据它所连接网络的状态决定数据包的传输路径。而且路由器会生成一个"路由表"，这个路由表会跟踪记录着相邻其他路由器的地址和状态信息。路由器使用路由表，并根据传输距离，通信费用等，通过优化算法来决定一个特定的数据包的最佳传输路径。

路由器有两种基本的路由选择方式，即静态路由和动态路由方式。

（1）静态路由选择是通过网络管理员设置路由表来完成的，在任意两个路由器之间都有固定的路径。当某个网络设备或网络链路出故障时，网络管理员就要手工更新路由表。静态路由器可以确定某条网络链路是否关闭，但若没有网络管理员的干预，它就不能自动选择正常的链路进行路由。

（2）动态路由的产生不需要网络管理员的介入，是由路由协议自动更新它们的路由表并在需要时重新配置网络路径。当一个网络链路出故障时，动态路由协议将自动检测到故障并建立一条最有效的新路径。新路径的选择取决于对网络负载、电路类型和带宽的综合考虑。

3. 数据链路层的互联

在 OSI/RM 的数据链路层的互联主要应用桥接和交换技术，对帧信息进行存储转发，对传输的信息有较强的管理能力。数据链路层实现网络互联常用的设备是网络适配器、网桥和交换机等。

（1）网络适配器：俗称网卡（Network Interface Card，NIC），是 OSI/RM 中数据链路层的设备。网络适配器是局域网的接入设备，是单机与网络间架设的桥梁。

（2）网桥：网桥（Bridge）是局域网中最为常用的网间连接器，它工作在 OSI/RM 的数据链路层，实现局域网的连接。网桥的功能是在局域网之间存储、转发帧并实现数据链路层上的协议转换。网桥可分为内桥和外桥；根据网桥连接的范围，又分为本地桥和远程桥。

（3）交换机：交换机（Switch）也称交换器。交换机是一个具有简单、低价、高性能和高端口密集特点的交换产品，体现了桥接技术的复杂交换技术，在 OSI/RM 模型的第 2 层操作，与桥接器一样，交换机按每一数据包中的 MAC 地址相对简单地决策信息转发。

交换机采用了 3 种交换技术，即端口交换、帧交换和信元交换。

交换机是组成网络系统的核心设备，主要的指标有：交换端口的数量、类型、主干线连接方法和扩充能力；交换能力和路由选择能力；热切换能力和容错能力；与现有设备的兼容性；网络管理能力。

4. 物理层的互联

中继系统作用于同种网络的 OSI/RM 物理层上,只对比特信号进行接收、波形整形、放大和发送,可以扩大一个网络的作用地域范围,一般不具备管理能力,使用的设备主要有中继器、集线器和调制解调器。

(1) 中继器:中继器是互联网络中最简单的网间连接器,用来连接两个具有相同物理层协议的局域网。一般情况下,中继器的两端连接的是相同的介质,但有的中继器也可以完成不同介质的转接工作。

(2) 集线器(Hub):集线器是物理层使用的一种简单中继的扩展形式,集线器提供多端口服务,也称多口中继器。局域网集线器分为 5 种不同的类型,分别是单中继器网段集线器、多网段集线器、端口交换式集线器、网络互联集线器和交换式集线器。

(3) 调制解调器(Modulator/Demodulator,Modem):调制解调器是个人计算机联网的一个非常重要的设备。它是一种计算机硬件,能把计算机产生出来的信息变换成可以沿普通电话线传送的模拟信号,而这些模拟信号又可由线路另一端的另一调制解调器接受,并翻译成接收计算机可理解的语言,也就是模拟与数字信号的转换设备。随着宽带网络的大力发展,与较新的 ISDN、ADSL 等技术相比,传统电话线路用的调制解调器使用得越来越少了。

习题 5

一、单项选择题

1. 联网计算机在相互通信时必须遵循统一的(　　　)。

A. 软件规范　　　　B. 网络协议　　　　C. 路由算法　　　　D. 安全规范

2. WWW 客户与 WWW 服务器之间的信息传输使用的协议为(　　　)。

A. HTTP　　　　B. HTML　　　　C. SMTP　　　　D. IMAP

3. 一个 IP 地址由网络地址和(　　　)两部分组成。

A. 广播地址　　　　B. 多址地址　　　　C. 主机地址　　　　D. 子网掩码

4. B 类 IP 地址默认的子网掩码是(　　　)。

A. 255.0.0.0　　　　　　　　　　B. 255.255.0.0

C. 255.255.255.0　　　　　　　　D. 255.255.255.255

5. 从通信协议的角度来看,路由器是从(　　　)上实现网络互联的。

A. 物理层　　　　B. 链路层　　　　C. 网络层　　　　D. 传输层

6. 在 TCP/IP 的 4 个概念层中不包括的层是(　　　)。

A. 会话层　　　　B. 网络接口层　　　　C. 网络层　　　　D. 传输层

7. Internet 上直接用于文件传输的协议为(　　　)。

A. E-mail　　　　B. HTTP　　　　C. Telent　　　　D. FTP

8. 在 Internet 主机域名中,下面代表商业组织机构的是(　　　)。

A. gov　　　　B. com　　　　C. edu　　　　D. net

9. 下面 IP 地址中,属于 C 类地址的是( )。

A. 26.26.48.89 B. 162.115.46.99

C. 190.112.164.34 D. 212.192.128.64

10. IPv4 采用的 IP 地址是由( )个字节组成的。

A. 32 B. 8 C. 1 D. 4

11. 域名服务器上存放着 Internet 主机的( )。

A. 域名 B. IP 地址

C. 电子邮件地址 D. 域名和 IP 地址的对照表

12. IPv6 将 IP 地址空间扩展到( )位。

A. 16 B. 32 C. 64 D. 128

13. 调制解调器具有两个功能,一是调制功能,二是解调功能,其中解调功能是( )。

A. 数字信号与模拟信号之间的转换 B. 将数字信号转换为模拟信号

C. 将模拟信号转换为数字信号 D. 实现模拟信号的传输

14. HTTP 是( )。

A. 统一资源定位器 B. 远程登录协议

C. 文件传输协议 D. 超文本传输协议

二、简答题

1. 什么是网络协议?网络协议主要包括哪些?

2. IPv4 采用的 IP 地址分为哪几类?

3. 目前 IP 地址的划分有几种?地址长度为多少位?

4. OSI 和 TCP/IP 参考模型有哪些层?它们的对应关系如何?

5. 什么是域名系统?

6. 什么是域名解析?

7. SMTP 和 POP3 是什么协议?它们的主要任务是什么?

8. 实现网络互联的基本条件是什么?

9. 简述路由器的性能。

10. 交换机采用的主要交换技术和性能指标是什么?

第6章

Internet 技术及其应用

- Internet 概述；
- Internet 的产生及其在中国的发展；
- Internet 的接入方式；
- Internet 提供的主要服务。

6.1 Internet 概述

Internet 是国际计算机互联网络，它将全世界不同国家、不同地区、不同部门和机构的不同类型的计算机及国家主干网、广域网、城域网、局域网通过网络互联设备"永久性"地高速互联，因此是一个"计算机网络的网络"。

Internet 将全世界范围内几乎各个国家、地区、部门和各个领域的信息资源联为一体，组成庞大的电子资源数据库系统，供全世界网上用户共享。

Internet 的中文名称为"因特网"。从技术角度来看，Internet 包括了各种计算机网络，从小型的局域网、城市规模的城域网，到大规模的广域网。计算机主机包括了 PC、专用工作站、小型机、中型机和大型机。这些网络和计算机通过电话线、高速专用线、微波、卫星和光缆连接在一起，在全球范围内构成了一个四通八达的"网间网"。

6.2 Internet 的产生及其在中国的发展

6.2.1 Internet 的产生

Internet 的前身是美国 1969 年国防部高级研究所计划局（ARPA）作为军用实验网络，名字为 ARPANET，初期只有 4 台主机，其设计目标是当网络中的一部分因战争原因遭到破坏时，其余部分仍能正常运行。20 世纪 80 年代初期，ARPA 和美国国防部通信局研制成功用于异构网络的 TCP/IP 并投入使用。1986 年在美国国会科学基金会（NSF）的支持下，用高速通信线路把分布在各地的一些超级计算机连接起来，经过十几年的发展形成 Internet。Internet 代表着全球范围内一组无限增长的信息资源，其内容之丰富是任何语言也难以描述的。它是第一个实用信息网络，入网的用户既可以是信息的消费者，也可能是信息的提供者。随着一个又一个的连接，Internet 的价值越来越高，因此 Internet 以科研教育为主的运营性质正在被突破，商业化趋势日益明显，电子商务（EC）在 Internet 中的应用越来越广泛。

6.2.2 Internet 在中国的发展

Internet 在中国的发展大致可以分为两个阶段：

1. 第 1 阶段：1987—1993 年

这一阶段中国与 Internet 的连接仅仅是电子信件的转发连接，并只在少数高校和科研机构提供了电子函件的服务。

1987 年 9 月，北京计算机应用技术研究所与德国卡尔斯鲁厄大学合作，建成 CANET 中国科技网（China Academic Network），它是中国第 1 个 Internet 电子函件服务节点，并于 1990 年 10 月正式向因特网信息中心注册中国的域名 cn。

1989 年中国科学院高能所通过美国斯坦福加速器中心实现国际电子函件的转发。

同年 11 月，中国科学院计算机信息网络中心联合了清华大学和北京大学，开始利用光缆连接中关村地区的数十个研究所和这两所大学，虽然当时它还没有与 Internet 接通，但后来发展成为中国的国家主干网之一。

1990 年由电子部十五所、电科院、复旦和上海交大等单位与德国 GMD 合作建立 CRN 中国研究网（China Research Network），连通国际电子函件系统。

但是在这个阶段，中国还没有自己的 Internet 主干网，因此，用户在使用 Internet 时需从本地局域网进入某个广域网（公用电话网或分组交换网），然后从广域网的某个节点进入美国的 Internet，再依次返回与该用户进行通信的另一个用户所在的本地局域网。比如，中国的两个用户利用 Internet 通信时，不论他们相距多近，都得绕道美国走一个来回。

2. 第二阶段：1994—1997 年

1994 年 3 月，美国正式批准中国进入 Internet，中国政府也批准 Internet 与中国连通。

1994 年中国第一条 Internet 专线在中国科学院高能物理研究所正式接通。该所的 IHEPNET 网络迈出了与世界各地数百万计算机共享信息的第一步，并最先向中国 1000 多名科研人员提供了 Internet 的访问和使用，同时也提供了中国在 WWW（万维网）上的第 1 套主页。同年 8 月，在北京召开的高能物理大会第一次通过 Internet 由中国向全世界发布信息。

同年 4 月，由国家计委和世界银行资助建设的，由中科院、北大、清华的三个院校网组成的 NCFC 中国教育与科研示范网通过一条 64Kb/s 专线与 Internet 接通。该网络后来进一步发展，并改名为 CSNET 中国科技网，成为中国四大主干网之一。

也是在这一年，中国四大主干网之一的 CERNET 中国教育科研网开始建设。

1995 年，中国最大的主干网 ChinaNET 中国公用计算机互联网开始建设。

1996 年，中国四大主干网之一的 ChinaGBN 中国金桥信息网开始扩展建设。

1997 年，中国四大主干网实现互联，国际线路总带宽达 26.64Mb/s。

我国自 1994 年正式加入 Internet 并成为 Internet 的第 71 个成员单位以来，入网用户数量增长很快。据 CNNIC 公布的网上调查，截至 2004 年 6 月 30 日中国接入 Internet 的用户达 8700 万人（1997 年 10 月为 62 万人），上网计算机数 3630 万台（1997 年 10 月为 29.9 万台），CN 下注册的域名数为 382 216 个（1997 年 10 月为 4066 个），网站数为 626 600 个。

　　中国国内互联网，目前已建成和正在建设中的骨干网络是：中国公用计算机互联网（Chinanet）、中国教育和科研计算机网（CERnet）、中国科技网（CSTnet）、中国金桥信息网（ChinaGBN）、中国联通互联网（UNInet）、中国网通公用互联网（CNCnet）、中国国际经济贸易互联网（CIETnet）、中国移动互联网（Cmnet）和中国长城互联网（CGWnet）等。

　　目前，国家投入了大量的资金开通了国际出口通路，截至 2004 年 6 月 30 日，中国网络总出口带宽为 53941Mb/s 左右。其中中国公用计算机互联网（Chinanet 即 163 网）就占了 39 324Mb/s。连接的国家有美国、加拿大、澳大利亚、英国、德国、法国、日本、韩国等。

6.3　Internet 的接入方式

6.3.1　光纤宽带上网方式

　　光纤是速度最快的 Internet 接入方式，适用于对带宽要求较高的大型组织的 Internet 接入，接入技术和成本要求均较高，一般适用于大型企业和高校。

6.3.2　数字数据网

　　数字数据网（Digital Data Network，DDN）是目前企业接入 Internet 最常见的方式，速度最大可以达到 2Mb/s。它的性能较为稳定，成本也较光纤低，较适合中型企业。

6.3.3　综合业务数字网

　　综合业务数字网（Integrated Service Digital Network，ISDN），俗称"一线通"，电信部门在用户和电话局两端各增加一些终端设备，即可在一条线上同时完成电话、传真、上网等多种服务。用户端需增加带来电显示屏的 NT1 Plus 或 ISDN PC 盒等终端设备，用户端的 ISDN 终端服务可以同时支持电话、传真和以 64Kb/s 或 128Kb/s 的速率访问 Internet。除了访问速率高外，ISDN 的数字传输比模拟传输更不会受到静电和噪声的影响，使数字通信中的错误更少，减少重新传输数据所花费的时间。

6.3.4　非对称数字用户线路

　　非对称数字用户线路（Asymmetric Digital Subscriber Loop，ADSL）的上行和下行速度不同，下行最快速度可达 8Mb/s，上行最快速度可达 10Mb/s。它采用电话线上网，但不需要拨号。ADSL 的费用低于 DDN，但速度高于 DDN，是现今企业接入 Internet 的一种常选方式。它的特点是：直接利用电话线,上网打电话互不干扰,采用点对点的拓扑结构,用户可在局域网内共享接入。同时,由于 ADSL 较高的传输速度,可实现真正的多媒体服务。

6.3.5 普通电话线拨号上网

电话拨号上网方式有"注册拨号上网"和"直接拨号上网"两种。

注册拨号上网:用户到所选择 ISP 代理商处注册,同时得到用户名、密码、E-mail 地址等资料,按照资料进行设置后即可拨号上网,网络连接费和电话费分开支付。

直接拨号上网:用户不必进行注册,可直接通过拨打连接上网,网络连接费和电话费一同支付。

普通电话线拨号上网用的设备是 Modem。Modem 的中文名称是"调制解调器",它是将计算机内部的数字信号与电话线路上传输的模拟信号进行相互转换的设备。拨号上网就是通过 Modem 和电话线将用户计算机连接到 Internet 的方式,这种上网方式费用比较低,适合家庭和个人使用,但这种方式因为通过电话线,上网和通话不能同时进行,而且这种方式速度比较慢,最高的 Modem 上网速度只有 56Kb/s。因此越来越少有人使用了。

一般的调制解调器分为两种,一种是安装在计算机机箱里面的,叫内置 Modem,如图 6.1 所示。还有一种是装在计算机机箱外面的,叫外置 Modem 如图 6.2 所示。

图 6.1　内置 Modem　　　　　　　　　　图 6.2　外置 Modem

6.3.6 WAP 无线上网

随着移动通信技术的发展以及移动通信应用的普及,Internet 技术与移动通信技术相结合而形成的"移动互联网"技术应运而生。移动互联网的出现使人们不仅可以随时随地建立联系还能随时随地获取自己所需要的信息。

WAP 是无线应用协议的简称。这是一个开放的、全球性的、由多个厂家共同制定的标准,用来标准化无线通信设备(包括移动电话、PDA 等)以及有关网络设备,使用户使用轻便的移动终端就可以获得 Internet 上的各种信息服务和应用。

目前的 WAP 无线上网有两种形式:一种是通过移动电话来实现的 WAP 无线上网;另一种是笔记本电脑安装了移动上网设备后进行无线上网。采用第二种方式,用户需要为自己的笔记本电脑配备一块移动网卡,一张开通了 WAP 业务的 SIM 卡,并做好相关的设置后即可实现。

6.3.7 局域网接入

局域网连接 Internet 是通过传输媒介将本地计算机与服务器连接,并利用服务器接入 Internet 的方式。目前最为常见的是小区的宽带接入。

光纤到大楼或小区后采用以太网接入(即 FTTx＋LAN)是被广泛看好的宽带接入手段。以太网接入采用 5 类非屏蔽双绞线(UTP)作为接入线路,需要在楼内进行综合布线。以太网引入到接入网甚至城域网后,从用户桌面、接入网到核心网就可以完全采用同一技术,避免了协议转换带来的问题。以太网接入有扩展性好、价格便宜、接入速率高、技术成熟简单等优势,能向用户提供 10/100Mb/s 的终端接入速率。尤其是对于高密度用户群,以太网接入的经济性能也非常好,而中国由于城市居民的居住密度大,正好适合以太网接入的这一特性。于是中国在 2000—2001 年间一度掀起了以太网接入的建设高潮,以高起点来对抗传统运营商的 ADSL 接入。对许多新建小区全面施行综合布线,将以太网插口布放到每一个家庭,并很快在这一市场上占据了主导地位。

用户从网络管理员处获得 IP 地址、子网屏蔽、网关及 DNS 参数并进行配置后,即可通过局域网连接 Internet。

6.4 Internet 提供的主要服务

Internet 是一个庞大的互联系统,它通过全球的信息资源和入网的 170 多个国家的数百万个网点,向人们提供了包罗万象、瞬息万变的信息。由于 Internet 本身的开放性、广泛性和自发性,可以说,Internet 上的信息资源是无限的。

人们可以在 Internet 上迅速而方便地与远方的朋友交换信息,可以把远在千里之外的一台计算机上的资料瞬间复制到自己的计算机上,可以在网上直接访问有关领域的专家,针对感兴趣的问题与他们进行讨论。人们还可以在网上漫游、访问和搜索各种类型的信息库、图书馆甚至实验室。很多人在网上建立自己的主页,定期发布自己的信息。所有这些都应当归功于 Internet 所提供的各种各样的服务。

Internet 的应用给人们提供了一种交流方式上的一次新的革命。为了访问和获取网上的各种信息资源,为了更加充分地利用 Internet 这个得天独厚的信息交流环境,发明和创造了各种各样的软件工具,大大地方便了人们在 Internet 上访问和搜索网上信息资源以及进行彼此间的交流。

Internet 提供的服务包括 WWW 服务、电子邮件(E-mail)、文件传输(FTP)、远程登录(Telnet)、新闻论坛(Usenet)、新闻组(News Group)、电子布告栏(BBS)、文件搜寻(Archie)等等,用户通过 Internet 提供的这些服务,获取 Internet 上提供的信息和功能。这里简单介绍最常用的几种服务。

6.4.1 WWW 服务

1. WWW 的含义

WWW(World Wide Web)的简称是 Web,也称为"万维网",是一个在 Internet 上运行

的全球性的分布式信息系统。WWW 是目前 Internet 上最方便和最受用户欢迎的信息服务系统，它的影响力已远远超出了专业技术范畴，并且已经进入到广告、新闻、销售、电子商务与信息服务等各个行业。WWW 通过 Internet 向用户提供基于超媒体的数据信息服务。WWW 能把各种类型的信息（文本、图像、声音和影视）有机地集成起来，供用户浏览和查阅。

2. WWW 的有关概念

1）超文本与超链接

对于文字信息的组织，通常是采用有序的排列方法，比如一本书，读者一般是从书的第一页到最后一页顺序地查阅他所需要了解的知识。随着计算机技术的发展，不断推出新的信息组织方式，以方便人们对各种信息的访问，超文本就是其中之一。所谓"超文本"就是指它的信息组织形式不是简单地按顺序排列，而是用由指针链接的复杂的网状交叉索引方式，对不同来源的信息加以链接。可以链接的有文本、图像、动画、声音或影像等，而这种链接关系则称为"超链接"。显示了 WWW 中各种信息网状交叉索引的关系。

2）主页

主页（Homepage）是指个人或机构的基本信息页面，用户通过主页可以访问有关的信息资源。主页通常是用户使用 WWW 浏览器访问 Internet 上的任何 WWW 服务器（即 Web 主机）所看到的第一个页面。

主页通常是用来对运行 WWW 服务器的单位进行全面介绍，同时它也是人们通过 Internet 了解一个学校、公司、政府部门的重要手段。WWW 在商业上的重要作用就体现在这里，人们可以使用 WWW 介绍一个公司的概况、展示公司新产品的图片、介绍新产品的特性，或利用它来公开发行免费的软件等，如图 6.3 所示。

图 6.3　搜狐网站主页

3）超文本传输协议（HTTP）

　　由于 WWW 支持各种数据文件，当用户使用各种不同的程序来访问这些数据时，就会变得非常复杂。此外，对于用户的访问，还要求具有高效性和安全性。因此，在 WWW 系统中，需要有一系列的协议和标准来完成复杂的任务，这些协议和标准就称为 Web 协议集，其中一个重要的协议就是 HTTP。

　　4）统一资源定位器

　　统一资源定位器（Uniform Resource Locator，URL）用来定位 HTML 超链接信息资源所在的位置。它描述浏览器检索资源所用的协议、资源所在的计算机和主机名，以及资源的路径和文件名。

　　目前，在 WWW 系统中编入 URL 中最普遍的服务连接方式有如下几种：

- HTTP：使用 HTTP 协议提供超文本信息服务的 WWW 信息资源空间；
- FTP：使用 FTP 协议提供文件传送服务的 FTP 资源空间；
- FILE：使用本地 HTTP 协议提供超文本信息服务的 WWW 信息资源空间；
- Telnet：使用 Telnet 协议提供远程登录信息服务的 Telnet 信息资源空间。

　　例如，HTTP://www.cnu.edu.cn 是首都师范大学在 Internet 上的域名，使用超文本的传输协议连接。FTP://www.lib.pku.edu.cn 是北京大学在 Internet 上的域名，使用文件的传输协议进行连接。

3. WWW 浏览器

　　WWW 的客户端程序被称为 WWW 浏览器，它是用来浏览 Internet 的 WWW 主页的软件。WWW 浏览器是采用 HTTP 通信协议与 WWW 服务器相连的，而 WWW 主页是按照 HTML 语言制作的。WWW 浏览器用户要想浏览 WWW 服务器上的主页内容，就必须先按照 HTTP 协议从服务器上取回主页，然后按照与制作主页时相同的 HTML 语言阅读主页。因此，借助于标准的 HTTP 协议与 HTML 语言，任何一个 WWW 浏览器都可以浏览任何一个 WWW 服务器中存放的 WWW 主页，这样就给用户提供了很大的灵活性。

　　WWW 浏览器不仅为用户打开了寻找 Internet 上内容丰富、形式多样的主页信息资源的便捷途径，也提供了 Internet 新闻组、电子邮件与 FTP 协议等功能强大的通信手段，而且现在的 WWW 浏览器的功能非常强大，它几乎可以访问 Internet 上的所有信息。

　　随着 WWW 浏览器技术的发展，WWW 浏览器开始支持一些新的特性。例如，通过支持 VRML（虚拟现实的 HTML 格式），用户可以通过 WWW 浏览器看到许多动态的主页，如旋转的三维物体等，并且可以随意控制三维物体的运动，从而大大地提高了用户的兴趣。目前绝大多数 WWW 浏览器都支持 Java 语言，它可以通过一种小的应用程序 Applet 来扩充 WWW 浏览器的功能，现在流行的 WWW 浏览器基本上都支持多媒体特性，声音、动画以及视频都可以通过 WWW 浏览器来播放，使 WWW 世界变得更加丰富多彩。

6.4.2　电子邮件服务

　　电子邮件简称 E-mail，它是一种通过 Internet 与其他用户进行联系的快速、简便、价廉的现代化通信手段，也是目前 Internet 用户使用最频繁的一种服务功能。电子邮件的收发过程和普通信笺的工作原理非常相似。不同点是电子邮件传送的不是具体实物而是电子信号。因此它不仅可以传送文字、图形,甚至连动画、视频、声音等文件或程序都可以传送。

1. 电子邮件地址

电子邮件地址格式为:用户名@主机域名,如 xiaoming@sohu.com,其中@读作"埃踏",@前面的为邮箱的用户名,后面的为邮件服务器,表示用户名 xiaoming 的邮箱在邮件服务器 sohu.com 上。

2. 电子邮件协议

传输和接收电子邮件需要遵循统一的规则,即 SMTP 和 POP。

SMTP 是一个标准化的简单邮件传输协议,描述电子邮件的信息格式和传输方式。

POP 即邮局协议,它允许用户从任意一台计算机登录接入 Internet,下载所注册的POP3 邮件服务器中自己电子邮箱中的邮件,并允许通过发送命令来保留或删除邮件服务器中的邮件。

3. 免费邮箱申请

在使用电子邮件地址收发电子邮件时有收费的电子邮件邮箱,也有免费的电子邮箱。下面介绍免费的电子邮件账号即免费的电子邮箱的申请过程。

目前国内有许多网站提供免费电子邮件服务。这些免费电子邮件的邮箱大小各异,小的有 4MB、10MB,大的有 25MB,甚至更大。下面以免费的电子邮件服务商"网易"为例,介绍如何申请免费的电子邮件。操作步骤如下:

(1)首先单击桌面上或快捷启动工具栏中的 IE 图标,启动 IE 浏览器。

(2)在 IE 浏览器地址栏中输入网址" http://www.163.com",按 Enter 键,进入网易的主页,如图 6.4 所示。

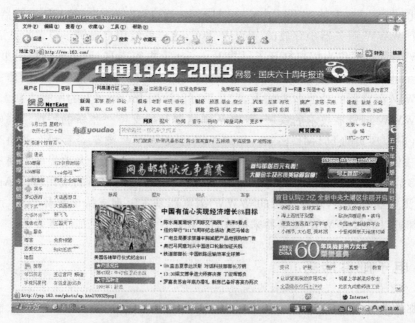

图 6.4 网易的主页

（3）单击页面最上方的链接"注册免费邮箱"，进入邮箱注册页面，如图 6.5 所示。

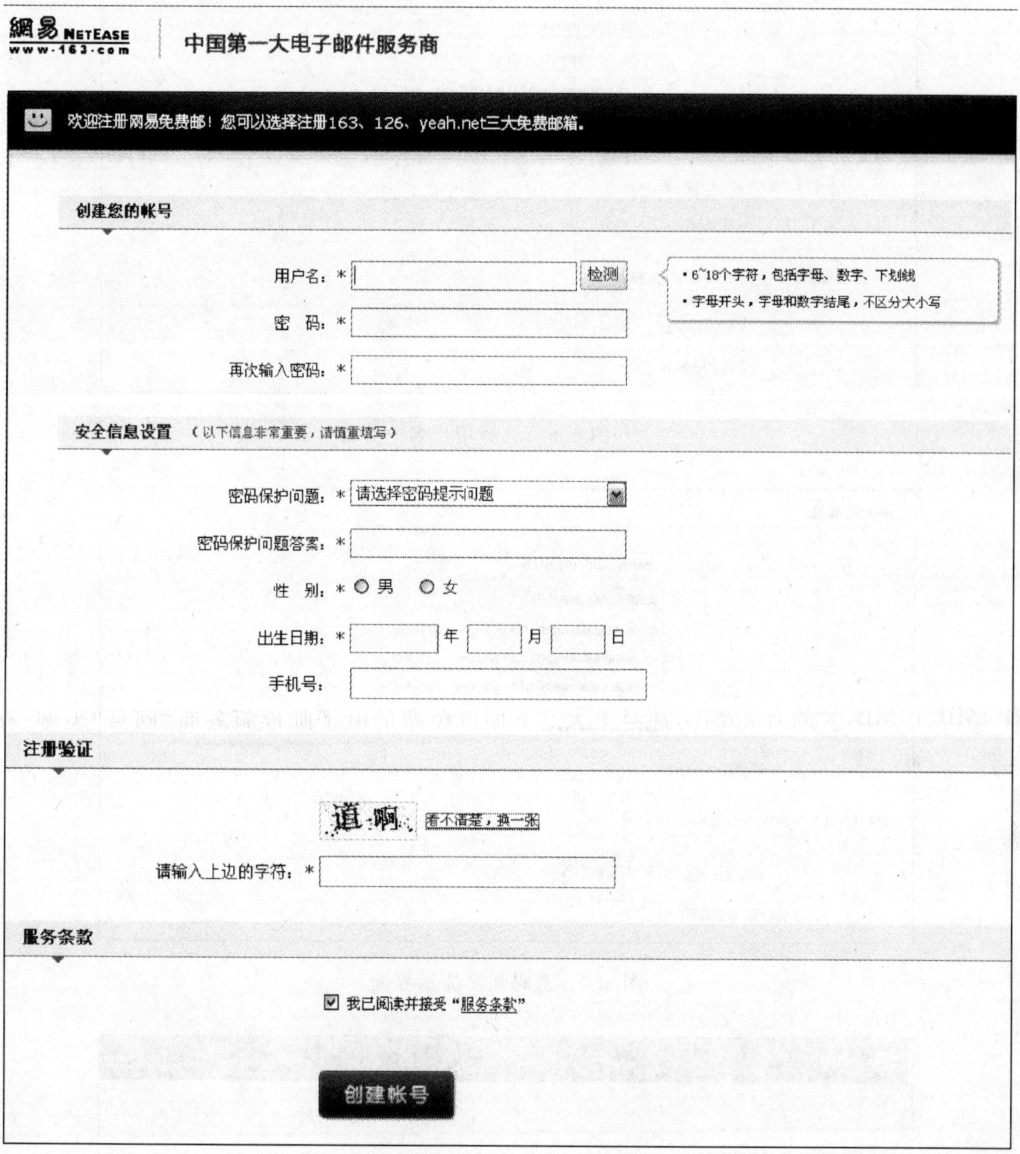

中国第一大电子邮件服务商

图 6.5　邮箱注册界面

依次填写各个项目，前面带"＊"的为必填项目。填写完毕后单击最下方的"创建账号"按钮。其中填写用户名时，可单击后面"检测"按钮，系统会对用户名进行检测，防止出现重名。用户名填写完成后，系统会自动出现"请选择您想要的邮箱账号"，从"@163.com"、"@126.com"、"@yeah.net"中选择一个即可，如图 6.6 所示。

密码填写长度为 6～16 个字符，填写时，系统会自动依据所设密码长度来判定密码强度，建议字母和数字混合编写密码，如图 6.7 所示。

（4）全部信息填写完成，单击"创建账号"按钮，完成注册，如图 6.8 所示。

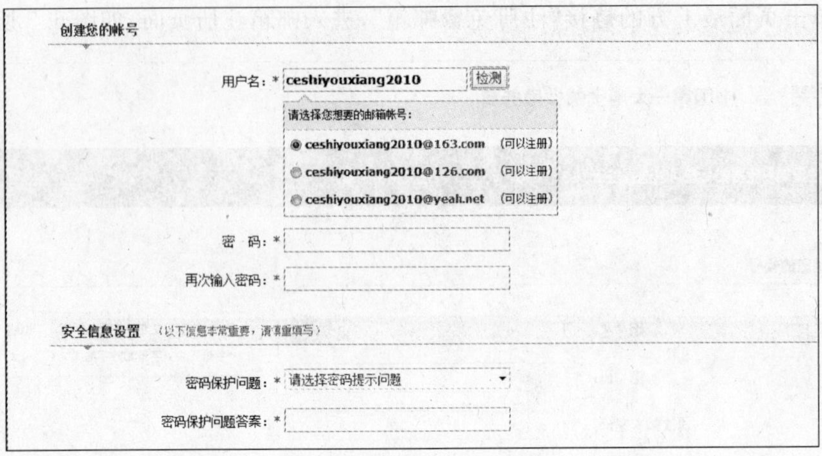

创建您的帐号

用户名：* **ceshiyouxiang2010**　　检测

请选择您想要的邮箱帐号：

◉ ceshiyouxiang2010@163.com （可以注册）

◎ ceshiyouxiang2010@126.com （可以注册）

◎ ceshiyouxiang2010@yeah.net （可以注册）

密　码：*

再次输入密码：*

安全信息设置 （以下信息非常重要，请慎重填写）

密码保护问题：* 请选择密码提示问题 ▼

密码保护问题答案：*

图 6.6　选择用户名

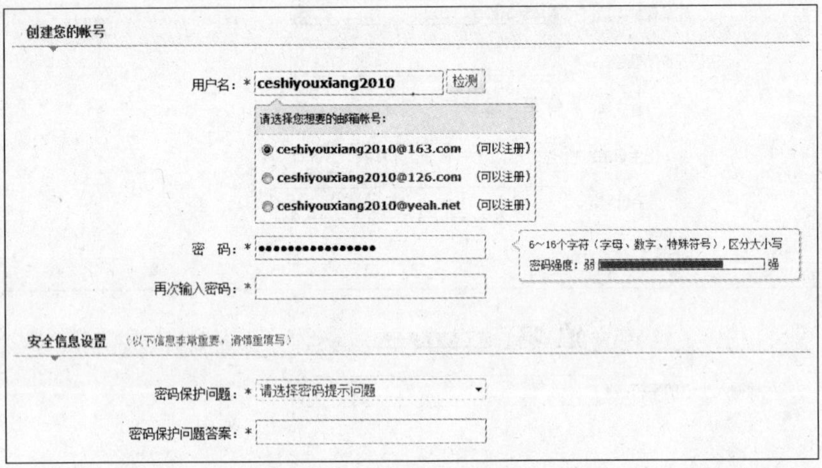

创建您的帐号

用户名：* **ceshiyouxiang2010**　　检测

请选择您想要的邮箱帐号：

◉ ceshiyouxiang2010@163.com （可以注册）

◎ ceshiyouxiang2010@126.com （可以注册）

◎ ceshiyouxiang2010@yeah.net （可以注册）

密　码：* ●●●●●●●●●●●●　　　6～16个字符（字母、数字、特殊符号）区分大小写
密码强度：弱 ▓▓▓▓▓▓▓▓▓▓▓▓▓▓ 强

再次输入密码：*

安全信息设置 （以下信息非常重要，请慎重填写）

密码保护问题：* 请选择密码提示问题 ▼

密码保护问题答案：*

图 6.7　密码强度提示界面

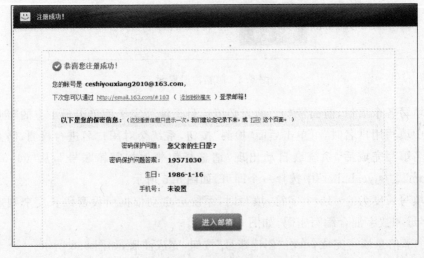

☺ 注册成功！

◉ 恭喜您注册成功！

您的帐号是 **ceshiyouxiang2010@163.com**，

下次您可以通过 http://email.163.com/#163 （ 添加到收藏夹 ） 登录邮箱！

以下是您的保密信息：（这些重要信息只提示一次。我们建议您记录下来，或 打印 这个页面。）

密码保护问题：　您父亲的生日是？

密码保护问题答案：　19571030

生日：　1986-1-16

手机号：　未设置

进入邮箱

图 6.8　注册成功界面

4. 用浏览器撰写和发送电子邮件

以 163 网易为例，操作步骤如下：

（1）首先进入邮箱主页，如图 6.9 所示。

图 6.9　进入邮箱界面

（2）单击左侧"写信"按钮，开始撰写信件内容，如图 6.10 所示。

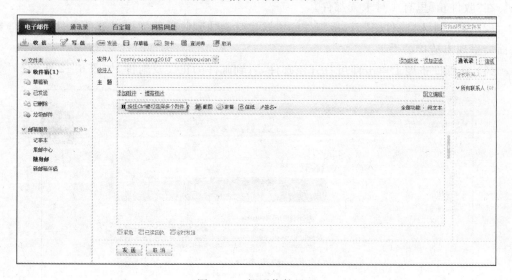

图 6.10　撰写信件界面

在"收件人"一栏，输入收信人的 E-mail 地址，如果一次给多个人发，在多个地址中间用英文逗号隔开，已存邮箱地址可从右侧通讯录中导入。接着输入"主题"，它是这封邮件的题目,收件人在不打开邮件就已经知道邮件的大致内容了。

接下来在最大的文本编辑框中撰写邮件的正文内容。如果除了信的内容外还可以附加一些文件,如图片等。可以单击主题下面的"添加附件"按钮,在打开的对话框中选择需要发送的文件。

(3) 最后单击正文编辑框下面的"发送"按钮。完成信件的发送。

5. 用浏览器接收和查看电子邮件

查收电子邮件的操作步骤如下:

(1) 用自己的用户名登录到 163 邮箱。单击左侧"收信"按钮,或是其下方的链接"收件箱",如图 6.11 所示。

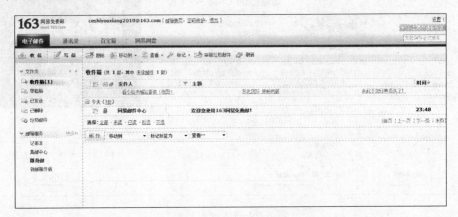

图 6.11 收到新邮件

在"收件箱"里有 1 封未读邮件。

(2) 单击进入"收件箱"后,从邮件的主题里就会找到收件箱中想查看的邮件,光标停在上面会呈现出链接的手形。

(3) 在邮件主题上单击即可打开该邮件,看到邮件的正文及附件,如图 6.12 所示。

图 6.12 打开并查看邮件

（4）保存这个附件。单击"下载附件"，将弹出"文件下载"对话框，如图 6.13 所示。询问是将附件中的文件现在打开，还是下载到硬盘上。这里单击"保存"按钮。

（5）选择一个保存文件的位置，单击"保存"按钮，文件就被下载到硬盘上了。

6. 回复或转发邮件

当查看完电子邮件的内容后，准备回复这封邮件，单击页面上的"回复"按钮，邮件的"收件人"就自动填写好将要回复的 E-mail 地址，并在原有

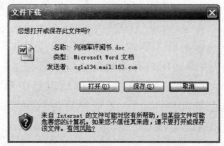

图 6.13　"文件下载"对话框

主题前加上"Re:"这些都是由系统来完成的。而且不用再手动输入了，也可以避免写错地址，直接可以发送到来信人的邮箱了。

如果接收的邮件需要转发给别人，可以连同邮件内容和附件一起进行转发。具体操作是：单击页面上的"转发"按钮进入转发界面，如图 6.14 所示，在"收件人"栏中填入转发对象的邮件地址，然后单击"发送"按钮即可。

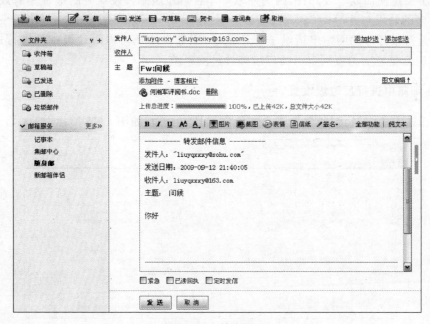

图 6.14　转发页面

7. 过滤垃圾邮件

1）垃圾邮件

人们常说的垃圾邮件包括：

- 收件人事先没有提出要求或者同意接收的广告、电子刊物、各种形式的宣传品等宣传性的电子邮件。
- 收件人无法拒收的电子邮件。
- 隐藏发件人身份、地址、标题等信息的电子邮件。

- 含有虚假的信息源、发件人、路由等信息的电子邮件。
- 可概括为凡是隐藏了自己真实身份的邮件，均可列为垃圾邮件。

2）垃圾邮件的预防

面对铺天盖地、泛滥成灾的垃圾邮件，也并不是束手无策，可以介绍给用户一些常用的方法，帮助用户有效地防止垃圾邮件。

（1）言行谨慎。言行谨慎以避免泄露自己的邮件地址。在一般网页上，不要随便登记自己的邮件地址，也不要轻易告诉别人。朋友之间相互留信箱地址时可以采用变通的方式，比如 abc@xxx.com，可以改写成 abc#xxx.com，这样你的朋友一看便知，而 E-mail 收集软件则无法识别，这样，我们就可以有效地防止垃圾邮件的进攻了。

（2）给自己的邮箱起名字时，避开一般人用自己名字的拼音作为用户名，过于简单容易被垃圾邮件发送者捕捉到，起个保护强一点的用户名，比如用英文和数字的组合，尽量长点儿，可以少受垃圾邮件的骚扰。

（3）借助反垃圾邮件的专门软件。如，用 BounceSpamMail 软件给垃圾邮件制造者回信，告之所发的信件地址是无效的，避免垃圾邮件的重复骚扰；McAfeeSpamKiller 软件也可以防止垃圾邮件，同时自动向垃圾邮件制造者回复"退回"等错误信息，防止再次收到同类邮件。

（4）不要随便回复垃圾邮件，因为回复等于告诉垃圾邮件发送者的地址是有效的，这样会招来更多的垃圾邮件。

（5）选择服务好的网站申请电子邮箱地址，服务供应商可以对垃圾邮件进行过滤。好的服务供应商更有实力发展自己的垃圾邮件过滤系统。

8. 在邮箱中进行反垃圾设置

（1）单击右上方链接"设置"，进入邮箱常用设置页面，如图 6.15 所示。

图 6.15　设置界面

（2）页面下方的"反垃圾设置"中分别有 4 项设置，分别是：

- 黑名单设置：设置黑名单，自行过滤垃圾邮件。
- 白名单设置：管理白名单，让好友邮件畅行无阻。
- 反垃圾级别：通过设置，将垃圾邮件通通挡在门外。
- 高级杀毒：设置反病毒选项，远离病毒邮件的侵袭。

（3）添加到黑名单中的地址发来的邮件会自动转入"垃圾邮件"文件夹中，存放其中 7 天以上的邮件，系统会自动删除。

6.4.3 网上在线交流

1. 申请免费的 QQ 号码

具体操作步骤如下：

（1）登录网址 http://freeqqm.qq.com 或是 http://id.qq.com/，进入 QQ 账号申请页面，如图 6.16 所示。

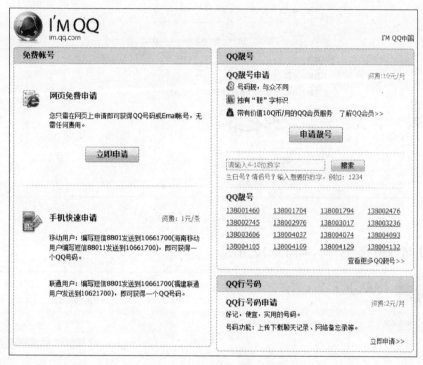

图 6.16 申请 QQ 账号页面

（2）单击左上方的"网页免费申请"中的"立即申请"按钮，选择申请的账号类型，如图 6.17 所示。

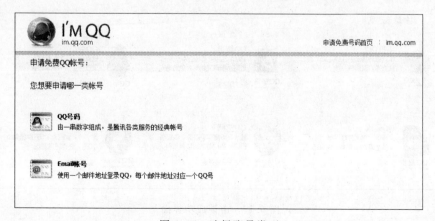

图 6.17 选择账号类型

（3）单击"QQ 号码"选项可进入填写相关资料页面，如图 6.18 所示。

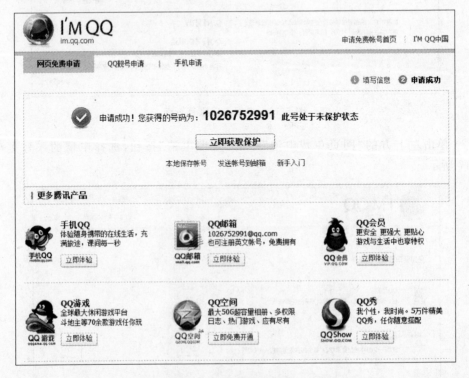

图 6.18　填写资料界面

（4）申请号码成功页面，如图 6.19 所示。

图 6.19　申请成功界面

（5）在选择申请的账号类型后，单击"Email 账号"选项，可进入以 QQ 邮箱作为账号的页面，如图 6.20 所示。

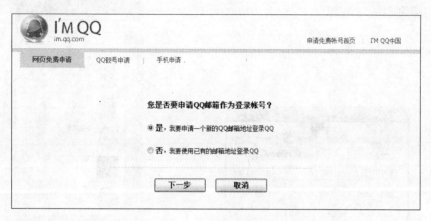

图 6.20　以 QQ 邮箱作为账号

（6）假设选择"否，我要使用已有的邮箱地址登录 QQ"，进入填写相关资料页面，如图 6.21 所示，填写相关资料完成账号申请。

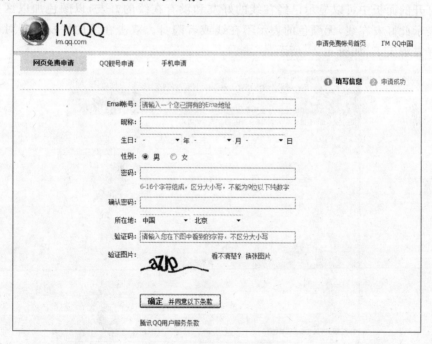

图 6.21　填写相关资料页面

2. QQ 的基本使用

1）启动 QQ 应用程序

双击 QQ 快捷图标，启动 QQ 应用程序，进入登录界面，如图 6.22 所示，输入账号和密码。

2）打开 QQ 面板

打开后的 QQ 面板如图 6.23 所示。

图 6.22　QQ 登录界面　　　　　　　图 6.23　QQ 面板

在打开的面板中可以显示已经在线的好友和没有在线的好友,以颜色加以区别。带有颜色的表示此好友在线,无颜色的表示不在线或者隐身。双击在线的好友打开对话框就可以和此好友聊天了,如图 6.24 所示。

图 6.24　聊天对话框

3) 添加好友

如果你已经知道朋友的 QQ 号码,想将他添加为好友,单击面板下面的"查找"按钮,在弹出的"查找联系人"对话框中输入对方的 QQ 号,如图 6.25 所示。单击"查找"按钮,会显示对方的头像和昵称,如图 6.26 所示,单击"添加好友"按钮,如果对方设定了需要通过身份验证才能添加为好友的话,就需要对方授权才能将对方加为好友。

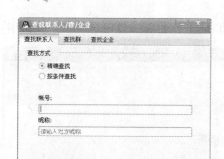

图 6.25　输入查找人的账号

图 6.26　添加为好友

3.　博客日志(Blog)

博客日志最早开始是指公布在网上的个人日记,博客则为写日志的人,这一词汇来自英文 Blogger,而 Blog 来源于" Web log(网络日志)"的缩写。自 2002 年博客在海外兴起以来,它逐渐成为继 E-mail、BBS、ICQ 之后出现的第 4 种网络交流方式。

Blog 这种独特的网络交流方式,已在远程教育中得到广泛应用。各年级、各学科的教师和学生利用博客技术,以文字、多媒体等方式,将自己日常的生活感悟、教学(学习)心得、教案设计(课程设计)、课堂实录、课件等上传发表,超越传统时空局限(课堂范畴、讲课时间等),同时可以让社会共享知识和思想。博客的大规模普及对于人类教育事业的发展起到了推动作用。

Blog 的使用很简单,需要登录到任何一个博客网站(如博客中国 www.bolgchina.com)申请一个博客用户,就可以撰写日志、发表评论、添加好友、上传资料等功能。

在新浪网创建一个个人博客的步骤如下:

(1) 登录到新浪网后在目录列表中选择"博客",进入博客网页。

(2) 单击"开通博客",进入注册界面,如图 6.27 所示。

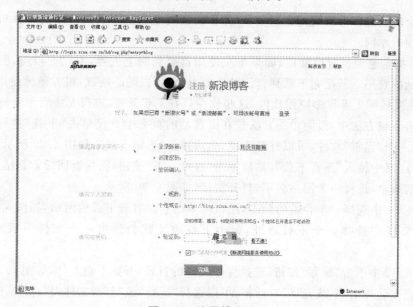

图 6.27　注册博客界面

（3）填写注册信息，填写完后单击"完成"按钮，显示注册成功界面，如图 6.28 所示。

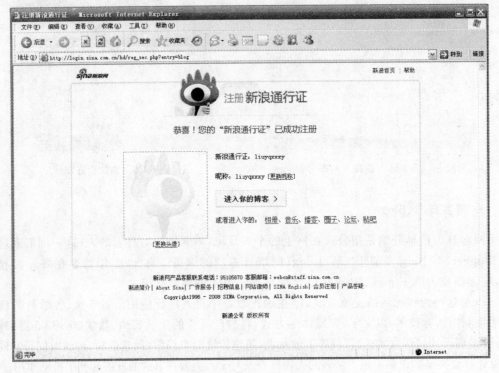

图 6.28　注册成功界面

6.4.4　网络下载

1. 浏览器下载

网络上的信息都可以直接在网上看，为什么还要把它们下载到自己的计算机上呢？主要有两方面的原因。

（1）有些信息要反复地使用，如果每次使用都要到网上去看，不仅会很慢，而且每次都要花费上网的费用。若把它下载到自己的机器上，就可以随心所欲，很方便地使用了。

（2）在互联网上有很多应用软件，这些软件只有下载下来，进行安装后才能使用。

在众多下载方法中，最简单的方法是在浏览器的页面中直接单击"下载"进行下载。例如，要下载一个"迅雷"软件，可以打开百度，然后搜索"迅雷下载"，如图 6.29 所示。

在图 6.29 中输入"迅雷下载"，然后单击"百度一下"按钮，很快返回搜索到结果的页面，查看最新的版本，选择一个网站名字，打开链接，如图 6.30 所示。

在图 6.30 中选择一个合适的版本，用鼠标单击它。打开下载的网站，如图 6.31 所示。

在图 6.31 中选择一个下载地址，单击下载地址就会弹出一个文件下载对话框，如图 6.32 所示。

在图 6.32 中单击"保存"按钮，选择保存文件的目录，开始下载文件，如图 6.33 所示。

下载完成后弹出"下载完毕"对话框，可以选择"运行"或"打开文件夹"，如图 6.34 所示。

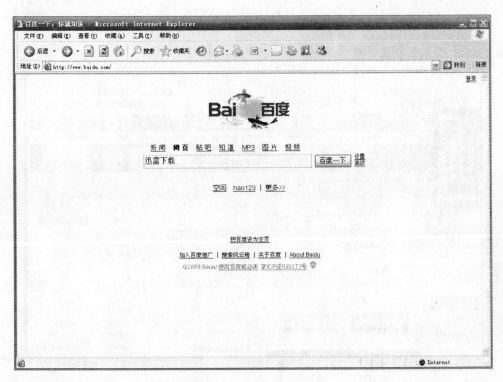

图 6.29　搜索软件下载地址

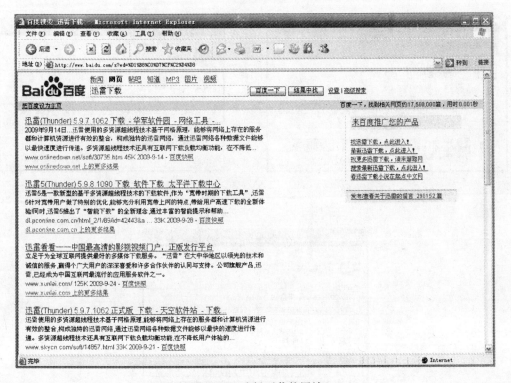

图 6.30　选择下载的网站

图 6.31　选择下载地址

图 6.32　文件下载

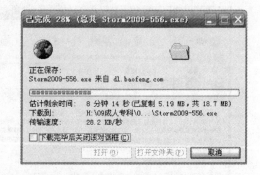

图 6.33　文件下载进度

图 6.34　下载完毕

2. 迅雷下载

下载遇到的最大问题是速度问题,还有下载后的管理。"迅雷下载"软件可以解决这些问题。"迅雷下载"使用的多资源超线程技术基于网格原理,能够将网络上存在的服务器和计算机资源进行有效的整合,构成独特的迅雷下载网络。通过迅雷下载网络中各种数据文件能够以最快的速度进行传递。多资源超线程技术还具有互联网下载负载均衡功能,在不降低用户体验的前提下,迅雷下载网络可以对服务器资源进行均衡,有效降低了服务器负载。

1) 使用"迅雷下载"软件

在自己的计算机上安装了迅雷后,当进行文件下载时直接启动迅雷,建立下载任务,如图 6.35 所示。

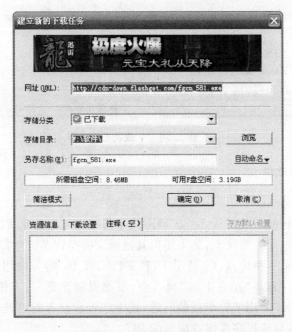

图 6.35　建立下载任务

在建立下载任务对话框中选择下载存储的位置、文件名,还可以对下载进行设置,然后单击"确定"按钮,开始下载,在下载对话框中,可以进行各种下载设置,有文件大小、下载进度、下载速度及下载资源情况,如图 6.36 所示。

迅雷下载采用了全新的多资源超线程技术,显著提升下载速度。功能强大的任务管理功能,可以选择不同的任务管理模式;智能磁盘缓存技术有效防止了高速下载时对硬盘的损伤;智能的信息提示系统可根据用户的操作提供相关的提示和操作建议;独有的错误诊断功能帮助用户解决下载失败的问题;病毒防护功能可以和杀毒软件配合保证下载文件的安全性;自动检测新版本功能,提示用户及时升级,提供多种皮肤,用户可以根据自己的喜好进行选择。

2) 管理文件

对下载文件进行分类管理,并创建有"正在下载"、"已下载"、"垃圾箱"。在"已下载"中列出了下载文件的大小、位置等信息,对于这些文件都可以重新下载或做其他操作。

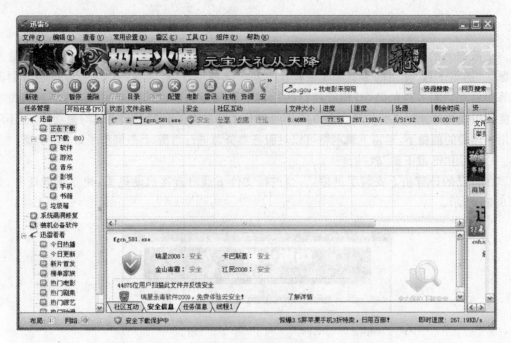

图 6.36　下载状态

3. 其他下载工具软件

1) 网际快车(FlashGet)

网际快车是最流行的下载工具之一。网际快车简体中文版是免费的,完全不需要注册,只能运行在简体中文的操作系统上,如果使用其他语言的操作系统则需要下载国际版。

网际快车具有以下一些特点:支持 HTTP、FTP、BT 任务,方便用户在误删除任务、重装系统等情况下继续下载。"正在下载"列表中,添加视频预览列,方便观看正在下载的视频,修改 IE8 下点击快车专用链时出现的问题,减少广告素材等对系统资源的占用,加快程序运行速度,修改一些导致程序缓慢或崩溃的 BUG。

2) VeryCD 电驴(easyMule)

电驴是一个完全免费且开放源代码的 P2P 资源分享软件,利用电驴可以将全世界所有的计算机和服务器整合成一个巨大的资源分享网络。用户既可以在这个电驴网络中搜索到海量的优秀资源,又可以从网络中的多点同时下载需要的文件,以达到最佳的下载速度。

VeryCD 电驴(easyMule)是在 eMule 的基础上全新开发的新版本,具有更快的下载速度、更简便的操作界面,以及更多新增的人性化功能,这一切都是免费和开源的。

3) 超级旋风

超级旋风具有下载速度快,支持多个任务同时进行,每个任务使用多地址下载、多线程、断点续传、线程连续调度优化等特点。运行时资源占用少,下载任务时占用极少的系统资源,不影响正常工作和学习。超级旋风完全免费,而且程序上无任何广告,也绝不包含任何流氓软件,程序体积小、安装快捷。资源管理功能强大,可在已下载目录下创建多个子类,每个子类可指定单独的文件目录,该类别下的文件保存到相应的目录中去。安装后系统会默认为您创建"软件"、"音乐"、"游戏"、"电影"4 个子目录,可以进行新增、修改或删除等操作。

支持创建多层目录。下载文件管理功能还包括支持更名、拖曳、添加描述、查找、文件名重复时可自动重命名等等。

4）BitComet（比特彗星）

BitComet（比特彗星）是一个完全免费的 BitTorrent（BT）下载管理软件，也称 BT 下载客户端，同时也是一个集 BT/HTTP/FTP 为一体的下载管理器。BitComet 拥有多项领先的 BT 下载技术，有边下载边播放的独有技术，也有方便自然的使用界面。最新版又将 BT 技术应用到了普通的 HTTP/FTP 下载，可以通过 BT 技术加速您的普通下载。

习题 6

一、单项选择题

1. 以下（　　）单词代表电子邮件。

A. Telnet　　　　　　B. FTP　　　　　　　C. E-mail　　　　　　D. Wais

2. 欲申请免费电子信箱，首先必须（　　）。

A. 在线注册　　　　　B. 交费开户　　　　　C. 提出书面申请　　　D. 发电子邮件申请

3. 一般的浏览器用（　　）来区别访问过和未访问过的连接。

A. 不同的字体　　　　B. 不同的颜色　　　　C. 不同的光标形状　　D. 没有区别

4. 某人想要在电子邮件中传送一个文件，他可以借助（　　）。

A. FTP　　　　　　　　　　　　　　　　　B. Telnet

C. WWW　　　　　　　　　　　　　　　　D. 电子邮件中的附件功能

5. 拨号上网需计算机、电话线、账号和（　　）。

A. 调制解调器　　　　B. 网卡　　　　　　　C. 并行电缆　　　　　D. 串行电缆

6. 如果你想通过拨号上网，必须拥有服务商账号，这些服务商的英文简称是（　　）。

A. ISP　　　　　　　　B. IDP　　　　　　　C. ISB　　　　　　　D. USB

7. 接收 E-mail 所用的网络协议是（　　）。

A. POP3　　　　　　　B. SMTP　　　　　　C. HTTP　　　　　　D. FTP

8. 所有 E-mail 地址的通用格式是（　　）。

A. 主机域名@用户名　　　　　　　　　　　B. 用户名@主机域名

C. 用户名♯主机域名　　　　　　　　　　　D. 主机域名♯用户名

9. 在发送电子邮件的用户界面中，其中"抄送"的功能是（　　）。

A. 邮件标题　　　　　　　　　　　　　　　B. 收件人地址

C. 将邮件同时发送给多个收信人　　　　　　D. 邮件内容

10. 下列 4 项内容中，不属于 Internet 基本功能的是（　　）。

A. 电子邮件　　　　　B. 文件传输　　　　　C. 远程登录　　　　　D. 实时监测控制

二、简答题

1. 简述 OSI 七层模型及每层模型的基本功能。

2. 如何申请 QQ 号？QQ 都有哪些基本设置？

3. 目前常用的即时通信软件有哪些？分别有什么特点？

4．如何预防垃圾软件？

5．简述文件下载有哪几种方法？专用的下载软件有哪些？

6．简述 Internet 提供了哪些主要服务？

7．简述 Internet 接入有哪几种方式？

8．如何申请免费邮箱？如何在 IE 中收发电子邮件？

9．目前用于下载的工具软件有哪些？

10．知道自己朋友的 QQ 号，如何将其加为好友？

第 7 章　计算机信息检索

本章学习要点

- 计算机信息检索的基本概念；
- 计算机信息检索的原理和操作流程；
- 初级计算机信息检索技术；
- 计算机信息检索效果评价；
- 计算机信息检索案例分析。

21世纪是信息化、网络化的时代,网络信息资源越来越丰富,充分开发利用网络信息资源已经成为研究人员必须掌握的技能,掌握这种技能的基本方法就是计算机信息检索技术,它是一种科学地使用信息资源的有效方法。目前,计算机信息检索技术发展很快,从初级检索技术、中级检索技术到高级检索技术取得了巨大成功。为了使检索者掌握基本计算机检索方法,本章重点介绍计算机信息检索的基本概念、原理和操作流程、初级计算机信息检索技术和检索效果评价。通过学习能使检索者全面、准确、快速地获取计算机网络信息资源,为学习、工作、研究和科技创新打下坚实基础。

7.1　计算机信息检索的意义

在信息化、网络化时代,为了享受人类共同的信息资源与科研成果,掌握计算机信息检索方法具有重要意义,主要体现在以下几个方面:

1. 能快速实现网络信息资源共享

计算机网络信息资源就像地球上的海洋,具有取之不尽,用之不竭的资源,通过计算机信息检索可以快速共享这些宝贵的信息资源,借鉴和引用这些资源为检索者服务,为社会服务。

2. 明显优于传统的手工检索方法

在20世纪50年代以前,人们掌握信息资源主要通过手工检索,例如,检索者在图书馆查找图书,在档案馆查找档案等都需要手工操作,这种完全的手工操作速度慢,浪费时间,效率低。20世纪50年代后,随着计算机网络的快速发展,计算机信息检索将逐步替代手工检索。

3. 大量节省了研究人员检索信息资源的时间

根据有关研究,一位科研人员完成一项科研任务用于收集信息资料和发表成果的时间占全部所用时间的 51% 左右,而用于其他方面的时间仅占 49% 左右。这一数字说明科研人员用于收集、整理科技信息资源占用的时间相当高。如果世界所有科研人员都能够熟练掌握计算机信息检索方法,节省收集网络信息资源的时间不可估量。

4. 加快了研究人员知识更新的速度

人们获得知识,一是通过各类教育,二是通过自学和社会实践。据测算,一个人的知识,13% 是在大学期间学到的,87% 是自学和社会实践得到的。也就是说,绝大部分知识来源于自学和社会实践。自学和社会实践不可缺少的是通过有效的计算机信息检索手段快速准确地获取最新的信息资源,及时更新旧知识,随时掌握新知识。

5. 为研究人员参考和借鉴前人的科技成果提供了良好措施

研究人员完成一项科研任务需要经过科研项目立项、研发、推广应用三个阶段。在科研项目立项阶段需要检索国内外同类项目的发展现状、动态、进展和研究水平,用以论证所要研究的项目是否可行,进而确定研究方向和内容,以避免重复劳动。在研发阶段,由于科学技术的飞快发展,学科之间相互渗透、相互交叉、相互联系和相互制约,要研究出世界领先水平的成果,必须查阅大量的信息资料,通过对比、分析、综合、借鉴,使自己的研究方案始终建立在一个科学、可靠的信息基础之上。在推广应用阶段,需要通过计算机信息检索掌握和了解同类研究成果的推广应用情况和价值,从而为有效地占领国内外市场,创造良好的经济效益。

6. 为各行各业管理者提供了强有力的决策服务

大量科学可靠的信息资源是各行各业管理者决策的基础和重要依据。一个国家、一个地区、一个单位要改革发展,引进消化,研究创新都需要准确、可靠和及时的信息资源,以便做出正确的科学决策,沿着正确的研究方向前进,避免走错路,走弯路,避免造成不必要的经济损失。

7.2　计算机信息检索的特点

随着计算机信息检索技术的不断提高,与传统的手工检索相比,它具有以下一些明显的特点:

(1)技术方法多。计算机信息检索提供了主题、分类、著者、题目、全文等多种检索方法,还可以对多个检索词进行逻辑组配检索运算和限制检索。

(2)灵活方便。检索人员对检索结果可以在线浏览,也可以保存到计算机上或其他存储设备上。

(3)速度快,效率高。计算机信息检索速度快、效率高,检索速度可达 1000MB/s 以上。

随着计算机网络的更新换代,检索速度和效率将会成倍增加。

(4)信息资源更新快。信息资源数据库更新周期非常短,一般数据库都可以实现按季、月、日、小时更新,网络数据库完全实现实时更新。

(5)信息资源广泛。计算机信息检索系统数据库收录的信息资源学科范围广,不仅收录文摘、题录,而且还收录了文献的原文,有的数据库还收录了图形、图像、音乐和视频等。

7.3　计算机信息检索的基本概念

计算机信息检索是 20 世纪 50 年代后发展起来的一门新学科,已经得到许多研究人员、教师及学生的重视,显示出了这门学科具有极大的生命力及应用价值。计算机信息检索需要计算机硬件系统和网络检索系统的支持,计算机硬件系统是指要有一套完整的能够连接Internet 网络的终端计算机,网络检索系统是指百度、CNKI、搜索引擎等软件系统。由于计算机信息检索需要计算机硬件系统和网络检索系统的支持,所以,可以将计算机信息检索的基本概念概括为:计算机信息检索是建立在用户终端计算机的基础上,用户根据检索的目的和需要,选择网络检索系统,按照特定的检索指令、检索词、检索方法与策略获得网络信息资源,然后再使用终端设备显示,编辑、存储和打印信息。从这个意义上讲计算机信息检索包括信息的存储和检索两个方面,信息存储就是将信息资源进行主题分析、标引和著录,按一定格式存入网络数据库,以备检索。信息检索是对检索信息进行分析,明确检索范围,弄清主题概念,然后使用检索语言来表示主题概念,形成检索标识及检索策略,然后输入计算机网络进行查找。

7.4　计算机信息检索的原理和流程

7.4.1　计算机信息检索的原理

计算机信息检索的核心是检索者对需求集合与信息集合的比较与选择,是两者匹配的过程,如图 7.1 所示。

图 7.1　需求集合与信息集合的匹配

信息集合是指有关某一领域的、经采集和加工的信息集合体。它可以给人们提供所需要的信息资源。需求集合是人们在工作实践中产生的信息需求,人们各种各样的信息需求的汇集,就形成了需求集合。

为了在信息集合与需求集合之间建立起紧密联系，以便能从信息集合中快速获取人们所需要的信息资源，计算机信息检索提供了一种匹配模式，这种匹配模式的主要功能在于能快速地把需求集合与信息集合依据匹配模式进行比较和判断，进而选择出符合人们需要的信息。

计算机信息检索需要计算机信息检索系统支持。计算机信息检索系统是计算机信息检索必须具备的硬件系统与软件系统。它能处理大量的信息资源，能对信息条目进行分类、编目和索引。它还可以根据用户要求从已存储的信息集合中抽取出特定的信息，然后对这些信息进行复制、插入、修改和删除等操作。计算机信息检索系统可分为一次性计算机信息检索系统和二次性计算机信息检索系统。一次性计算机信息检索系统适合于单个条目，即信息量不大而需要经常修改的情况。二次性计算机信息检索系统适合于信息量较大而不需要经常修改的多个信息条目。

在计算机信息检索之前，检索人员需要编写检索语言，它是检索人员与计算机信息检索系统的接口。检索语言通常包括检索命令和提问逻辑表达式两个部分。命令传达人们对系统的请示，逻辑表达式则提供执行该命令时的逻辑条件。计算机信息检索系统需要对检索语言进行分析，确定输入系统的信息条目的格式和内容，为建立索引作准备。

进入计算机信息检索阶段，可以根据情况使用脱机检索和联机检索两种检索方式。脱机处理就是人们提交书面检索要求，计算机操作人员按期打印出有关信息。联机检索就是人们通过联机终端打入检索命令，系统立即打印有关信息。

计算机信息检索过程具备可靠性和保密性。计算机信息检索系统的保密性是通过对信息条目的存取控制机构来实现的。对于以文件系统为基础的信息检索系统是通过在打开文件时核对口令来控制非授权的用户检索信息。对于以数据库技术为基础的检索系统存取控制可以在文件、记录中通过核对口令方式阻止非授权的非法用户调用保密的信息。计算机信息检索系统的可靠性与计算机系统的可靠性密切相关。它依赖于计算机硬件系统、操作系统、数据库管理系统的可靠性、备份和恢复功能。任何计算机信息检索系统都不能保证信息不受到破坏，一旦信息遭到破坏必须具有从被破坏的信息中恢复的能力。

计算机信息检索效果的评价。计算机信息检索效果通常根据检全率、检准率和响应时间等来衡量。检全率是指检出的相关信息条目数与信息库中的相关条目数之比。检准率是指检出的相关条目数与所有检出的条目数之比。这二者是相互制约的。响应时间的快慢不仅与软件设计的好坏有关，而且与硬件的性能有关。

计算机信息检索系统的最重要组成部分是信息数据库。信息数据库是在计算机存储设备上按一定方式存储的相互关联的数据集合，是检索系统的信息源，也是人们检索的对象。信息数据库可以随时按不同的目的提供各种信息资源，以满足检索人员的需求。通常将信息数据库划分为以下几种类型。

1．参考数据库

参考数据库是指引检索人员进入到其他信息源以获得原文或各种信息的一类数据库，包括书目数据库和指南数据库。

（1）书目数据库指存储某个领域的二次文献（如文摘、题录、目录等书目数据）的一类数据库，有时又称为二次文献数据库，或简称文献数据库。书目数据库的检索结果是所需文献的线索而不是原始文献。这类数据库往往有固定的更新周期，可提供回溯检索和定题检索服务。

（2）指南数据库存储一些单位、人物、出版物、项目、程序、活动等对象的简要描述，是指引检索人员从其他有关信息源获取更详细的信息的数据库，也称指示性数据库。

2. 源数据库

源数据库是能直接提供原始信息资源的数据库，用户不必再查阅其他信息资源就可以直接使用数据库中的信息资源。资源数据库包括以下几种类型：

（1）数值数据库。指专门提供以数值方式表示的数据的一种源数据库，数据库中除了具有可供数据处理的数值型数据以外，还具有进行数值数据处理的表达式及多种格式。

（2）事实数据库。指专门提供事物发展过程中产生的事实数据的一种源数据库。这类数据库一般同时提供文本信息和数值数据。

（3）全文数据库。指存储文献全文或其中主要部分的一种源数据库，简称全文库，如中文期刊数据库，新闻消息数据库等。全文数据库提供最原始的信息资料，而不是书目数据库中的文献线索。

（4）术语数据库。指专门存储名词术语信息、词语信息以及术语工作和语言规范工作成果的一种源数据库，包括各种电子化辞书等。

（5）图像数据库。指用来存储各种图像或图形信息及有关文字说明资料的一种源数据库，主要存储各种设计中的图片和照片等资料。

除了上述几种类型的数据库以外，还有混合型数据库、磁媒体数据库、光盘数据库和多媒体数据库等。

7.4.2　计算机信息检索语言

计算机信息检索语言是用于描述检索系统中信息的内部及外部特征和表达用户信息提问的一种人工语言，也称索引标识，检索的匹配正是通过这种专门语言的比较匹配来实现的，如果没有计算机信息检索语言作为标引人员和检索人员的共同语言，计算机信息检索就不可能顺利实现。从文献特征角度看，著者姓名、标题题名称、报告编号、标识号、专利号、档案号、标题词和关键词等都是计算机信息检索语言。

计算机信息检索语言有多种分类方法：

（1）按文献信息的特征分为描述信息内容特征的语言和描述信息外部特征的语言。

（2）按词汇的类型分为关键词语言、单元词语言、标题词语言和叙词语言。

（3）按其规范的情况分为人工语言和自然语言。

（4）按检索语言的词汇组配方式分为先组式语言和后组式语言。

（5）按检索工具编排体系分为分类语言和主题语言。

1）分类语言

分类语言是以学科体系为基础，按学科范畴划分而构成的一种语言体系，它集中反映学科的系统性、相关性、从属性等，从总体到局部按层面展开，形成分类体系。由类目号码及名称作为检索语言，构成分类类目表，如前述图书分类表、专利分类表用的都是分类语言。国内外比较重要的分类语言表有《国际专利分类表》、《中国图书馆图书分类法》、《中国科学院图书分类法》等。

2) 主题语言

主题语言是以语词作为概念标识,按字顺编排的检索语言。主题语言包括标题词语言、单元词语言和关键词语言等。

标题词语言。标题词语言是最早使用的一种主题语言。它以规范化的自然语义作为标识,来表达文献涉及的主题概念,并将全部标识按字母顺序排列。表达主题的词语称为标题。

单元词语言。单元词语言是从文献内容中抽选出来的最基本的词汇,是以最一般、最基本、不可再分割的概念单元的词作为单独标引文献的单位。

关键词语言。关键词语言是直接从文献题名、文摘或正文中抽取出来的未经规范化处理的词。是一种用自然语言做标识的检索语言。

7.4.3 计算机信息检索的流程

计算机信息检索需要遵循一定的检索流程,它是任何一位检索者都应当遵循的基本流程,只要按这一基本流程认真操作就能够顺利完成一项检索任务。检索流程如图 7.2 所示。

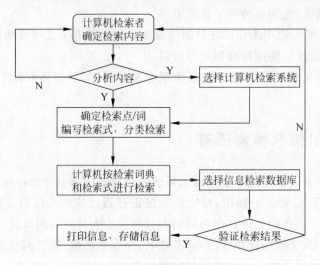

图 7.2 计算机信息检索的流程图

7.5 初级计算机信息检索技术

计算机信息检索过程实际上是检索词与标引词比较的过程。检索词就是能够概括检索者所检索内容的相关词汇。例如《信息管理与信息系统专业研究综述》,其检索词可为"信息管理与信息系统"和"专业研究综述"。单个检索词的计算机检索比较简单,两个以上的检索词则需要先根据检索内容的要求对检索词进行组配。标引是通过对源文献内容的分析,选用确切的检索标识(类号、标题词、关键词、人名、地名等),用以反映该文献的内容的过程,主要指选用检索语言词或自然语言词反映文献主题内容,并以之作为检索标识的过程。通常标引需要借助一个词表(主题词表、关键词表、部件词表等)完成整个过程,也就是根据某种算法用源文献数据去匹配词表中标引词。标引词就是各种词表中与源文献数据进行匹配的词。

在使用标引词的过程中要注意一些问题：一是词表构建的问题，专业词表的构建需要大量的人力、物力，同时为了标引结果的正确性，词表的构建要符合逻辑和实际情况，如果词表存在质量问题会影响标引结果；二是在自然语言中，多义词和同义词的现象十分普遍，还有近义词、反义词以及词性、语法等复杂的语言现象，一些算法不能很好地理解其中的语义关系，出现检索匹配错误。

计算机信息检索技术相当复杂，最常用的检索技术有单词或多词检索、字段检索、截词检索、全文检索、逻辑检索等。

7.5.1 单词或多词检索

单词或多词检索是一种最简单的检索，只要在计算机检索系统中输入一个或多个词就可以快速检索到有关内容，例如使用单词检索方法在百度网站搜索"CPU"，如图7.3所示。

图 7.3 百度网站主页

在图7.3中单击"百度一下"按钮，就可以检索到与CPU有关的信息，用户根据这些信息选择所需要的内容。

7.5.2 字段检索

字段检索是限定检索词必须在数据库记录中规定的字段范围内出现的字段。字段是数据库中关系表的基本元素，根据它查找数据记录非常容易。数据库的结构基本相同，主要由字段、记录、文档三个层次构成。

1. 字段

字段是构成记录的基本单元，是对实体的具体属性进行描述的结果。在书目数据库中，记录中含有题名、著者、出版年、来源、主题词、文摘等字段。使用数据库中的字段检索，例如，SELECT 学号，姓名 FROM 学生表，就可以查找到学生表中的学号和姓名所有记录，也可以使用代码来表示，常用的字段代码如表7.1所示。

表 7.1　数据库常用的字段代码表

字段代码	英文字段名称	中文字段名称
AB	Abstracts	文摘
AU	Author	作者
CS	Corporate Source	机构名称
DE	Subject	主题词
DT	Document Type	文件类型
FT	Full Text	全文
ISSN	ISSN	国际标准连续出版物号
JN	Journal Name	期刊名称
KW	Keyword	关键词
LA	Language	语种
PY	Publication Year	出版年
TI	Title	题名

表格中列出了中文字段名称和字段代码,这些字段代码在不同的数据库有不同的使用方法。例如在 SQL Server 数据库中,AU="张"就是在作者字段中查找含有姓"张"的所有记录。

2. 记录

记录是由若干字段组成的文献单元,是计算机检索系统存储文献条目和标引的信息载体,每条记录记载了一篇文献的外部特征和内容特征。在全文数据库中,一条记录相当于一篇完整的文献;在书目数据库中,一条记录相当于一条文摘或题录;在其他类型数据库中,一条记录则代表一个信息单元。例如,SELECT * FROM 学生表,就可以查找到学生表中的所有记录。

3. 文档

若干个逻辑记录构成的信息集合称为文档。文档是书目数据库和文献检索系统中数据组织的基本形式,与检索系统的硬件和软件的功能和系统的效率有密切关系。数据库中经常使用的文档是数据库表,例如,use 学生表,就是打开数据库中的学生表。Word 文字处理软件建立的文档是扩展名为 DOC 的文件,例如,在检索栏中输入 a. doc,检索 a. doc 文件,如果 a. doc 文件存在,就检索到了。

7.5.3　截词检索

截词检索是指在检索式中用截词符号(* ? ＋ $)来表示检索词的某一部分,不同的数据库和搜索引擎有不同的截词符号,DIALOG 系统中用"?",搜索引擎中用" * ",ORBIT 系统中用"＋",万方数据资源系统中用"$"。检索词的不变部分加上由截词符号所代表的任何变化式所构成的词汇都是合法检索词,例如,computer? 或 computer * 是合法检索词,这种方法可以提高文献检索的查全率。截词检索的类型有右截词、中间截词、左截词。

1. 右截词

右截词又称后截词。允许检索词的词尾有若干变化,右截词主要用在:①词的单复数;

②年代;③作者;④查同根词。例如,"计算机 ＊"将检索出计算机图书、计算机程序、计算机表达式、计算机作者等。

2. 中间截词

中间截词又称中间一致。允许检索词中间有若干变化,中间截词是为解决单词的拼写方式不同,或者有些词在某个元音位置上出现的单、复数的不同。例如,worn ＊ n 将检索出 woman、women 等。

3. 左截词

左截词又称前截词,允许检索词的词前有若干变化,例如,"＊物理学"就可检索到生物物理学、普通物理学等。

7.5.4　全文检索

全文检索是指直接对原文进行检索,通常用于全文数据库和搜索引擎中。在中国期刊网、中国科技期刊数据库、万方数据检索系统中都可以全文检索。常用的检索系统有 CNKI。

CNKI 全文检索如图 7.4 所示。

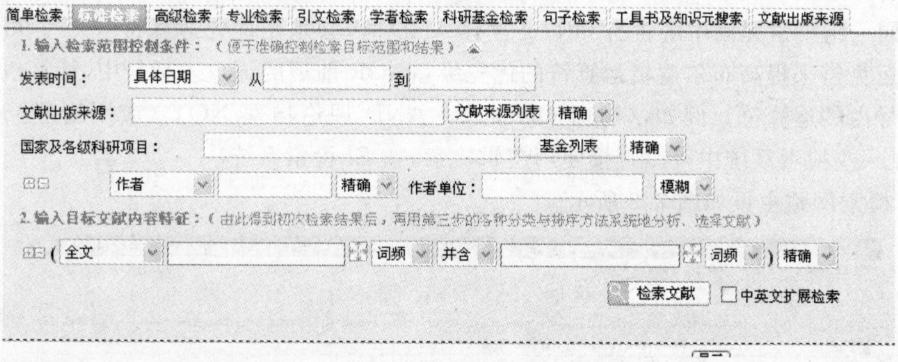

图 7.4　CNKI 全文检索页面

7.5.5　逻辑检索

逻辑检索需要检索人员建立逻辑关系表达式。表达式由检索词和逻辑运算符号组成。将逻辑表达式中的逻辑运算符号称为逻辑运算符。主要的逻辑运算符有逻辑与(AND)、逻辑或(OR)、逻辑非(NOT)。

1. 逻辑与运算符(＊ 或 AND)

逻辑与运算符"AND"也可以写作"＊"。逻辑与用来组配不同的检索内容,检出的内容必须同时含有共同的检索词。组配方式"A AND B",表示在数据库中必须同时含有 A 和 B 的数据,如图 7.5 所示。其作用是增加限制条件,即增加检索的专指性,以缩小提问范围,减少文献输出量,可提高查准率。

2. 逻辑或运算符(＋或 OR)

逻辑或运算符"OR"也可以写作"＋"。逻辑或用来组配具有同义或同族内容的词,如同义词、相关词等。检出的内容中至少含有两个检索词中的一个。组配方式:"A OR B"或者"A＋B",表示在数据库中含有 A 或 B,或者同时含有 A 和 B 的数据,如图7.6所示。使用逻辑或相当于增加检索主题的同义词、近义词和相关词,它的作用可以放宽提问范围,提高查全率。

3. 逻辑非运算符(一或 NOT)

逻辑非运算符"NOT"也可写作"一"。逻辑非用来排除含有某些词的记录,即检出的内容中只能含有 NOT 运算符前的检索词,但不能同时含有其后的词。组配方式"A NOT B"或者"A 一 B",表示在数据库中含有 A 而不含有 B 的数据,如图 7.7 所示。其作用是排除不希望出现的检索词,它和"＊"的作用相似,能够缩小检索文献范围,增强检索的准确性。

图 7.5　逻辑与运算　　　　图 7.6　逻辑或运算　　　　图 7.7　逻辑非运算

三种布尔逻辑运算符的优先级从高到低为逻辑非(NOT)、逻辑与(AND)、逻辑或(OR),同一组检索提问中既含有 OR,又含有 AND 时,必须用优先运算符"( )"。可以用优先处理运算符来提高布尔逻辑运算符的优先级,将 OR 前后的词放入括号中,计算机将优先运算括号内的运算符。例如,(物理 OR 化学) AND 理论物理 NOT (应用物理 OR 计算机)。在一些检索系统中可以直接使用逻辑检索,如 EI 检索系统。

EI 检索网站主页如图7.8所示。

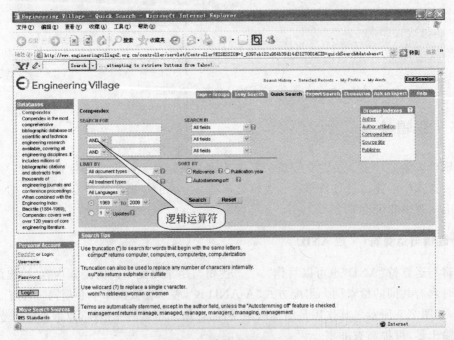

图 7.8　EI 检索网站主页

7.6　计算机信息检索的步骤和方法

　　计算机信息检索既有规律又非常灵活,每位计算机检索者要想获得满意的检索效果必须遵循基本规律,不断地探索新方法。下面提供一些基本步骤和方法供计算机检索者参考。

7.6.1　明确检索要求和目标

　　计算机检索的第一步准备工作是明确检索要求和检索目标。明确检索要求就是要弄清楚检索内容属于哪一学科、语种、类型和年代,弄清楚所需文献的最佳篇数及检索费用。这些要求对选择数据库、构造检索策略是十分重要的。例如,如果属于科研项目课题调研,应尽可能地检索出与之相关的全部文献,提高查全率,以便充分地做好课题的准备工作;如果属于探索性、开创性的科研课题,只需要查出一些启发性的文献,不要求提高查准率和查全率。

7.6.2　分析检索课题内容,明确情报需求

　　分析检索课题包括分析课题研究的对象、目的、范围、用途和方法等。在分析的基础上确定科研课题内容所涉及的学科范围及相关学科范围,并根据其内容、学科专业和情报需求,将主题内容进行划分,一个复杂的主题内容可以划分成几个小主题,再用几个检索词集合来表达相应的小主题内容。

7.6.3　数据库选择的原则

　　不同数据库的学科范围不同,检索指令不同。所以,在检索之前应该阅读有关数据库的使用说明书,以便正确选择所需的数据库。

　　选择数据库一般应该遵循以下几条原则:

　　(1) 按照课题的检索要求和目的,选择收录文献种类多、专业覆盖面宽、年代跨度大的数据库。

　　(2) 当查找最新文献时,需要选择数据更新周期短的数据库。

　　(3) 要获取原文时,需要选取原文获取较容易的数据库。

　　(4) 在同时有多个数据库可供选择的情况下,应首先选择比较熟悉的数据库。

　　(5) 当几个数据库的内容交叉重复率比较高时,应选择检索费用比较低的数据库。

7.6.4　不断调整检索策略和方法

　　在实际检索过程中,仅用一个检索词就能满足检索要求的情况并不很多。通常需要使用多个检索词构成检索策略,经过不断调整检索策略来满足由多概念组配而成的较为复杂

内容的检索要求。

检索策略又称提问逻辑,就是对多个检索词之间的相互关系和检索顺序作出的某种安排。构成检索策略就是运用计算机情报检索系统可以接受的方法,包括布尔逻辑运算符、位置逻辑运算符等方法,表达检索要求的过程。

检索语言输入检索系统后,系统响应的检索结果不一定能满足课题检索的要求,例如,检出的篇数过多,不相关文献所占比例过大,或检出的文献数量太少,甚至为零,就必须调整检索策略。

调整检索策略之前,首先要分析造成检索结果不理想的原因。对于输出篇数过多的情况,应分析原因:①选用了多义性的检索词;②截词截得过短;③输入的检索词太少;④应该使用"与(AND)"的使用了"或(OR)";⑤优先运算符"( )"使用错误。对于输出篇数过少的情况,应分析原因:①检索词拼写错误;②遗漏重要的同义词或隐含概念;③检索词过于具体;④没有使用截词运算符;⑤位置运算符和字段运算符使用得过多;⑥使用过多的"与(AND)"运算符。

针对上述原因,如果属于需要扩大检索范围,提高文献查全率,调整检索策略的方法有:①减少"与(AND)"运算符,增加同义词或同族相关词使用"逻辑或(OR)"运算符;②在词干相同的单词后使用截词符(?);③去除已有的字段限制、位置运算符限制,或者改用限制程度较小的位置运算符。如果属于缩小检索范围,提高文献查准率的,调整检索策略的方法有:①减少同义词或同族相关词;②增加限制概念,用"逻辑与(AND)"运算符;③限制检索结果的文献类型、语种、出版国家等;④使用适当的位置运算符;⑤使用"非(NOT)"运算符,排除无用内容。

7.6.5 输出格式和方式的选择

所谓输出方式的选择是指对屏幕显示、打印和存盘的选择。一般情况下,如果输出的是中间结果,要关注基本字段的题目、文摘字段等,这些字段有利于观察结果,也有利于进一步调整检索策略。如果是最终结果,可以根据时间、经费条件选择其中适用的格式。

输出方式的选择,要注意数据库是否只允许打印,在选定打印前是否还须进一步选择当前记录或全部记录等;另外如果是存盘,是否有文件扩展名的限制。

7.7 计算机信息检索效果评价

7.7.1 检索效果及其评价

计算机信息检索效果是利用检索系统进行检索所产生的有效结果。结果可以分满意和不满意两种。满意表示达到了有效结果,不需要重新检索,不满意表示未达到有效结果,还需要重新检索。衡量检索有效结果的指标有收录范围、查全率、查准率、相关性、适用性等。

收录范围是指计算机检索系统收录文献的学科、专业范围和文献类型范围、时间范围及数量等。

检索效果涉及 4 个方面：相关文献、非相关文献、被检出文献和未被检出文献，如表 7.2 所示。

表 7.2　检索文献数据表

检索系统	相关文献	非相关文献	总计
被检出文献	a	b	$a+b$
未被检出文献	c	d	$c+d$
合计	$a+c$	$b+d$	$a+b+c+d$

查全率是对所需文献信息被检出程度的量度，是衡量检索系统所能够满足用户需求的完备程度。可用下列公式计算：

$$R = a/(a+c) \times 100\%$$

这是检出的相关文献数与系统内的相关文献总数之比。

查准率是对检出文献准确程度的量度，是衡量检索系统拒绝非相关文献的能力。可用下列公式计算：

$$P = a/(a+b) \times 100\%$$

这是检出的相关文献数与检出的文献总数之比，它是衡量一个检索系统的信号噪声比，测度检索系统拒绝非相关文献能力大小的一项指标。

检索者的理想是要求查全率和查准率都是 100%，但这是不可能的。实验表明查全率和查准率之间存在互逆关系，即提高查全率会降低查准率，反之亦然。在同一个检索系统中当查全率与查准率达到查全率 $60\% \sim 70\%$，查准率 $40\% \sim 50\%$ 后，二者呈互逆关系，即查全率提高，查准率就会降低，反之亦然。因此，检索的最佳状态就是在查全率为 $60\% \sim 70\%$ 且查准率为 $40\% \sim 50\%$ 时。

影响查全率和查准率的主要因素有客观原因，如系统内文献不全；收录遗漏严重；索引词汇缺乏控制；词表结构不完善；标引缺乏详尽性，没有网罗应有的内容；文献分类专指度缺乏深度，不能精确地描述文献主题；组配规则不严密。也有主观原因，如检索课题要求不明确；检索工具选择不恰当；检索途径和方法过少；检索词缺乏专指性；检索词选择不当；组配错误等。

相关性是用户判断文献信息与实际信息需求之间关系的标准。

在计算机信息检索系统中不是回答检索者真实需求，而是回答检索者的提问，虽然检出的是与信息提问相关的信息，但不一定是符合检索者需求的信息，检索者只有在阅读文献信息后才能对其内容作出判断。

适用性是反映特定时间内文献信息满足检索者需求的价值。强调能够对检索的实际需要的满足程度或能够给检索者带来的效果和产生的效益。

检索效果评价是根据一定评价指标对实施信息检索活动所取得的成果进行客观科学的评价，以进一步完善检索工作的过程。

7.7.2　提高计算机信息检索效率的措施

提高计算机信息检索效率的措施有许多，下面介绍几种常用的简单措施：

(1) 广泛浏览、了解和掌握多种数据库，提高文献库的编辑质量，使其收录范围更全面、更切合相应学科或专业的需要，著录的内容更详细准确。

（2）选择合适的计算机检索系统和数据库反复试查。

（3）不断优化和调整检索策略。

（4）利用检出的文献信息，不断拓宽检索途径。

（5）充分利用各种检索工具进行检索。

（6）借助各种导航工具进行检索。

7.8 计算机信息检索案例分析

7.8.1 CNKI 检索案例分析

操作步骤如下：

（1）在 IE 浏览器地址栏输入 http://www.cnki.net，进入 CNKI 网站主页，如图 7.9 所示。

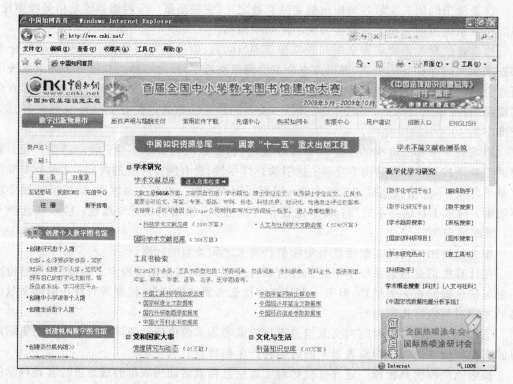

图 7.9 CNKI 网站主页

（2）输入用户名和密码，单击"登录"按钮，进入数据库系统，如图 7.10 所示。

（3）单击"全选"按钮，这样就选中了所有学科领域。

（4）输入检索内容，包括论文发表时间、文献出版来源、国家及各级科研项目、作者、目标文献内容特征等。单击"检索文献"按钮。

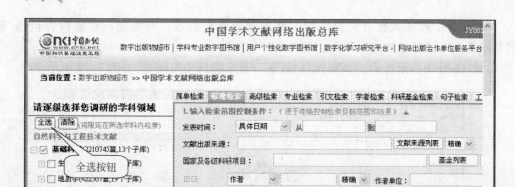

图 7.10 检索页面

（5）查看检索结果是否正确，如果不正确，再重复第二步到第四步。

7.8.2 百度检索案例分析

操作步骤如下：

（1）在 IE 浏览器地址栏输入 http://www.baidu.com，进入百度网站主页，如图 7.11 所示。

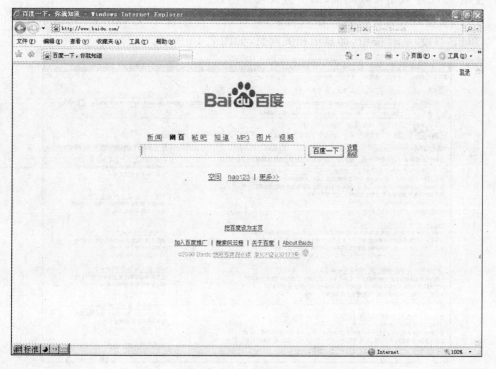

图 7.11 百度网站主页

（2）百度检索方式有分类提示检索和检索者直接检索。分类提示检索内容包括"新闻"、"网页"、"贴吧"、"知道"、MP3、"图片"和"视频"。

方式 1：分类提示检索。例如选择"视频"，显示视频检索网页，如图 7.12 所示。

图 7.12　视频检索网页

在图 7.12 中双击视频画面，即可进入视频播放。

方式 2：检索者直接检索。输入检索词"C 语言程序设计"，"谭浩强"，"清华大学出版社"。单击"百度一下"按钮，即显示相关网页，如图 7.13 所示。

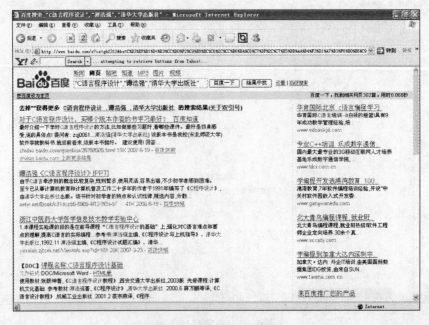

图 7.13　搜索的相关结果

在图 7.13 中选择你需要的题目,即可打开具体内容。

7.8.3 搜索引擎检索案例分析

绝大多数网站都具有搜索引擎,如在 IE 浏览器地址栏输入 http://www.sohu.com,进入搜狐网站主页,如图 7.14 所示。

图 7.14 搜狐网站主页

在 sogou 搜索引擎中输入"计算机芯片",单击"搜索"按钮,在网页中显示许多有关计算机芯片的信息,如图 7.15 所示。

图 7.15 查找的相关结果

在图 7.15 中选择你需要的题目,即可打开具体内容。

习题 7

1. CNKI 检索。

进入 CNKI 系列数据库,选择中国期刊全文数据库进行检索。

(1) 请检索 2008 年度北京市自然科学基金项目研究成果,任意写出 3 条记录。

(2) 请从社科刊物中检索篇名中含有"科学发展观"的论文,任意写出 3 条记录。

(3) 请查找 2008 年度关于"世界金融危机"的相关论文,任意写出 3 条记录。

(4) 利用在线翻译软件将下列关键词翻译成英文:

信息管理,自然科学基金,信息技术,计算机技术,科技创新能力

(5) 通过期刊导航功能,任意列举自己本学科或本专业的 3 种期刊。

2. 百度检索。

(1) 通过百度检索写出 ISO 的英文全称和中文名称。

(2) 通过百度检索写出三大检索工具 SCI、EI 和 ISTP 的英文全称和中文名称。

(3) 请检索北京至上海的列车车次情况,任意写出 3 个车次,内容包括车次、始发站、终点站。

(4) 通过百度检索写出下列文献类型标志代码:

专著、翻著、报纸文章,电子文献,学位论文

(5) 通过百度检索写出下列股票名称的股票代码:

北京银行,中国石化,中国建筑,久其软件,四创电子

(6) 通过百度检索写出中国知网、万方数据知识服务平台、维普资讯网的网址,并熟悉了解该网站资源。

(7) 请登录中国国家图书馆网站:http://www.nlc.gov.cn/,检索关于"计算机信息检索"方面的图书,任意列举 2 种,要求写出书名、著者、出版社、馆藏等内容。

3. 图书馆文献管理系统检索。

(1) 进入首都师范大学图书馆网站:http://202.204.214.131,选择"我的图书馆"模块,匿名登录进入文献管理系统检索以下小说:

《红楼梦》、《西游记》和《三国演义》的作者和出版单位。

(2) 使用"检索限制"功能检索你使用的专业教材,写出 2 本书的书名、主编和出版日期。

第 8 章

计算机网络安全

- 计算机网络安全概述；
- Windows 操作系统安全；
- 计算机网络站点的安全；
- 计算机病毒的防治；
- 常用的安全保密方法。

计算机网络安全是一项极为复杂的系统工程，涉及到计算机网络硬件系统和软件系统两个方面的安全，硬件系统包括服务器、终端机和中间设备等；软件系统包括系统软件、应用软件、保密技术及网络管理等。本章主要介绍计算机网络安全的基本概念、Windows 操作系统安全、计算机网络站点安全、计算机病毒的防治和主要安全保密技术。

8.1 计算机网络安全概述

8.1.1 计算机网络安全的基本概念

计算机网络安全是一门涉及计算机科学、网络技术、通信技术、密码技术、信息安全技术、应用数学、数论、信息论等多种学科的综合性学科。研究这门综合性学科将是一个庞大的系统工程，因此不同角度的研究人员也对计算机网络安全的概念进行了不同的阐述。下面列出几种阐述方法。

从管理技术角度认为计算机网络安全就是通过采用各种技术和管理措施，使计算机网络能够正常运行，确保计算机网络数据的安全性、完整性和真实性。建立计算机网络安全的目的是确保经过计算机网络存储、传输和输出的数据不会被修改、泄露、冒充和丢失。

从计算机网络技术角度认为计算机网络安全一般是指通过计算机系统、网络系统、保密技术、信息安全技术和网络控制技术保护计算机网络中数据的传输、交换、处理和存储的信息的安全性、完整性、真实性、抗否认性和可控性。

从网络安全角度认为计算机网络安全是指网络系统的硬件、软件系统及数据受到安全保护，不因偶然的或者恶意的原因而遭到破坏、更改、泄露，网络系统能够连续可靠地运行，网络服务始终不中断。

根据以上计算机网络安全基本概念的阐述，可将计算机网络安全的基本范围概括为以下几个方面：

（1）保护系统和网络的资源免遭自然或人为的破坏。

（2）明确网络系统的脆弱性和最容易受到影响或破坏的地方。

（3）对计算机系统和网络的各种威胁有充分的估计。

（4）要开发并实施有效的安全策略，尽可能减少可能面临的各种风险。

（5）准备适当的应急计划，使网络系统在遭到破坏或攻击后能够尽快恢复正常工作。

（6）定期检查各种安全管理措施的实施情况与有效性。系统管理员应该根据实际情况进行权衡，并灵活地采取相应的措施保护信息安全。

8.1.2 计算机网络安全的要求

1. 计算机网络的安全性

计算机网络的安全性包括内部安全和外部安全两个方面的内容。

内部安全是在计算机网络系统的软件和硬件中实现的，它包括对用户进行识别和认证，防止非授权用户访问系统；确保系统的可靠性，避免软件存在的漏洞成为系统的攻击点；对用户实施访问控制，拒绝用户访问超出其访问权限的资源；数据传输和存储加密，防止重要信息被非法用户截取；对用户的行为进行实时监控，检查是否对系统有攻击行为，跟踪非法入侵计算机网络的用户。

外部安全包括物理安全和人事安全，物理安全就是通过物理方法防止一些用户直接访问计算机网络系统；人事安全就是要加强计算机网络安全教育，防止内部泄密和外部攻击。

内部安全和外部安全是相互补充的，应该将二者有机地结合起来，以确保系统的安全性和健壮性。

2. 计算机网络技术的完整性

计算机网络技术的完整性主要包括软件完整性和数据完整性。

1）软件完整性

计算机网络系统的重要组成部分之一就是软件，没有软件计算机网络系统就不可能正常运转。目前，对计算机网络系统中软件的无意或恶意修改已经成为一种严重威胁，破坏了软件的完整性。黑客经常对软件进行修改，有时候这种修改是无法检测到的。例如，黑客将特洛伊木马程序引入系统软件，在系统软件中为自己设置一个后门，导致机密信息的非法泄露；计算机病毒制造者和传播者将一段病毒程序附加到软件中，会对计算机网络系统造成严重破坏，导致计算机网络系统完全瘫痪。

2）数据完整性

数据完整性是指存储在计算机网络系统中的数据不受非法删改或意外破坏，以保持数据整体的完整。

通常，可能造成数据完整性被破坏的原因有网络操作人员的误操作、应用程序被破坏、存储介质的损坏、计算机病毒入侵或人为破坏等。

3. 计算机网络数据的可用性

可用性是指计算机网络系统中传播或存储的数据是可用的，尤其是在计算机网络系统遭到非法攻击时,同样能够为用户提供正常的信息服务。由于一些系统软件和应用软件存在着漏洞,很容易受到攻击,例如,邮件炸弹会造成暂时无法响应用户请求,甚至出现死机,妨碍了用户的正常使用,破坏了可用性。

4. 可控性

可控性是指对计算机网络信息的传播及内容具有一定的控制能力,是对计算机网络系统和信息实施的安全监控。在计算机网络设置中,为了更好地控制计算机网络安全,常常根据需要和实际情况划分不同的安全等级,如操作系统的安全等级划分为 A、B、C、D 四个等级,可以根据用户需要设置操作系统运行在哪个安全等级上。

江民杀毒软件的防火墙分为低级、中级和高级三个等级,一般用户可将防火墙设置为中级,因为将防火墙设置为低级时网络系统不安全,设置为高级时在某种程度上又影响网络运行速度,甚至一些可以正常使用的文件也不能打开。

8.1.3　常见的计算机网络攻击

1. 拒绝服务攻击

拒绝服务攻击的主要目的是通过对目标主机实施破坏性攻击,侵占大量的共享资源,降低计算机网络系统资源的可用性,切断用户的服务请求,严重的会造成系统瘫痪,使用户不能再使用这些资源。拒绝服务攻击还会给计算机网络站点的形象带来负面影响。

2. 电子邮件炸弹

电子邮件炸弹是在电子邮箱中收到的大量无用的电子邮件。过多的电子邮件会加剧电子邮件系统的负担,消耗大量的存储空间,造成电子邮箱溢出,导致用户不能再接收任何电子邮件。同时,大量电子邮件的传输消耗了大量的处理器时间,妨碍了 CPU 正常的处理活动。

解决电子邮件炸弹的方法有:跟踪信息来源,切断传播渠道;配置路由器,对一些垃圾电子邮件拒绝传输,或保证外面的 SMTP 连接只能到达指定服务器,而不能到达用户端。

3. 过载攻击

过载攻击包括进程攻击和磁盘攻击等。进程攻击实际上就是产生大量的进程,而且这些进程需要占用 CPU 大量的处理时间,使 CPU 处于非常繁忙的状态,不能迅速响应其他用户对 CPU 的需求。为了保证用户的需求,要随时观察系统的活动进程,限制最大进程数,删除那些耗时的进程,以保证系统的可用性。

磁盘攻击包括磁盘满攻击、索引节点攻击、树结构攻击、交换空间攻击、临时目录攻击等。磁盘满攻击是对磁盘写入大量的信息,占用磁盘的所有空间。索引节点攻击是产生大量小的或空的文件,消耗磁盘索引节点,导致无法产生新的文件。树结构攻击会产生一系列多层目录,并在这些目录中放置大量文件,造成删除文件困难。交换空间攻击就是占用交换空间,阻止大程序的运行。临时目录攻击是占满临时目录空间,使某些程序不能运行。为了防止过载攻击,要随时终止消耗大量磁盘空间的进程运行,删除无用文件。

4. 网络入侵

1）口令破译

口令破译是入侵计算机网络系统常用的方法,有两种方法可以破译口令。第一种称为字典遍历法,它是使用一个口令字典,按照口令的加密算法对字典中的每个项进行加密,然后逐一比较得到的加密数据和口令文件的加密项,如果二者相同,那么就有 80% 的概率可以肯定用户口令就是该数据项。它的缺点是字典需要有非常丰富的数据项,否则无法破译出口令。另一种方法是根据算法解密,目前发明的加密算法绝大多数都能被破译。在 20 世纪 90 年代初人们利用普通微机就可以分解 144 位的十进制数,为了防止这种口令破译,人们通常采用 1024 位,甚至是 2048 位的大数来提高解密的复杂性。

2）利用上层服务配置问题入侵

利用上层服务入侵主要是利用 NFS、FTP、WWW 等服务设计和配置过程中存在的问题进行入侵。例如,有的 FTP 程序只提供上传、下载等最基本的 FTP 服务,不需要用户名和密码,登录的用户可以随意查看系统不同目录的文件,下载不同目录的文件或者上传文件到任何目录中去,这样就给入侵者打开了方便之门。

3）网络欺骗入侵

网络欺骗入侵包括 IP 欺骗、ARP 欺骗、DNS 欺骗和 WWW 欺骗 4 种方式,它们的实现方法有入侵者冒充合法用户的身份,骗过目标主机的认证,或者入侵者伪造一个虚假的上下文环境,诱使其他用户泄露信息。

5. 网络信息窃取

窥探是一种广泛使用的网络信息窃取方法。在广播式网络中,每个网络接口通常只响应两种数据帧:目的地址为本地网络接口的帧和目的地址是广播地址的帧,当网络接口发现数据帧地址与自己的 MAC 地址相同时,接收该帧,否则丢弃该帧。但是,有些网络接口支持一种称为混杂方式的特殊接收方式,在这种方式下,网络接口可以监视并接收网络上传输的所有数据报文。但是从另一个角度说,恶意用户也可以利用这种混杂方式截获网络上传输的关键数据,如口令、账号、机密信息等,这样就会对计算机网络系统造成极大的威胁。

6. 计算机网络病毒的破坏

一些计算机网络病毒的传播媒介是网络通道。这种病毒的传染能力很强,破坏力极大。下面介绍几种常见的计算机网络病毒。

1）脚本病毒

脚本病毒是一种特殊的网络病毒,它常常嵌入到网页文件中欺骗用户,改变文件执行方式,修改操作系统注册表等。熊猫烧香病毒就属于网络病毒,计算机网络系统一旦感染上熊猫烧香病毒,系统的可执行文件都被修改成熊猫烧香图案,使大量应用软件无法正常使用,强行关闭反病毒软件,致使系统蓝屏,重启。熊猫烧香病毒主要通过执行嵌入在网页中的网页病毒脚本文件,使病毒下载到用户主机,通过自我复制、隐藏等方法进行感染文件、盗取用户账号、远程控制等破坏性活动。

2）局域网病毒

局域网病毒主要存在局域网中，病毒发作时用户通常会发现网速突然减慢，无法打开相关网页或局域网连接，出现时断时续的现象，经常发生掉线。如"魔波"病毒，它一旦出现会严重影响局域网的使用。

3）电子邮件病毒

电子邮件病毒是利用电子邮件传输的病毒，电子邮件一旦感染病毒，计算机网络系统资源将被大量占用，同时不断发送垃圾邮件造成网络堵塞。如"番茄花园"病毒，它会不断发送垃圾邮件造成网络堵塞。

4）闪存病毒

闪存病毒通常隐藏在闪存或移动硬盘里，如"恶鹰"病毒，它可以屏蔽杀毒软件，让计算机处于无保护状态，破坏计算机系统的安全模式，破坏系统显示的所有文件选项，使用户无法正常进入。

5）蠕虫病毒

蠕虫病毒是比较早的计算机网络病毒，这种病毒通过计算机网络资源共享、信息传输、电子邮件、网络下载和网络浏览等方式进行传播，利用计算机网络的漏洞进行繁殖。它的目的是通过漏洞扫描、攻击、传染和现场处理等方法获得计算机系统的控制权。

8.2 Windows 操作系统安全

8.2.1 Windows 操作系统安全概述

Windows 操作系统是计算机与用户之间的接口，是协调、管理和控制计算机资源的核心软件。用户使用的各种计算机应用软件都必须在 Windows 操作系统的支持下才能使用，它们都是通过 Windows 操作系统完成对计算机系统中信息的存取及处理。目前的 Windows 操作系统有两个版本，一个是网络操作系统 Windows NT，主要用于网络服务器；另一个是单机操作系统 Windows XP，主要用于网络终端机。一般用户接触网络操作系统 Windows NT 比较少，接触单机操作系统 Windows XP 最多，下面主要介绍 Windows XP 的安全问题。

Windows XP 操作系统虽然是一个比较安全的软件，但它也存在许多安全漏洞，例如一些计算机病毒和木马程序通过 Windows XP 操作系统的安全漏洞可以轻松进入 Windows XP 操作系统内部，破坏 Windows XP 操作系统的注册表和系统程序，使 Windows XP 操作系统不能正常使用。大多数用户为了保证 Windows XP 操作系统的安全，时常下载和安装一些系统补丁，但仍然不能完全阻止计算机病毒和木马程序的侵入和破坏。下面分别介绍威胁 Windows XP 操作系统安全的几个常见问题。

1. 系统漏洞

系统漏洞是在硬件、软件、协议的具体实现或系统安全策略上存在的缺陷，是系统在具体实现中的错误。这种缺陷是设计者未能发现的或估计不到的缺陷，从而可以使入侵者能够在未授权的情况下访问或破坏系统,比如在建立安全机制中规划上的缺陷,制作系统编程中的错误,以及在使用系统提供的安全机制时人为的配置错误等。例如,TCP/IP 协议组存在的安全漏洞,Intel Pentium 芯片中存在的逻辑错误,在 NFS 协议中认证方式上的弱点,在 UNIX 系统管理员设置匿名 FTP 服务时配置不当的问题等。这些都可以认为是系统中存在的安全漏洞。

2. 系统后门

系统后门可以认为是程序设计者故意设计的用来进出系统的接口,有公开接口和秘密接口两种,公开接口可以认为是系统前门,秘密接口可以认为是系统后门。一个程序设计者在设计比较复杂的系统软件时,习惯于分模块进行设计,首先对各模块进行编程、调试,然后再将这些程序模块连接成一个完整的系统程序。后门的存在是为了便于测试、修改和增强模块的功能。按照正常操作程序,在软件交付用户之前,程序设计者应该去掉软件模块中的后门,但是,由于程序设计者的疏忽,或者故意将其留在程序中以便日后可以对此程序进行隐蔽的访问,方便测试或维护已完成的程序等,这样,系统后门就可能被程序设计者秘密使用,也可能被黑客和少数入侵者使用穷举搜索法发现并利用。

3. 特洛伊木马

特洛伊木马简称“木马”,其名称来源于希腊神话“木马屠城记”。古希腊有大军围攻特洛伊城,久久无法攻下。于是有人献计制造一只高二丈的大木马,假装作战马神,让士兵藏匿于巨大的木马中,大部队假装撤退而将木马摒弃于特洛伊城下。城中得知解围的消息后,遂将“木马”作为奇异的战利品拖入城内,全城饮酒狂欢。到午夜时分,全城军民进入梦乡,匿于木马中的将士开秘门游绳而下,开启城门,城外伏兵涌入,部队里应外合,焚屠特洛伊城。后世称这只大木马为“特洛伊木马”。如今黑客程序借用其名,有“一经潜入,后患无穷”之意。

完整的特洛伊木马程序一般由两个部分组成:一个是服务器程序;一个是控制器程序。若你的计算机被安装了服务器程序,则拥有控制器程序的人就可以通过网络控制你的计算机,为所欲为,这时你的计算机上的各种文件、程序,以及在计算机上使用的账号、密码就无安全可言了。

1) 特洛伊木马的特性

一是隐蔽性。特洛伊木马不产生图标,自动在任务管理器中隐藏,并以“系统服务”的方式欺骗操作系统。当用户执行正常程序时,启动自身,在用户难以察觉的情况下,完成一些危害用户的操作。

二是潜伏性。特洛伊木马潜入在你的启动配置文件中,如 win. ini、system. ini、winstart. bat 等文件中,在系统启动时即跟随启动。

三是自动恢复功能。许多木马程序可以相互恢复。当删除其中一个木马程序,再运行其他程序的时候,它又悄然出现。像幽灵一样,防不胜防。

四是自动打开特别端口的功能。木马程序的目的不是为了破坏系统,而是为了获取系统中的有用信息,当用户上网时,木马程序就会用服务器客户端的通信手段把信息告诉黑客们,以便黑客们控制你的计算机,或实施进一步入侵。

2）特洛伊木马的伪装方式

一是修改图标。特洛伊木马经常故意伪装成 ＊.HTML 文件，一般用户可能认为这是一个网页文件，对系统没有危害，这样很容易诱惑用户把它打开。

二是捆绑文件。将特洛伊木马捆绑到扩展名为 EXE、COM 和 SYS 的文件上。当安装程序运行时，特洛伊木马在用户毫无察觉的情况下，偷偷地进入了系统。

三是出错显示。特洛伊木马提供了一个出错显示功能。当服务端用户打开一个文件时，会弹出一个错误提示框，诸如"文件已破坏，无法打开！"之类的信息，当服务端用户信以为真时，木马却悄悄侵入了系统。

四是自我销毁。特洛伊木马的自我销毁功能是指它绑定到一个可执行文件上后，特洛伊木马源文件自动销毁，这样服务端用户就很难找到"木马"的来源，在没有查杀"木马"的工具帮助下，就很难删除木马了。

五是木马更名。特洛伊木马命名是千奇百怪的，有的木马把名字改为 window.exe，有的把扩展名 dll 改为 dl。这些名字改变后，非常迷惑人。

3）特洛伊木马的处理

发现特洛伊木马后所有的账号和密码都要马上更改，包括个人站点、免费邮箱等；删掉硬盘上突然增加的东西；检查硬盘上是否有病毒存在。

4. 计算机病毒

计算机病毒对 Windows 操作系统造成了极大的威胁，不但破坏软件系统，有的还破坏硬件系统。随着网络的应用，病毒传播的速度更快，范围更广，造成的损失也更加严重。病毒实际上是一段可执行的程序，它常常修改系统中另外的程序，将自己复制到其他程序代码中，感染正常的文件。

对用户来说，为了避免 Windows 操作系统遭受病毒的攻击，应该定期地对系统进行病毒扫描检查。另外，根据目前的病毒发展情况来看，病毒的发作对系统造成的损失是致命的，因此，还必须对病毒的侵入做好实时监控，防止病毒进入 Windows 操作系统，影响使用。

8.2.2 操作系统的安全等级

根据美国国防部开发的计算机安全标准（1985）橙皮书记载，操作系统的安全等级分为以下几个。

1. A 级

A 级实现验证访问控制，又称验证设计，它包括一个严格的设计、控制和验证过程。该级别包含了较低级别的所有特性。而其特点在于该等级的系统拥有正式的分析及数学式方法可完全证明该系统的安全策略及安全规格的完整性与一致性。

2. B 级

B 级实现强制访问控制，该等级的安全特点在于由系统强制对客体进行安全保护，在该级安全系统中，每个系统客体（如文件、目录等资源）及主体（如系统管理员、用户、应用程序）

都有自己的安全标签,系统依据用户的安全等级赋予其对各个对象的访问权限。

B 级有三个级别:

- B1 级,即标志安全保护,是支持多级安全的第一个级别,这个级别说明处于强制性访问控制之下的对象,系统不允许文件的拥有者改变其许可权限。B1 级的计算机系统安全措施由操作系统而定。政府机构和防御承包商们是 B1 级计算机系统的主要拥有者。

- B2 级,又叫做结构保护,它要求计算机系统中所有的对象都要加上标签,而且给设备分配单个或多个安全级别。它是提供较高安全级别对象与较低安全级别对象相互通信的第一个级别。

- B3 级,又称安全域级别,使用安装硬件的方式来加强域的安全,例如,内存管理硬件用于保护安全域免遭无授权访问或其他安全域对象的修改。该级别也要求用户通过一条可信任途径连接到系统上。

3. C 级

C 级实现自主访问控制,该等级的安全特点在于系统的客体(如文件、目录)可由该系统主体(如系统管理员、用户、应用程序)自主定义访问权。例如,管理员可以决定系统中任意文件的权限。它主要提供自主访问控制保护,具有进一步限制用户执行某些命令或访问某些文件的权限,而且还加入了身份认证级别。

4. D 级

D 级实现最低保护,凡没有通过其他安全等级测试项目的系统即属于该级,如 Windows 个人计算机系统就属于该级别的系统,它就像一个门户大开的房子,任何人都可以自由进出。没有系统访问限制和数据访问限制,任何人不需任何账户就可以进入系统,不受任何限制就可以访问他人的数据文件。

系统的安全级别越高,系统就会越安全。可以说,系统安全级别是一种重要的安全保证机制。

8.2.3 Windows XP 操作系统的安全机制

Windows XP 操作系统在运行时主要完成用户的存取控制,防止对计算机信息的非法窃取、篡改和破坏;对用户进行身份鉴别,监督系统运行的安全性,保证系统安全运行。要完成这些功能,Windows XP 操作系统需要建立一套完整的安全机制。下面介绍几种基本的安全机制。

1. 最小特权管理机制

最小特权管理机制就是不给用户超过执行任务所需特权以外的任何特权。特权是超越访问控制限制的权力,它和访问控制结合使用,提高了系统的灵活性,然而也带来了不安全的隐患,一旦相应口令失窃,则后果不堪设想。因此,使用最小特权管理机制,根据敏感操作类型进行特权细分,同时建立特权传递及计算机制,保证任何企图超越强制访问控制和自主访问控制的特权任务,都必须通过特权机制的检查。

2. 自主访问控制与强制访问控制机制

自主访问控制与强制访问控制机制是 Windows 操作系统安全的核心内容和基本要求。当系统主体对客体进行访问时,按照一定的机制判定访问请求和访问方式是否合法,进而决定是否支持访问请求和执行访问操作。自主访问控制是指主体(进程或用户)对客体(如文件、目录、设备文件等)的访问权限只能由超级用户决定或更改;强制访问控制是由专门的安全管理员按照一定的规则分别对系统中的主体和客体赋予相应的安全标记,并以特定的强制访问规则来决定是否允许访问。

3. 安全审计机制

安全审计是一种事后追查的安全机制,其主要目标是检测和判定非法用户对系统的渗透或入侵,识别误操作并记录进程的详细情况。一般情况下安全审计机制应提供审计事件配置、审计记录分类及排序等附带功能。

4. 标识、鉴别及可信通路机制

标识、鉴别及可信通路机制用于保证合法用户正确存取系统中的资源,在 Windows XP 操作系统启动时首先进行用户合法性检查和身份认证,通常采用口令验证(如用户密码)或物理鉴定(如磁卡、数字签名、指纹识别、声音识别等)的方式。口令验证就是系统将用户输入的口令和保存在系统中的口令相比较,二者一致系统才能正常启动。所以系统口令表应基于特定加密手段及存取控制机制来保证其保密性,避免他人窃取密码,保证用户与系统间交互特别是登录过程的安全性和可信性。物理鉴定就是系统在启动前首先检测物理器件是否为合法用户所拥有,例如系统指纹表里没有用户的指纹,系统就会提示:"您的指纹不正确!",该用户就无法启动系统。

5. 隐蔽通道分析处理机制

所谓隐蔽通道是指允许进程间以危害系统安全策略的方式传输信息的通信信道。根据共享资源性质的不同,其具体可分为存储隐蔽通道和时间隐蔽通道。鉴于隐蔽通道可能造成严重的信息泄露,所以应当建立适当的隐蔽通道分析处理机制,以监测和识别可能的隐蔽通道并进行审计且予以消除。

8.2.4 Windows XP 操作系统安全措施

人们普遍使用的 Windows XP 操作系统存在许多安全方面的漏洞,用户在使用这种操作系统时必须时刻注意安全。下面简单介绍几种安全措施。

1. 保护 Windows XP 注册表的安全

Windows XP 注册表是一个信息资源数据库,存储在 Windows 目录下的 System. dat 文件中,是一个隐藏的文件,它存储着计算机系统所有硬件和软件的信息资源,是 Windows

XP 操作系统的核心，它的任何一部分被修改或破坏，就会严重影响系统的使用，如果被破坏得非常严重，整个系统就会全部瘫痪。一些计算机病毒和黑客专门攻击 Windows XP 注册表，来控制系统的行为。有时系统防火墙提示"修改系统注册表"，如果用户不知道是什么东西修改系统注册表，就要禁止修改，避免系统注册表被破坏。一旦系统注册表被破坏，用户可以根据被破坏的程度进行修复，如瑞星杀毒软件、江民杀毒软件等都有修复系统注册表的功能。如果被破坏得很严重，就要请计算机系统管理员恢复系统注册表。

2. 增加密码安全系数

Windows XP 操作系统中使用的密码位数可达 255 个字符，可以单独使用数字和字母作为密码，也可以使用数字与字母混合的密码。为了保证系统安全，用户在容易记忆的前提下，最好使用数字与字母混合的密码，并且尽可能增加密码长度，密码长度每增加一位，就会以倍数级别增加密码字符所构成的组合，提高破解难度。Windows XP 操作系统设置密码的地方很多，例如 CMOS 中的用户密码、控制面板中的用户密码、文件密码等。

3. 系统软件升级

为了保证 Windows XP 操作系统的安全，微软为用户提供了许多安全补丁，例如 Windows 2000 SP2、Windows XP SP3 等补丁。用户要经常对系统进行补丁测试，将补丁安装到 Windows XP 操作系统中。操作系统中安装的杀毒软件要随时升级，保证随时可以杀毒。如果以上工作不经常做，可能会导致计算机系统非常容易成为黑客的攻击目标。

4. 监控系统的安全是否被威胁和侵入

Windows XP 操作系统虽然采取了一系列安全防护措施，但仍会遭到黑客或计算机病毒的入侵，要随时监控可疑文件、图标、字节数量等，在监控本地计算机网络的时候还要进行完整性审核。在操作系统中安装的各种杀毒软件都有这些功能，用户在打开计算机的同时也要打开杀毒软件的防火墙，随时监控黑客及病毒的威胁。

5. 启动系统防火墙

在 Windows XP 操作系统的"开始"→"程序"→"附件"→"系统工具"→"安全中心"中可以设置系统防火墙，用户要在这里打开系统防火墙，防止意外入侵。如图 8.1 所示。

6. 通过备份保护系统中的数据

1）数据库备份
数据库是网络信息的主要来源，为了保证数据库的数据安全，必须要对数据库进行备份。常用的数据库备份主要有完全备份、事务日志备份、差异备份和文件备份。
（1）完全备份
这是大多数人常用的方式，它可以备份整个数据库，包含用户表、系统表、索引、视图和存储过程等所有数据库对象。但它需要花费更多的时间和空间，所以，一般推荐一周做一次完全备份。

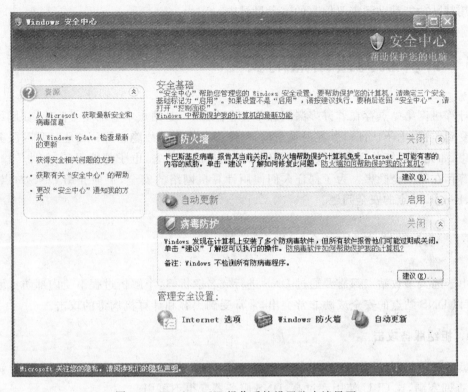

图 8.1　Windows XP 操作系统设置防火墙界面

（2）事务日志备份

事务日志是一个单独的文件，它记录数据库的改变，备份的时候只需要复制自上次备份以来对数据库所做的改变，所以只需要很少的时间。

（3）差异备份

差异备份也叫增量备份，它只备份数据库的一部分，不使用事务日志，相反，它使用整个数据库的一种映像，比最初的完全备份小，因为它只包含自上次完全备份以来所改变的数据库。它的优点是存储和恢复速度快。推荐每天做一次差异备份。

（4）文件备份

数据库可以由硬盘上的许多文件构成。如果这个数据库非常大，可以使用文件备份，它只备份数据库的一部分。

2）网络在线数据备份

用户在网络上浏览和检索到的数据需要保存到自己的存储器上，常用的网络在线数据备份有下载保存、复制粘贴等。

（1）下载保存

下载保存就是利用网站提供的各种下载方法，将所需要的数据保存到本地计算机存储器。如 CNKI 网站下载、FTP 下载、软件下载等。例如，在 IE 地址栏输入：http://www.cnki.com.cn，打开 CNKI 网站，就可以下载相关文件。

（2）复制粘贴

复制粘贴就是在用户打开的网页中选中所需要的信息，然后选择复制功能存入剪贴板，再利用粘贴功能粘贴到需要保存的磁盘目录中。

8.3 计算机网络站点的安全

计算机网络站点存在着许多漏洞和不安全隐患,一是站点本身的安全隐患,如网络系统容易受到监视,电子认证口令容易被窃取,网络设备安全事故隐患等;二是互联网服务的安全隐患,如允许系统共享网络数据库文件和数据造成的损害,电子邮件服务、文件传输、远程登录等存在的安全隐患。为了保证人们使用计算机网络的安全,下面介绍 DNS 站点、Web站点、E-mail 站点的安全问题。

8.3.1 DNS 站点的安全威胁

由于绝大多数站点都需要通过 DNS 进行域名解析,这个解析过程不受内部防火墙的限制,所以 DNS 站点的安全威胁非常突出,常常受到黑客和计算机病毒的攻击。

1. 拒绝服务攻击

黑客试图使用计算机网络中的一个或多个 DNS 查询拒绝提供网络服务,手段就是将DNS 查询塞满,让 CPU 使用率过高,DNS 服务器变得不可用。

2. 缓存感染

黑客非常熟悉 DNS 的请求,它将信息放入一个没有设防的 DNS 服务器的缓存当中,当用户进行 DNS 访问时将这些信息返回给用户,从而将用户引导到入侵者所设置的 Web 服务器或邮件服务器上,然后黑客从这些服务器上获取用户信息。

3. DNS 信息劫持

黑客通过监听客户端和 DNS 服务器的对话,依据服务器响应为客户端的 DNS 查询ID。黑客在 DNS 服务器之前将虚假的响应交给用户,从而欺骗客户端去访问恶意的网站。

4. DNS 重定向

黑客能够将 DNS 名称查询重定向到恶意 DNS 服务器。这样攻击者可以获得 DNS 服务器的写权限。

8.3.2 Web 站点的安全威胁

随着 Internet 的快速发展,Web 服务给用户创造了信息交互的极大方便,广大用户可以利用 Web 提供的服务进行网页浏览、网上聊天、网上购物、网上股票买卖、网络信息检索和视频播放等多种活动,开阔了人们的眼界,增加了人们更多地了解信息社会的通道。但是,Web 服务也存在许多不安全因素。

1. 黑客的攻击

黑客利用计算机网络系统和管理方面的问题,寻找机会攻击 Web 站点,Web 服务器一旦存在漏洞,黑客可以轻易地骗过 Web 服务器的软件,从而得到操作系统的口令。黑客进入系统,将网络软件设置为无差别模式,这样就可将窃取到的所有内容存储在网上,然后再下载这些资料。

2. 病毒的威胁

随着计算机网络的发展,一些新型病毒通过计算机网络快速进行传播,增加了计算机网络遭受威胁和破坏的程度。现在 Web 站点和用户激增,而 Web 站点又缺乏强有力的安全策略,缺乏有效的安全控制措施和对 Web 安全策略的认识,这种威胁也日益严重。

3. 恶意代码

恶意代码是指计算机病毒、特洛伊木马和邮件炸弹等非法软件的程序代码,由这些代码编写的程序对计算机系统危害很大,严重破坏了计算机网络的正常运行。除此之外,还有其他未经授权的一些软件。

4. 盗窃

Web 技术在为人们带来利益的同时,也常常被用于盗窃。例如,一些人利用银行自动信用卡业务盗窃他人银行账号和密码,从中盗窃财务;一些黑客利用特洛伊木马盗窃他人计算机信息。

5. 发泄不满和失误

有的单位职工为了发泄不满情绪,在 Web 站点上动些手脚或捣鬼,有的泄露机密信息,还有的非法进入机密数据库,删除和更改数据,甚至破坏数据库或系统等。有的计算机管理员熟悉服务器和计算机网络系统的弱点、漏洞和缺陷,利用这点技术发泄对单位的不满情绪。

Web 的主管、设计者、操作者和程序员有时避免不了失误,这种失误会给 Web 站点带来安全问题。一个程序设计的失误可能会摧毁一个系统,破坏系统的安全。有时,失误会导致系统的脆弱性,不堪一击。

6. 网关接口的漏洞

网站上的搜索引擎是通过通用网关接口脚本执行的方式实现的,黑客可修改这些脚本,以执行他们的非法攻击任务。通用网关接口的脚本通常只能在所指 Web 服务器中进行寻找,如果进行一些修改,它们就可以在 Web 服务器之外进行寻找。为了防止这类修改脚本问题的发生,需要将这些脚本设置为较低级用户特权。

8.3.3　E-mail 站点的安全威胁

E-mail 系统的传输包括用户代理、传输代理和接收代理三个部分,用户代理负责将信件按一定的标准包装发送给邮件服务器或接收服务器传来的信件。传输代理负责信件的交换和传输,将信件传送到邮件主机,再由接收代理将信件分发到不同的邮件信箱。完成这一过程存在很大的安全威胁。

1. E-mail 欺骗

E-mail 欺骗是一个重要的手段,这种手段隐蔽、巧妙和阴险,表现形式各异,经常使一些人上当受骗,例如,E-mail 宣称来自系统管理员,要求用户将他们的口令改变为特定的字符串,并威胁,如果不照此办理,将关闭用户的账户。再如,由于简单邮件传输协议(SMTP)没有验证系统,伪造 E-mail 十分方便,如果站点允许与 SMTP 端口联系,任何人都可以与该端口联系,并以虚构某人的名义发出 E-mail。

2. E-mail 炸弹

具体来说,邮件炸弹指的是邮件发送者利用特殊的电子邮件软件,在很短的时间内连续不断地将邮件邮寄给同一个收信人,一般情况下,网络用户的信箱容量是有限的,在有限的空间中,如果用户在短时间内收到上千上万封电子邮件,收件箱将不堪重负,致使邮件箱不能使用。邮件炸弹还可以大量消耗网络资源,常常导致网络塞车,使大量的用户不能正常地工作。

3. 垃圾邮件

根据中国互联网协会最新公布的定义,垃圾邮件包括收件人事先没有提出要求或者同意接收的广告、电子刊物、各种形式的宣传品的电子邮件等 4 种形式,具体描述如下:

(1)收件人事先没有提出要求或者同意接收的广告、电子刊物、各种形式的宣传品的电子邮件。

(2)收件人无法拒绝的电子邮件。

(3)隐藏发件人身份、地址、标题等信息的电子邮件。

(4)含有虚假信息源、发件人、路由等信息的电子邮件。

4. 匿名转发

有时侯发送电子邮件的人不希望接收者知道是谁发的。这种发送邮件的方法被称为匿名邮件。实现匿名的一种最简单的发法,是简单地改变电子邮件软件里的发送者的名字。有的人还利用其他人发送邮件,邮件中的发信地址就变成了转发者的地址了。现在 Internet 上有大量的匿名转发者,发送者将邮件发送给匿名转发者,并告诉这个邮件希望发送给谁。该匿名转发者删去所有的返回地址信息,再邮发给真正的收件者,并将自己的地址作为返回地址插入邮件中。

从安全的角度考虑,匿名转发也是有用的。例如发送敏感信息,隐藏发送者的信息可以使窥窃者不知道这一信息是否有用。

5. E-mail 诈骗

电子邮件已经成为黑客利用用户计算机安全漏洞的一种危险的方式,他们在电子邮件附件中加入被感染的文件,一旦这些被感染的文件进入到用户的计算机,这些恶意文件就将窃取用户隐私。

8.4 计算机病毒的防治

8.4.1 计算机病毒概述

1994 年 2 月 18 日,中国正式颁布实施了《中华人民共和国计算机信息系统安全保护条例》,在该条例的第二十八条中明确指出:"计算机病毒,是指编制或者在计算机程序中插入的破坏计算机功能或者毁坏数据,影响计算机使用,并能自我复制的一组计算机指令或者程序代码。"根据这个定义可知计算机病毒是一种计算机程序,它不仅能破坏计算机系统,而且还能够传染到其他系统。计算机病毒通常隐藏在其他正常程序中,能生成自身的拷贝并将其插入到其他的程序中,对计算机系统进行恶意的破坏。传统意义上的计算机病毒一般具有以下几个特点:破坏性、隐蔽性、潜伏性、传染性、可执行性和相关性等,随着 Internet 网络的快速发展,计算机病毒出现了新的特点:传播渠道多、传播速度快、变化能力强等。目前计算机病毒一般分为下列几类。

1. 文件型病毒

文件型病毒通过在执行过程中插入指令,把自己依附在可执行文件上,然后,利用这些指令来调用附在文件中某处的病毒代码。当文件执行时,病毒会调出自己的代码来执行,接着又返回到正常的执行指令序列。通常,这个执行过程发生得很快,以致于用户并不知道病毒代码已被执行。

2. 引导扇区病毒

引导扇区病毒主要改变或格式化引导扇区里的程序,在引导扇区里先执行自身的代码,然后再继续启动其他进程。大多数情况下,在一台染有引导扇区病毒的计算机上对可读写的软盘进行读写操作时,也会感染整个磁盘。引导扇区病毒会潜伏在软盘的引导扇区里,或者在硬盘的引导扇区或主引导记录中插入指令,此时,如果计算机从被感染的磁盘引导时,病毒就会感染到引导硬盘,并把自己的代码调入内存。触发引导扇区病毒的典型事件是系统日期和时间。

3. 混合型病毒

混合型病毒有文件型和引导扇区型两类病毒的某些共同特性。当执行一个被感染的文件时,它将感染硬盘的引导扇区或主引导记录,并且感染在机器上使用过的磁盘。这种病毒能感染可执行文件,从而能在网上迅速传播蔓延。

4. 变形病毒

变形病毒随着每次复制而发生变化,通过被感染的文件搜索简单的、专门的字节序列是不能检测到这种病毒的。变形病毒是一种能变异的病毒,随着感染时间的不同而改变其不同的形式,不同的感染操作会使病毒在文件中以不同的方式出现,一般的杀毒软件对这种病毒显得无能为力。

5. 宏病毒

宏病毒是一种良性病毒,经常存在于使用 Office 软件保存的文件里,例如,使用 Word 软件保存的 ＊.doc 文件很容易感染宏病毒,除此之外,一些可执行文件 ＊.exe、＊.com 和 ＊.sys 等也容易感染宏病毒。虽然宏病毒不会对计算机系统造成严重的危害,但也不可忽视它的影响,因为宏病毒会影响系统的性能以及用户的工作效率。宏病毒是利用宏语言编写的,不受操作平台的约束,可以在 DOS、Windows、UNIX 等操作系统中泛滥。

8.4.2 计算机病毒新的发展趋势

随着 Internet 的发展和计算机网络的日益普及,计算机病毒出现了一系列新的发展趋势。

1. 无国界

由于在 Internet 上收发电子邮件数量极大,所以电子邮件已成为病毒传播的主要途径。通过电子邮件传播的病毒种类越来越多,且传播速度大大加快,传播空间不断延伸,呈现无国界的趋势。据统计,以前通过磁盘等有形媒介传播的病毒,从国外发现到国内流行,传播周期平均需要 6～12 个月,而电子邮件的大量传输,使病毒的传播速度缩小为几秒钟。

2. 多样化

随着计算机技术的发展和软件的多样性,病毒的种类也呈现多样化发展的趋势,不仅仅有引导扇区病毒、文件型病毒、宏病毒、混合型病毒,还出现专门感染特定文件的一些病毒。特别是 Java、VB 和 ActiveX 的网页技术逐渐被广泛使用后,一些人就利用网络编程技术编写病毒程序。以 Java 病毒为例,虽然它并不能破坏硬盘上的资料,但如果使用浏览器来浏览含有 Java 病毒的网页,浏览器就把这些程序抓下来,然后使用自己系统里的资源去执行,因而,使用者在未察觉的状态下,被病毒进入了自己的机器进行复制并通过网络窃取宝贵的个人秘密信息。

3. 破坏性更强

新病毒的破坏力更强,手段比过去更加狠毒,它可以修改文件、注册表或通信端口,修改用户密码,挤占内存,还可以利用恶意程序来实现远程控制等。例如,CIH 病毒破坏主板上的 BIOS 和硬盘数据,使用户需要更换主板,给全世界用户带来巨大损失。又如,"白雪公主"病毒修改 Wsock32.Dll,截取向外传输的电子邮件信息,自动附加在受感染的电子邮件上,一旦收信人执行附件程序,该病毒就会感染个人主机。这时个人计算机内部的所有数据、信息以及核心机密都将在病毒制造者面前暴露,他可以随心所欲地控制所有受感染的计算机来达到自己的任何目的。

4. 智能化

新一代计算机病毒的智能化令人震惊,例如,"维罗纳(Verona)"病毒就是一个具有智能的"超级病毒",它不仅主题众多,而且集邮件病毒的几大特点于一身,令人无法设防。最严重的是它将病毒写入邮件原文,一旦用户收到了该病毒邮件,无论是使用 Outlook 打开邮件,还是使用预览功能,病毒都会自动发作,并将一个新的病毒邮件发送给邮件通讯录中的地址,从而迅速传播,用户根本无法逃避。该病毒本身对用户计算机系统并不造成严重危害,但是这一病毒的出现已经是病毒技术的一次巨大"飞跃",它无疑为今后具有更大危害的病毒的出现做了一次技术上的试验及预演,一旦这一技术与以往危害甚大的病毒技术或恶意程序、特洛伊木马等相结合,造成的危害将是无法想象的。

5. 更加隐蔽化

新一代病毒更加隐蔽,常常将自己伪装成合法的程序,或者将病毒代码写入文件内部,而文件长度不发生任何改变,使用户不会产生怀疑。例如,猖狂一时的"欢乐 99"病毒却呈现为卡通的样子迷惑用户。现在,有些新的病毒可以将自身写入 RGB 图片文件中,计算机用户一旦打开图片,它就会运行某些程序将用户计算机的硬盘格式化,以后无法恢复。还有"矩阵"病毒会自动隐藏、变形,甚至阻止受害用户访问反病毒网站和向病毒记录的反病毒地址发送电子邮件,无法下载经过更新、升级后的相应杀毒软件或发布病毒警告消息。

8.4.3　计算机病毒防治措拖

计算机病毒以各种方式潜伏、隐藏和传染,为了使用户掌握计算机病毒基本规律,下面介绍几种计算机病毒产生的现象和防治方法。

1. Windows 操作系统出现错误信息

错误信息是 Windows 操作系统提供的一项新功能,此功能是为了方便用户了解操作系统出现的问题。如果 Windows 操作系统自动关闭了错误信息功能,很可能是中了病毒。冲击波和震荡波病毒,就是利用关闭系统进程,然后提示错误信息,警告用户将在 1 分钟内倒计时关机。

防治方法:使用专杀工具就可以删除冲击波和震荡波病毒。安装网络防火墙,对相应访问端口进行屏蔽,效果会更好。杀完毒,设置好防火墙以后,最好安装系统补丁,系统补丁可以直接从网上下载安装。

2. 虚拟内存或内存不足,计算机运行速度明显降低

在正常情况下,计算机软件的运行并不占用大量内存或虚拟内存,一般不会降低计算机运行速度。如果计算机速度明显降低了,首先看内存和虚拟内存占用率,然后再看 CPU 占用率,检查用户进程里是哪个程序占用资源情况不正常。

防治方法:占用大量计算机资源的病毒很容易发现。在发现病毒的情况下,先关闭 CPU 进程,然后使用杀毒软件检查,如果无法查杀,立即升级病毒库,然后再杀毒。

3. 异常死机

用户在正常操作计算机的时候突然出现死机现象,正在使用的文件无法存盘或打开,很可能感染了计算机病毒。例如 IE 浏览器经常出现异常错误,造成死机现象,中断了网络运行。

防治方法:可以使用系统安装光盘修复计算机系统,或者重新启动计算机系统,使用杀毒软件查杀病毒。

4. 文件大小改变

有些计算机病毒与启动文件捆绑在一起,使启动文件大小发生变化,有时会看到文件突然变得很大。这样的计算机病毒是和启动文件一起运行的。

防治方法:随时使用杀毒软件对此类文件进行监控,并查看文件大小的变化,一旦发现文件突然增大,很可能是计算机病毒的作用。

5. 文件启动时出现异常提示

文件在启动过程中如果出现了异常提示,甚至无法正常打开文件,很可能是病毒感染了文件。

防治方法:对于无法正常打开或使用的文件,要使用杀毒软件检查并杀毒。

6. 计算机启动时找不到硬盘

计算机启动时找不到硬盘,致使 Windows 操作系统无法启动。这种现象很可能是系统感染了引导扇区病毒。

防治方法:在启动计算机时首先打开杀毒软件查杀引导扇区和内存病毒,有的需要用DOS 杀毒软件,从 DOS 引导区杀毒。

7. Windows 操作系统启动缓慢

Windows 操作系统启动的时候,需要加载和启动一些软件以及打开一些文件,有些计算机病毒利用这一点潜伏在操作系统的启动程序中,或者潜伏在操作系统的配置文件里,影响操作系统的启动速度。

防治方法:经常检查启动文件或者系统配置文件是否跟随着非系统文件的启动,还要经常检查进程里那些不知道用途的程序。

8. 浏览器自行访问网站

计算机在访问网络的时候,打开浏览器,常会发现主页被修改了,不是自己希望打开的网站,若想删除这个网站又很困难。这种自行访问的网站一般都是不健康的网站。

防治方法:一旦出现这种网站可以使用杀毒软件中的浏览器恢复功能进行恢复,也可以卸载浏览器,然后重新安装浏览器。如果对恢复浏览器不熟悉,建议安装上网助手软件,全面保护你的浏览器,减少恶意代码的攻击。

9. 注册表被破坏,热键被屏蔽

注册表是操作系统的核心数据库,如果注册表被破坏,操作系统有的功能就无法使用。热键是人们用来控制计算机的快捷键,如果热键被屏蔽,就无法使用快捷方式。

防治方法:可以使用超级兔子魔法师或者 Windows 优化大师对注册表进行恢复,同时也会解除对热键的屏蔽。但是对注册表的恢复要特别小心,如果恢复错了,后果更加严重。

10. 网络自动掉线

在使用计算机网络的时候,有时会自动掉线,这种原因就是计算机病毒关闭了网页链接,侵占网络系统或者网络资源,给用户使用造成不便。

防治方法:安装网络防火墙拦截网络病毒,一旦网络被传染上病毒,立即使用杀毒软件检查并杀毒。

8.4.4 杀毒软件

常用的杀毒软件有江民杀毒软件、瑞星杀毒软件、金山毒霸杀毒软件、卡巴斯基杀毒软件等。以江民杀毒软件为例,用户在使用江民杀毒软件时,需要掌握如何确定查、杀计算机病毒的目标磁盘或文件,如何设置防火墙的安全级别及掌握江民杀毒软件的升级方法等。为了帮助未使用过杀毒软件的用户了解和掌握杀毒软件,下面简单介绍江民杀毒软件的操作方法。

1. 打开江民杀毒软件

在桌面上用鼠标双击"江民杀毒软件"快捷图标,打开江民杀毒软件主页,如图 8.2 所示。

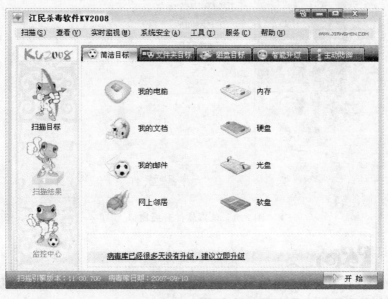

图 8.2 江民杀毒软件主窗口

2. 确定查、杀计算机病毒的目标

在主页中选择菜单"简洁目标",如图 8.3 所示。根据需要选择查、杀计算机病毒的文件夹或磁盘。

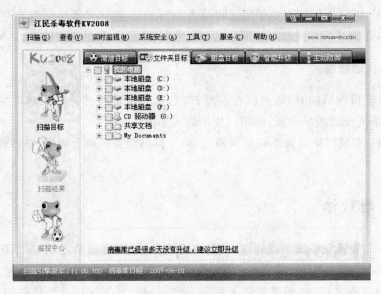

图 8.3 杀毒目标窗口

3. 江民杀毒软件升级

在使用江民杀毒软件时要及时升级,以便保证查、杀多种计算机病毒。首先确定计算机网络是连通的,然后用鼠标单击"开始升级"按钮,如图 8.4 所示。

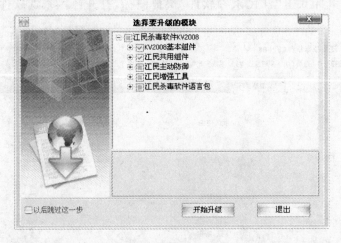

图 8.4 杀毒软件升级窗口

4. 安全设置

安全设置是保证系统安全的重要步骤,有"低"、"中"、"高"三个安全级别,用户根据需要定义,一般情况下设置为"中",如图 8.5 所示。

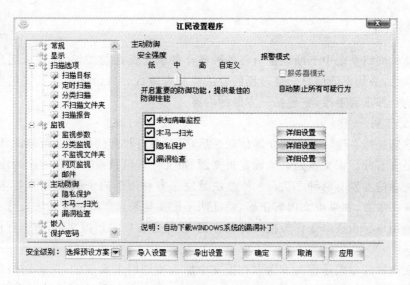

图 8.5　杀毒软件安全设置窗口

8.5　常用的安全保密方法

1. 防火墙

防火墙是一种有效的网络安全机制,是保证主机和网络安全必不可少的工具,是在内部网与外部网之间实施安全防范的系统,可以看做是一种访问控制机制,用于确定哪些内部资源允许外部访问以及允许哪些内部网络用户访问哪些外部资源及服务等。它通常安装在被保护的内部网和外部网的连接点上,从外部网或内部网上产生的任何事件都必须经过防火墙。

防火墙的基本类型有以下几种:

1) 包过滤型防火墙

包过滤型防火墙工作在网络层,它以 IP 包为对象,对 IP 源地址和目的地址、封装协议、端口号等进行筛选,阻塞或允许 IP 包通过。包过滤型防火墙通常安装在路由器上,目前大多数路由器都提供了包过滤功能。另外,在 PC 上也可以安装包过滤软件,即所谓的个人防火墙。

2) 代理服务器型防火墙

代理服务器型防火墙包括两部分:服务器端程序和客户端程序。服务器端程序作为客户与远程机器的中介,接收客户端的请求,并对请求进行认证,如果满足系统安全策略,服务器将代替用户与远程主机通信,发送请求消息,接收返回内容信息,并将结果返回给用户。客户端程序实际上是与代理服务器通信,在客户与远程目标机器之间没有建立直接的连接。服务器提供日志和审计服务。

3) 堡垒主机

堡垒主机就是将包过滤防火墙和代理服务器防火墙两种方法结合起来的一种安全保护方法,负责对包进行过滤,并负责提供代理服务。

2. 身份认证

在计算机网络系统中不断地进行着各种各样的信息交换与传输,要保证用户能够正确使用这些信息,必须保证信息交换过程的合法性和有效性。身份认证是证实信息交换过程合法有效的一种重要手段,它包括三方面的内容。

1) 报文鉴别

报文鉴别是指在通信双方建立通信联系后,要对各自收到的信息进行验证,以保证所收到的信息是真实的。报文鉴别必须确定报文源、报文内容以及报文顺序的正确性。

对报文源的鉴别有两种办法:一种办法是发送方利用单向密码加密报文,接收方用相应的密钥解密报文,如果报文内容正确,就证明了报文是来自正确的发送方;另一种办法是用加密过的用户标识或口令作为报文源的标识,接收方在接收到报文后,解密标识得到正确的用户源。

对报文内容的鉴别是通过发送方在报文中加入鉴别码来实现的,而鉴别码是通过对报文内容进行某种运算得到的:接收方在收到报文后,用相同的算法对报文内容进行操作,得到新的鉴别码,然后比较这两个鉴别码,如果二者相同,表示报文内容没有被修改。

对报文顺序的鉴别是通过发送方和接收方共同约定的时间变量来保证的。

2) 身份认证

身份认证是系统提供的特有功能,是对用户身份的正确识别和校验,它包括识别和验证两方面的内容。其中识别是指要明确访问者的身份,为了区别不同的用户,每个用户使用的标识各不相同。验证则是指在访问者声明其身份后,系统对他的身份的检验,以防假冒。目前广泛使用的有口令验证、信物验证以及利用个人独有的特性进行验证等方法。

3) 数字签名

数字签名可以解决对接收到的信息内容和信息发送者的唯一性确认,可以保证接收方收到的报文内容是真实的,而且还能保证发送方不能否认他所发送的报文,同时也能保证接收方不能伪造报文和签名。目前广泛使用的数字签名技术有非对称密钥加密算法和对称密钥加密算法的数字签名技术。

3. 访问控制

目前,有三种访问控制方法:自主访问控制、强制访问控制、基于角色的访问控制。自主访问控制是指系统资源的所有者能够对他所有的资源分配不同的访问权限。在强制访问控制中,系统对用户和资源都分配一个特殊的安全属性,这种安全属性一般不能更改,系统比较用户和资源的安全属性来决定该用户能否访问该资源。访问控制的基本任务是防止非法用户进入系统以及合法用户对系统资源的非法使用,访问控制包括两个处理过程:识别与认证用户,这是身份认证的内容,通过对用户的识别和认证,可以确定该用户对某一系统资源的访问权限。

4. 加密与解密技术

加密、解密的基本思想是"伪装"信息,使非授权者不能理解信息的真实含义,而授权者却能够理解"伪装"信息的真正含义。加密、解密的方法很多,现在人们还再继续研究新的方法。以对称密码算法和非对称密码算法为例,对称密码算法使用的加密密钥和解密密钥相同,并且从加密过程能够推导出解密过程,对称密码算法的优点是具有很高的保密强度,可以承受国家级破译力量的攻击,但它的一个缺点是拥有加密能力就可以实现解密,因此必须加强密钥的管理。非对称加密算法正好相反,它使用不同的密钥对数据进行加密和解密,而且从加密过程不能推导出解密过程,最著名的非对称加密算法是 RSA 加密算法。非对称加密算法的优点是适合开放的使用环境,密码管理方便,可以方便安全地实现数字签名和验证,缺点是保密强度远远不如对称加密算法。已发明的非对称加密算法绝大多数已被破译。

5. 审计和入侵检测

审计实际上是通过事后追查的手段来保证系统的安全。审计对涉及系统安全的操作做了一个完整的记录,当有违反系统安全策略的事件发生时,能够有效地追查事件发生的地点及过程。审计是操作系统的一个独立的过程,它保留的记录包括事件发生的日期和时间、产生这一事件的用户、操作的对象、事件的类型以及该事件成功与否等项。而入侵检测能够对用户的非法操作或误操作做实时的监控,并且将该事件报告给管理员。入侵检测有基于主机的和分布式的两种方式,通常它是与系统的审计功能结合使用的,能够监视系统中的多种事件,包括对系统资源的访问操作、登录系统、修改用户特权文件、改变超级用户或其他用户的口令等。

6. 安全扫描

安全扫描的基本思想是模仿黑客的攻击方法,从攻击者的角度来评估系统和网络的安全性。扫描器是实施安全扫描的工具,它通过模拟的攻击来查找目标系统和网络中存在的各种安全漏洞,并给出相应的处理办法,从而提高系统的安全性。

安全扫描能够更准确地向系统管理员指明系统中存在安全问题的地方以及应该加强管理的方向,而且还指出了具体的解决措施。对管理员来说,安全扫描的方法比其他安全方案更有指导性和针对性。目前人们使用的各种杀毒软件都具备安全扫描功能,它可以针对计算机病毒进行扫描。

习题 8

一、单项选择题

1. 下列( )原因不能对 Windows XP 操作系统的安全构成威胁。

A. 系统漏洞　　　B. 计算机病毒　　　C. 特洛伊木马　　　D. 打印机

2. 下列( )不是 Windows XP 操作系统的安全机制。

A. 最小特权管理机制　　　　　　B. 安全审计机制

C. 标识、鉴别及可信通路机制　　　D. 宏观调控机制

3. 计算机信息的实体安全包括环境安全、设备安全、( )三个方面。

A. 运行安全　　　B. 媒体安全　　　C. 信息安全　　　D. 人事安全

4. 计算机病毒是( )。

A. 一种程序   B. 传染病病毒

C. 一种计算机硬件   D. 计算机系统软件

5. 下列不属于计算机病毒特征的是( )。

A. 传染性   B. 突发性   C. 可预见性   D. 隐藏性

6. 计算机病毒主要破坏数据的( )。

A. 保密性   B. 可靠性   C. 完整性   D. 可用性

7. 下面关于计算机病毒的描述错误的是( )。

A. 计算机病毒具有传染性

B. 通过网络传播计算机病毒,其破坏性大大高于单机系统

C. 计算机感染上计算机病毒很难被发现

D. 计算机病毒主要破坏数据的完整性

8. 按照 2000 年 3 月公布的《计算机病毒防治管理办法》对计算机病毒的定义,下列属于计算机病毒的有( )。

A. 某 Word 文档携带的宏代码,当打开此文档时宏代码会搜索并感染计算机上所有的 Word 文档

B. 某用户收到来自朋友的一封电子邮件,当打开邮件附件时内容是空的

C. 某学校员工在使用的操作系统中添加一个 Word 文档,当打开 Word 文档时出现乱码现象

D. 某 QQ 用户打开了朋友发送来的一个链接后,发现每次有好友上线 QQ 都会自动发送一个携带该链接的消息

9. 下面( )不是计算机病毒传播的途径。

A. 移动硬盘   B. 内存条   C. 电子邮件   D. 聊天程序

10. 可能与计算机病毒无关的现象有( )。

A. 可执行文件大小改变了

B. 在向写保护的 U 盘复制文件时屏幕上出现 U 盘写保护的提示

C. 系统频繁死机

D. 计算机主板损坏

11. 在计算机密码技术中,通信双方使用一对密钥,即一个私人密钥和一个公开密钥,密钥对中的一个须保持秘密状态,而另一个则被广泛发布,这种密码技术是( )。

A. 对称算法   B. 保密密钥算法

C. 公开密钥算法   D. 数字签名

12. ( )是采用综合的网络技术设置在被保护网络和外部网络之间的一道屏障,用以分隔被保护网络与外部网络系统防止发生不可预测的、潜在破坏性的侵入,它是不同网络或网络安全域之间信息的唯一出入口。

A. 防火墙技术   B. 密码技术   C. 访问控制技术   D. 虚拟专用网

13. ( )是通过偷窃或分析手段来达到计算机信息攻击目的的,它不会导致对系统中所含信息的任何改动,而且系统的操作和状态也不被改变。

A. 主动攻击   B. 被动攻击   C. 黑客攻击   D. 计算机病毒

二、简答题

1. 简述常见的网络攻击。

2. 常见的计算机网络病毒有哪些？

3. 简述威胁 Windows XP 操作系统安全的问题。

4. Windows XP 操作系统基本的安全机制有哪些？

5. 简述常用的安全保密方法。

网页设计制作篇

第9章 Dreamweaver MX 2004简介

9.1 Dreamweaver MX 2004 的功能

Dreamweaver MX 2004 是 Macromedia 公司出品的网页编辑软件,与 Flash、Fireworks 软件结合使用,人称"网页设计三剑客",网页设计人员可以在 Flash、Fireworks 中创建和编辑图像,然后将图像直接导入 Dreamweaver MX 2004 中,也可以对 Dreamweaver MX 2004 中的图像使用 Flash、Fireworks 软件进行修改。

Dreamweaver MX 2004 是一个优秀的、所见即所得的编辑软件,它的核心功能是创建和管理网站及网页。创建网页的基本方法有表格、层、框架、CSS 样式、行为、超级链接和导航等。对于不能编写代码的人员可以直接使用这些功能,快速创建 Web 页面。对于具有编写程序能力的人员,Dreamweaver MX 2004 还具备很好的 HTML 代码编辑功能,可以使用编程方法快速创建高级 Web 页面。

Dreamweaver MX 2004 使网页设计人员可以使用服务器技术(如 CFML、ASP-NET、ASP、JSP 和 PHP)生成动态的、数据库驱动的 Web 应用程序。

Dreamweaver MX 2004 具有自定义功能,可以创建自己的对象和命令,修改快捷键,甚至编写 JavaScript 代码,用时间轴、行为、属性面板和站点报告来扩展 Dreamweaver MX 2004 的功能。

Dreamweaver MX 2004 为网页制作提供了健全便捷的编辑、修改和管理接口,有效地提高了网站管理员的工作效率,其兼容性强于其他许多网页编辑工具。

9.2 Dreamweaver MX 2004 的启动

Dreamweaver MX 2004 常用的启动方法如下:

1. 方法 1

双击 Windows 桌面上的 Dreamweaver MX 2004 快捷方式图标,快速启动 Dreamweaver

MX 2004,如图 9.1 所示。

Dreamweaver
MX 2004
快捷方式图标

图 9.1   Dreamweaver MX 2004 快捷方式图标

2. 方法 2

单击 Windows 任务栏中的"开始"|"所有程序"| Macromedia |Macromedia Dreamweaver MX 2004,即可启动 Dreamweaver MX 2004,如图 9.2 所示。

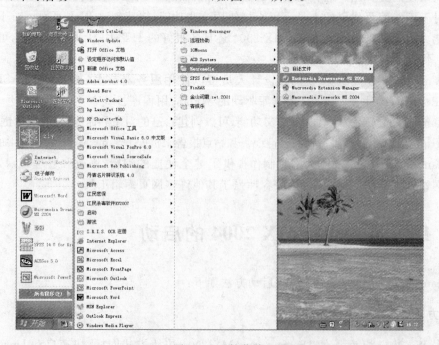

图 9.2   开始菜单

9.3　Dreamweaver MX 2004 的工作环境

9.3.1　起始页

启动 Dreamweaver MX 2004 后,首先看到的是起始页,起始页有三个选项,分别是"打开最近项目"、"创建新项目"和"从范例创建"。创建网站选择"创建新项目"中的"Dreamweaver 站点"图标,创建网页选择"创建新项目"中的 HTML 图标,如图 9.3 所示。

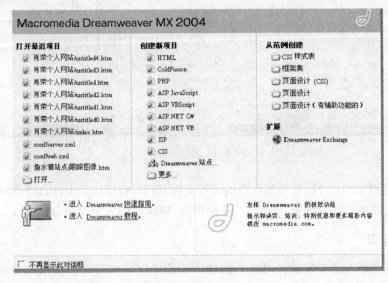

图 9.3　起始页

9.3.2　窗口简介

Dreamweaver MX 2004 窗口界面由以下几部分组成,如图 9.4 所示。

- 标题栏:显示当前所编辑的文件标题和名称。
- 菜单栏:包括 Dreamweaver MX 2004 软件所有功能,全部工作任务都可以通过菜单栏完成。
- 文档工具栏:使用文档工具栏的按钮可以在文档的不同视图之间快速切换。
- 对象面板:在对象面板上包含了多种不同类型的按钮,用于在文档中创建不同类型的对象,如表格、图像、层、表单等。
- 主窗口:主窗口显示当前所创建和编辑的 HTML 文档内容。分为设计窗口、代码窗口和拆分窗口。
- 状态栏:显示标签、窗口大小、字节数等信息。
- 属性面板:在属性面板中显示主窗口中选中的对象的属性,并且可以对这些被选中的对象的属性进行修改。
- 浮动面板:在浮动面板中有文件、应用程序、设计、标签等内容。

图 9.4 窗口界面

• 站点管理窗口：可以管理站点内的所有文件、资源，包括站点上传、远程维护等功能。其中主窗口可以在三种视图模式下进行切换，切换后的三个窗口分别如下。

1. 设计窗口

此窗口是设计人员直接设计网页的窗口。在设计窗口中可以直接插入文本、表格、层、CSS样式表、表单、超链接、图形、动画和视频等内容。对于不会编写代码的人员可以直接在这里创建网页，如图 9.5 所示。

图 9.5 设计窗口

2．代码窗口

此窗口是程序设计和开发人员编写代码的窗口，可以直接在代码窗口中编写代码，通过代码创建网页，也可以使用其他文本编辑器编写代码，例如，可以使用 Windows 操作系统中的记事本和 Word 文字处理软件编写代码，然后再复制到代码窗口内，效果完全相同，如图 9.6 所示。

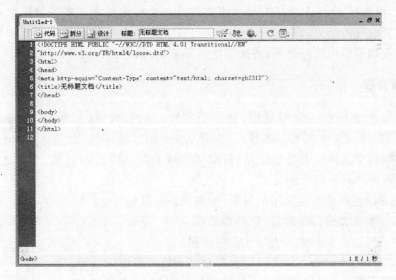

图 9.6　代码窗口

3．拆分窗口

拆分窗口由代码窗口和设计窗口组成，上边是代码窗口，下边是设计窗口，程序设计和开发人员在代码窗口编写程序，可以控制设计窗口元素的变化，在设计窗口插入和编辑元素时也可以看到代码的改变。这种鲜明的参照给程序设计和开发人员带来很大方便，如图 9.7 所示。

图 9.7　拆分窗口

9.3.3 Dreamweaver MX 2004 中的面板组

Dreamweaver MX 2004 中的面板组包括对象面板、属性面板和浮动面板，可以分别利用这些面板，控制页面的编写，这是 Dreamweaver MX 2004 编辑网页的特性。在其他的网页编辑器中，例如在 FrontPage 中，经常需要打开一个对话框来设置各种属性，在关闭对话框后才能看到设置的结果，而在 Dreamweaver MX 2004 中通过在浮动面板中进行设置，就可以直接在文档窗口中看到结果，省去了中间环节，提高了工作效率。

1．对象面板

对象面板中总共有 8 个对象组，分别是常用、布局、表单、文本、HTML、应用程序、Flash 元素和收藏夹，如图 9.8 所示。

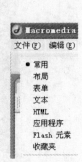

从对象面板中选择一个对象组，该对象组将成为默认操作的对象组。对象面板中的对象组分别是：

- 常用：创建和插入最常用的对象，例如图像和表格等。
- 布局：插入表格、div 标签、层和框架等。
- 表单：创建表单和插入表单元素的按钮。
- 文本：插入各种文本格式设置标签和列表格式设置标签等。

图 9.8　对象面板

- HTML：插入水平线、头内容、表格、框架和脚本的 HTML 标签等。
- 应用程序：插入动态元素，例如记录集、重复区域，以及记录插入和更新表单。
- Flash 元素：插入 Macromedia Flash 元素。
- 收藏夹：可以将"插入"栏中最常用的按钮分组和组织到某一常用位置，也可以自定义收藏夹。

其中的常用对象组是对象面板默认显示的对象组，打开 Dreamweaver MX 2004 就会看到对象面板中的常用对象组。常用对象组中列出的是一些比较常用的对象，如超链接、电子邮件链接、命名锚记、表格、图像、媒体、日期、注释、模板和标签选择器等。

Dreamweaver MX 2004 对象面板中的常用对象组如图 9.9 所示。

2．浮动面板

浮动面板有 5 个对象，分别是设计、代码、应用程序、标签检查器和文件，如图 9.10 所示。

图 9.9　常用对象组　　　　　　　　图 9.10　浮动面板

3. 属性面板

属性面板显示了在文档窗口中所选中元素的属性,并允许用户在属性面板中对元素属性直接进行修改,如图 9.11 所示。随着选中元素的不同,属性面板的内容也不同。例如选择了一幅图片,那么属性面板上将出现这幅图片的相关属性;如果选择的是表格,它就会变成表格的相关属性。

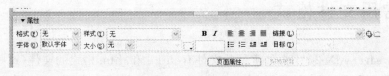

图 9.11　属性面板

在 Dreamweaver MX 2004 中,属性面板集成了很多新的设置。在属性面板的右下角,有一个指向下方的三角形标记,单击该标记,可以展开属性面板,这样会出现更多的扩展属性。当属性面板被展开时,右下角的三角形标记变为指向上方,单击该标记,又可以重新折叠属性面板,恢复原先的样子。

9.4　工具栏

在 Dreamweaver MX 2004 的工具栏中有"插入"、"文档"和"标准"三个工具栏。

9.4.1　插入工具栏

插入工具栏包括对象面板中的所有工具,如图 9.8 所示的对象面板。

9.4.2　文档工具栏

文档工具栏包括"显示代码视图"、"显示代码视图和设计视图"、"显示设计视图"、"文档标题"、"浏览器检查"、"文件管理"、"在浏览器中预览/调试"、"刷新"、"视图选择"等工具,如图 9.12 所示。

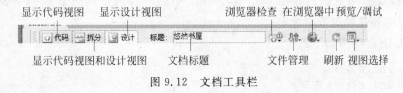

图 9.12　文档工具栏

9.4.3　标准工具栏

标准工具栏包括"新建"、"打开"、"保存"、"全部保存"、"剪切"、"复制"、"粘贴"、"撤销"、"重做"等工具,如图 9.13 所示。

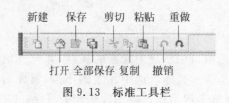

图 9.13 标准工具栏

9.5 常用文件格式

Dreamweaver MX 2004 中最常见的文件有.html 和.htm 格式的文件(这些都是超文本文件,即使用 HTML 语言编写的网页文件)、.css 层叠样式表文件、.asp 动态服务网页文件、.Js JavaScript 脚本文件以及.gif 和.jpg 图形文件等。现在先对这些文件有一个初步认识,在以后的网页设计中将会逐一介绍。

9.6 HTML 语言简介

Dreamweaver MX 2004 提供了强大的源代码控制功能,利用源代码检视器和快速标签编辑器这两个工具,可实现对可视化操作和 HTML 源代码的双重管理。为了比较深入地掌握网站和网页的创建和管理,了解 HTML 源代码是非常必要的。

9.6.1 HTML 语言

HTML 是 HyperText Markup Language 的首字母缩写,中文称为"超文本标识语言"。HTML 的语法非常简单,语言简洁明了。 HTML 是纯文本类型的语言,可以在 Dreamweaver MX 2004 中直接使用代码窗口编写代码,也可以使用任何文本编辑器编写代码,然后再将编辑好的代码插入或复制到 Dreamweaver MX 2004 代码窗口中。在 Dreamweaver MX 2004 中可以直接使用代码窗口进行编辑。

1. HTML 语言的组成

一个完整的 HTML 文件是由 html、head 和 body 三部分构成。html 为文件开始标记。head 中包含标题、网页语言等基本信息。body 中的内容则是网页显示的主要内容,由表格、图片、表单等各种对象组成。

HTML 语言结构如下:

```
< HTML > HTML 文件开始
< HEAD > HTML 文件的头部开始
……      HTML 文件的头部内容
</HEAD> THML 文件的头部结束
< BODY > HTML 文件的主体开始
……      HTML 文件的主体内容
</BODY> HTML 文件的主体结束
</HTML > HTML 文件结束
```

2. HTML 语言结构说明

- ＜HTML＞…＜/HTML＞：告诉浏览器 HTML 文件开始和结束，其中包含 ＜HEAD＞和＜BODY＞ 标记。HTML 文档中所有的内容都应该在这两个标记之间，也就是说一个 HTML 文档总是以＜HTML＞开始，以＜/HTML＞结束。
- ＜HEAD＞…＜/HEAD＞：是 HTML 文件的头部标记，其中可以放置页面的标题以及文件信息等内容。通常将这两个标记之间的内容统称为 HTML 的头部。一般来说，位于头部的内容都不会在网页上直接显示。例如，标题是在 HTML 的头部定义的，它不会显示在网页上，而是会显示在浏览器的标题栏上。
- ＜BODY＞…＜/BODY＞：是 HIML 文件的主体标记，绝大多数 HTML 内容都放置在这个区域里面。

3. 编写文件注意事项

（1）"＜"、"＞"是任何标记的开始和结束。元素的标记要用这对尖括号括起来，结束的标记总是在开始的标记后加一个斜杠，如"＜/"。

（2）标记与标记之间可以嵌套，如＜H2＞＜CENTER＞我的第一个 HTML 文件 ＜/CENTER＞＜/H2＞。

（3）在源代码中不区分大小写，如以下的几种写法都是正确并且相同的标记：

```
< HEAD > < head > <Head >
```

（4）任何回车和空格在源代码里面不起作用。为了代码清晰，建议不同的标记之间换行编写。

（5）HIML 标记中可以放置各种属性，如：

```
< H2 ALIGN = "CENTER">我的第一个 HTML 文件</H2 >
```

其中 ALIGN 为属性，CENTER 为属性值，元素属性出现在元素的＜＞内，并且和元素名之间有一个空格分隔。属性值可以直接书写，也可以使用""括起来，如下面的两种写法都是正确的：

```
< H2 ALIGN = "CENTER">我的第一个 HTML 文件</H2>
< H2 ALIGN = CENTER>我的第一个 HTML 文件</H2 >
```

（6）如果希望在源代码中添加注释，以方便其他人阅读代码，可以这样书写：以 "＜! －－"开始，以"－－＞"结束。

```
<! ------------------------------->
<! ----- 文件名称:fli.htm ---------->
<! ----- 第一个 HTML 文件 ----------->
```

（7）HTML 的文件格式采用"〈"与"/＞"作为分隔符。

（8）HTML 文件由各种元素和标签组成。标签用来逻辑性地描述文件的结构。超文本标识语言的语法构成主要是通过各种标签来表示的。

常用的标签有三钟形式：＜标签＞、＜标签＞对象＜标签＞和＜标签属性1＝参数1属性 2＝参数 2＞对象＜标签＞。

下面是一个简单例子。

```
<! -------------------------------->
<! ----- 文件名称:wjmc.htm ----------->
<! ----- 第一个 HTML 文件 ------------->
<HTML>
<HEAD>
<TITLE>第一个 HTML 文件</TITLE>
</HEAD>
<BODY text = "brend">
<H2 align = "center">我的第一个 HTML 文件</H2>
<HR>
<P>让我们一起开始 HTML 语言的学习!</P>
</BODY>
</HTML>
```

9.6.2　编写代码

1．使用代码窗口编写代码

启动 Dreamweaver MX 2004 后,选择菜单命令"文件"|"新建",打开"新建文档"对话框,在新建文档对话框中选择"基本页"选项中的 HTML,显示代码窗口,如图 9.14 所示。在代码窗口中直接编写代码。

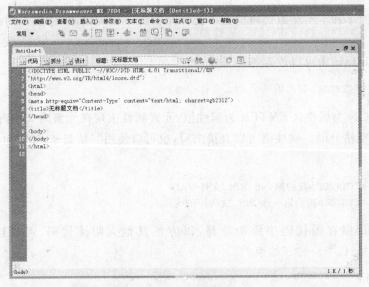

图 9.14　HTML 源码编辑窗口

2．使用代码窗口的快捷菜单

1) 快捷菜单

在代码窗口中,单击鼠标右键,可以打开一个快捷菜单,该菜单允许进行文本的复制、粘贴、剪切以及查找、替换等操作,如图 9.15 所示。

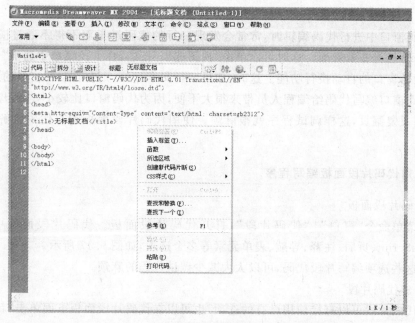

图 9.15　快捷菜单

2）显示行号

在代码窗口上方,单击"视图选项"按钮,在下拉列表中选中"行数"命令,则在代码窗口中对每个 HTML 语句自动显示行号,以便于定位,如图 9.16 所示。

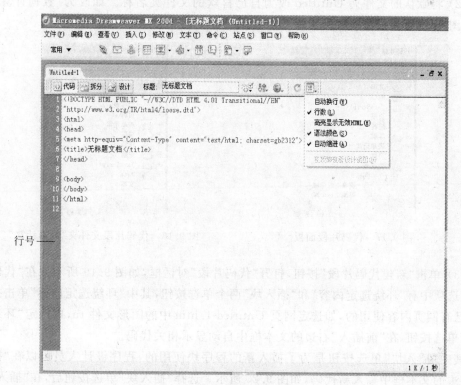

图 9.16　视图选项下拉菜单

3）自动换行

在代码窗口中进行代码编辑时，常常会发现一行的代码过长而不得不通过横向滚动才能完全看到，显得非常麻烦。这时可以单击"视图选项"按钮，在下拉菜单中选中"自动换行"命令，则激活窗口的自动换行功能。这时，如果一行文本过长，则会自动在窗口的边缘回行。

在代码窗口编写代码给编程人员带来很大不便，因为代码窗口比较小，当程序编写得很长时，需要反复翻页，这样调试程序就很麻烦。使用代码片段面板编写代码就解决了这一麻烦。

3. 使用代码片段面板编写程序

1）代码片段面板

单击菜单命令"窗口"|"代码片段"，打开代码片段面板。代码片段面板中有文本、Meta、JavaScript、页眉、注释、导航、表单元素等多个选项，如图 9.17 所示。

使用这些选项编写片段代码，可以大大减少调试代码的麻烦。

2）创建代码片段

创建代码片段可以直接使用已有的选项，也可以在代码片段面板下面单击"新建代码片段文件夹"按钮，在代码片段面板中创建一个存放代码片段文件的文件夹。

操作步骤如下：

（1）在代码片段面板中单击"新建代码片段文件夹"按钮，这时在代码片段面板中自动生成一个默认的文件夹 Untitled。

（2）将默认的文件夹 Untitled 改为自己喜欢的文件夹名称。如改为"数据计算"文件夹，如图 9.18 所示。

图 9.17　代码片段面板

图 9.18　代码片段文件夹"数据计算"

（3）单击"新建代码片段"按钮，打开"代码片段"对话框，如图 9.19 所示。在"代码片段类型"选项中有"环绕选定内容"和"插入块"两个单选按钮，其中"环绕选定内容"单击按钮是针对已有网页内容使用的，如选定网页 Untitled-1. htm 中的图形文件 tu，再选定"环绕选定内容"单选按钮，在"前插入"右边的文本框中自动显示相关代码。

其中"插入块"单选按钮是为了插入新的程序块使用的，程序设计人员可以在"插入代码"右边的文本框中输入新代码，如图 9.20 所示。选择"插入块"单选按钮后，在"插入代码"右边的文本框中必须输入代码，否则不能单击"确定"按钮。

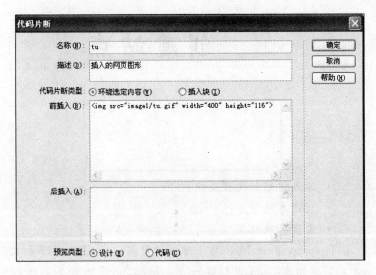

图 9.19 "代码片段"对话框

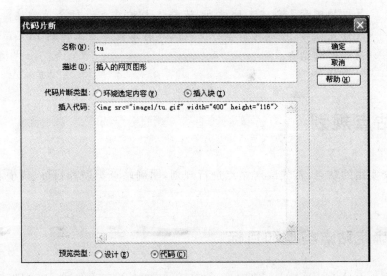

图 9.20 在"插入代码"右边的文本框中输入代码

（4）单击"确定"按钮，一个代码片段就编写完成了。

一个大的应用程序就是由若干个这样的代码片段组成的。

第 10 章

创 建 站 点

- 站点规划和流程设计；
- 创建本地站点；
- 管理本地站点。

Dreamweaver MX 2004 可以使用起始页、窗口菜单和文件面板等多种方式创建站点，既可以创建一个本地站点（或叫静态站点），也可以创建一个动态的具有交互功能的站点（或叫活动站点）。本章主要讲解在本地计算机的磁盘上创建本地站点，从整体上对站点进行全局构建。当本地站点设计完成后，可以利用各种上载工具将本地站点上传到 Internet 服务器上，形成远端站点。

10.1 站点规划

创建一个实用的站点，首先应对站点进行规划，明确站点类型和目标、规模和结构、栏目和内容等。

10.1.1 确定站点类型和目标

站点类型决定站点的类别，在规划站点时，首先要确定站点类型（如企业网站、政府网站、学校网站等），然后根据站点类型确定站点目标。目标是站点设计的灵魂与向导，能够引导设计者成功地设计站点。站点的目标因主题而异，因此，在设计站点之前只有明确站点的目标，才能有条不紊地设计和管理好站点文件。

10.1.2 确定站点规模和结构

一般开始设计站点时，规模不要求大而全，要突出主题。站点主题突出，结构设计合理，能够更好地管理文件。在规划站点结构时，应遵循以下两个原则。

1. 本地站点和远程站点采用相同的结构

将本地站点和远程站点设置成相同的结构，以便于站点的维护和管理。在本地站点结构设置修改完成后,利用 Dreamweaver MX 2004 将本地站点上的文件及文件夹上传到远程服务器上。

2. 用文件夹保存文档

应将站点文件分门别类,保存在站点根目录下的相关文件夹中,以便查找和组织管理。

10.1.3 规划站点栏目和内容

站点的栏目要清楚,内容安排要合理,可以将各种不同的内容划分为几个板块,例如新闻、汽车、笑话、旅游等,这样既可以方便网站设计者,也能够方便网站浏览者浏览相关信息。除了文本和图像等内容外,还可以加入多媒体元素。此外,要注意使用合理的文件名称,尽量避免使用中文名称,因为大多数软件平台是英文的。有的 Web 服务器是区分大小写的,所以最好采用小写字母命名站点中的文件。

10.1.4 规划站点的导航机制

站点应该具有明确的导航系统,避免浏览者在页面上迷失方向,找不到自己想要的信息。

在规划站点的导航条时,应该注意以下几个方面。

1. 返回首页链接

除了站点主页以外,每个页面上都要有与主页的链接,方便浏览者回到主页,寻找新的导航目标。同时,当浏览者在页面上迷失方向时,可以返回主页,重新开始。

2. 导航标题明确

导航标题文字或图像具有明确的导航指示作用,标题性文字一般是页面内容的概括,例如"新闻",一看到该标题文字,就可知道链接的内容是当日重要的新闻,如果要查阅当日发生的重要事件,单击该链接即可。

相对于文字导航标题,图像标题更有其独到的一面。例如,做一个首页的链接,设计者往往是添加一个大家所熟悉的图标。例如,浏览汽车,使用汽车图标导航;浏览图书,使用图书图标导航。这样,既可以起到明确的导航作用,同时又比单调的文本生动。此外,可以在图像上添加替代文本,这些文本可起到辅助的指示作用。

10.1.5 明确站点的风格

站点的风格体现在主题、颜色、布局、内容等各个方面,因此,应紧紧围绕站点主题和内容设计出颜色柔和、风格独特,表现形象的网页。例如,以自然山水为主题的站点,最好能够体现出回归大自然的感觉。在实际创建站点时,可以使用模板创建风格相同的页面,提高设计的效率。

10.1.6 规划站点要注意的原则

（1）为站点创建一个磁盘根文件夹，然后创建多个子文件夹，这样可以将站点的文件分类储存到相应的文件夹中。

（2）文件夹和文件命名注意事项：

- 使用英文或汉语拼音作为文件或文件夹的名字；
- 名字中不能包含空格等非法字符；
- 命名应有一定规律，以便日后的管理；
- 网页主页名字最好使用 index. htm；
- 由于某些操作系统是区分文件名大小写的，因此建议在创建站点时，全部使用小写字母的文件名称。

（3）创建站点需要使用各种类型文件，一般将图片文件放在 image 文件夹中，媒体文件放在 media 文件夹中。其他文件应根据其类型，放在不同的文件夹中。

10.2 站点设计步骤

一般站点设计步骤如下：

（1）根据构思和内容要求制作流程图。制作流程图的方法可以手画草图，也可以使用 Word 软件制作规范的流程图。构思要新颖，流程层次要清楚。

（2）按照流程图创建站点的基本框架，站点框架命名要准确。如果已经构建了自己的站点，也可以利用 Dreamweaver MX 2004 来编辑和更新现有的站点。Dreamweaver MX 2004 可以在站点窗口中以两种方式显示站点结构，一种是目录结构，另一种是站点地图。使用站点地图方式可以快速地构建和查看站点。

（3）在本地站点中组织文档和数据。文档就是在访问站点时可以浏览的网页。文档中包含各种类型的数据，例如文本、图像、声音、动画和超链接等。

（4）在站点编辑完成后，需要将本地站点上载到 Internet 服务器上，以后可以定期更新。

10.3 定义本地站点的方法

定义本地站点有多种方法，下面重点介绍三种方法。

10.3.1 使用管理站点对话框定义本地站点

操作步骤如下：

（1）选择菜单命令"站点"|"管理站点"，弹出"管理站点"对话框，如图 10.1 所示。

（2）在"管理站点"对话框中单击"新建"|"站点"，打开未命名站点 1 的站点定义为对话框，如图 10.2 所示。

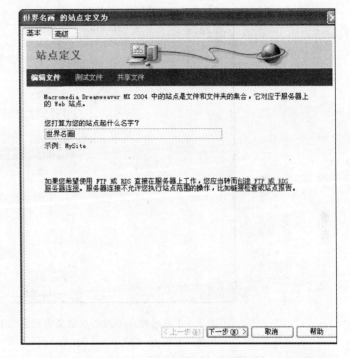

图 10.1　"管理站点"对话框　　　　图 10.2　未命名站点 1 的站点定义为对话框中的"基本"选项卡

在"基本"选项卡中，首先显示编辑文件的第一部分，从这里开始逐步完成定义站点。

① 在编辑文件第一部分"您打算为您的站点起什么名字？"中输入站点名称，然后单击"下一步"按钮。

② 在编辑文件第二部分"您是否打算使用服务器技术"中选择"否，我不想使用服务器技术"，然后单击"下一步"按钮。

③ 在编辑文件第三部分"在开发过程中，您打算如何使用您的文件"中选择"编辑我的计算机上的本地副本，完成后再上传到服务器"，再选择"您将把文件存储到计算机的什么位置"，在文本框中输入路径，然后单击"下一步"按钮。

④ 在共享文件第一部分"您如何连接到远程服务器？"中选择"本地\网络"，再选择"您打算将您的文件存储在服务器上的什么文件夹中？"，在文本框中输入路径，然后单击"下一步"按钮。

⑤ 在共享文件第二部分"是否要启用存回和取出文件以确保您和您的同事无法同时编辑同一个文件？"中选择"否，不启用存回和取出"，然后单击"下一步"按钮。

⑥ 在总结对话框中单击"完成"按钮，至此完成了定义站点的设置。

（3）在未命名站点 1 的站点定义为对话框中选择"高级"选项卡，如图 10.3 所示。"高级"选项卡除了具备"基本"选项的设置功能以外，还增加了"HTTP 地址"和"缓存"设置，本书不再分析，如果读者感兴趣可以自己熟悉设置过程。

图 10.3 未命名站点 1 的站点定义为对话框中的"高级"选项卡

10.3.2 使用文件面板定义本地站点

操作步骤如下：

（1）选择文件面板右边下拉菜单中的"站点"命令，弹出二级菜单，如图 10.4 所示。

图 10.4 文件面板中的二级菜单

（2）在二级菜单中选择"新建站点"命令，出现如图10.2所示的未命名站点1的站点定义为对话框中的"基本"选项卡，然后按图10.2中的"基本"选项卡操作。

10.3.3 从起始页定义本地站点

启动 Dreamweaver MX 2004 后，出现一个默认的起始页。在起始页中单击"Dreamweaver 站点"图标，如图10.5所示，即可打开未命名站点1的站点定义为对话框，同样可以按照图10.2所示的步骤进行站点定义。

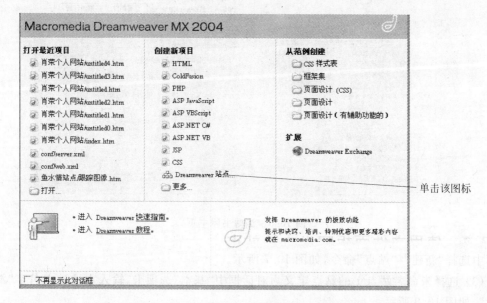

图10.5 起始页

注意：起始页的显示方式是可以控制的，选择菜单命令"编辑"|"首选参数"，打开首选参数对话框，在首选参数对话框中选中"常规"|"文档选项"|"显示起始页"复选按钮，即可使用起始页，否则不能使用起始页。

以上说明了4种定义站点的方法，无论使用哪种方法，达到的结果是一样的。可以根据习惯和需要选择定义站点的方法。

10.4 定义本地站点的操作步骤

本地站点"渊博书屋"的主页已经预先编辑好，如图10.6所示。"渊博书屋"主页已经保存到"D:\渊博书屋\"文件夹中。本节主要讲述定义本地站点操作步骤。

使用未命名站点1的站点定义为对话框中"基本"选项卡定义本地站点（素材存放在D:\渊博书屋\image文件夹中），操作步骤如下：

（1）首先在D盘根目录下建立一个存放站点的文件夹，命名为"渊博书屋"。

（2）选择 Dreamweaver MX 2004 菜单栏中的"站点"|"管理站点"命令，在管理站点对

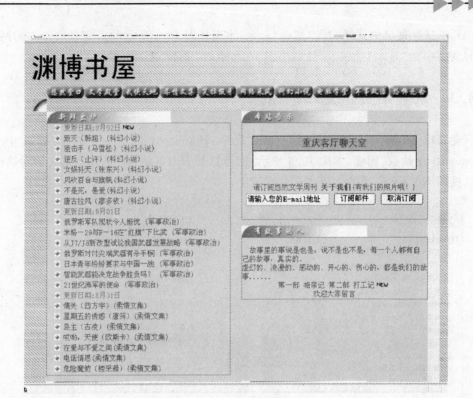

图 10.6　渊博书屋主页

话框中选择"新建"|"站点"命令,如图 10.7 所示。

(3) 选择未命名站点 1 的站点定义为对话框中"基本"选项卡,输入本地站点名字"渊博
书屋",如图 10.8 所示。

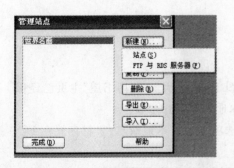

图 10.7　"管理站点"对话框　　　　　图 10.8　输入站点名字"渊博书屋"

（4）单击"下一步"按钮，在对话框中选择"否，我不想使用服务器技术"，如图 10.9 所示。

图 10.9　选择"否，我不想使用服务器技术"

（5）单击"下一步"按钮，在对话框中选择"编辑我的计算机上的本地副本，完成后再上传到服务器"，在"您将把文件存储在计算机上的什么位置"的文本框中输入路径"d:\渊博书屋\"，如图 10.10 所示。

图 10.10　输入本地站点所在文件夹

（6）单击"下一步"按钮，在对话框中选择列表框中的"本地\网络"，在"您打算将您的文件存储在服务器上的什么文件夹中？"中选择路径"d:\渊博书屋\"，如图10.11所示。

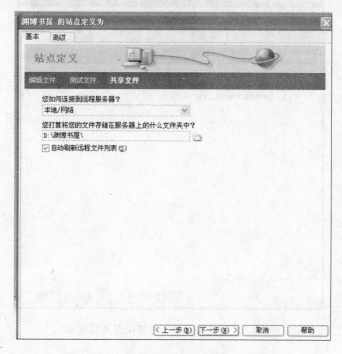

图 10.11　选择"本地\网络"和文件夹路径

（7）单击"下一步"按钮，选择"否，不启用存回和取出"，如图10.12所示。

图 10.12　选择"否，不启用存回和取出"

（8）单击"下一步"按钮，显示站点定义总结内容，如图 10.13 所示。

至此完成了本地站点的全部操作，在"管理站点"对话框中显示"渊博书屋"，如图 10.14 所示。

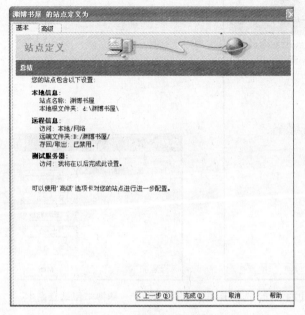

图 10.13　站点定义总结窗口

图 10.14　"渊博书屋"出现在列表框中

10.5　管理本地站点

10.5.1　使用"管理站点"对话框管理站点

打开"管理站点"对话框，在"管理站点"对话框中有"新建"、"编辑"、"复制"、"删除"、"导入"和"导出"站点按钮，如图 10.14 所示。

下面分别介绍各个按钮的主要功能。

1. 新建

详细内容请见 10.4 节。

2. 编辑

对已经设置好的"渊博书屋"进行设置修改。在图 10.14 中单击"编辑"按钮，显示未命名站点 1 的站点定义为对话框中"基本"选项卡，如图 10.15 所示。按着步骤逐一修改。

3. 复制

通过复制可以建立一个站点副本，副本将出现在列表框中，如图 10.16 所示。

4. 删除

将不需要的站点名字从列表框中删除。

图 10.15 未命名站点 1 的站点定义为对话框中的"基本"选项卡

图 10.16 渊博书屋站点副本

5. 导入和导出

1) 导出

在图 10.16 中单击"导出"按钮,显示"导出站点"对话框,如图 10.17 所示。在文件名右边文本框中输入新文件名,也可以使用源文件名,然后单击"保存"按钮,即可将文件保存到当前路径。

图 10.17 输入导出文件名

2) 导入

在图 10.16 中单击"导入"按钮,显示"导入站点"对话框,如图 10.18 所示。选择导入的站点的路径,在文件名右边文本框中选择导入的文件名。然后单击"打开"按钮,即可将文件导入到当前路径。

　　在导出和导入站点文件时，需要事先查看是否为站点文件，只有站点文件才能够按站点文件导出和导入。Dreamweaver MX 2004 本地站点文件类型为 ste 文件，这里通过属性对话框查看，如图 10.19 所示。

图 10.18　"导入站点"对话框　　　　　　　　图 10.19　"渊博书屋属性"对话框

10.5.2　使用站点地图管理站点

　　使用站点地图管理站点，可以查看站点结构。查看站点结构的具体操作步骤如下：

　　在文件面板中选择地图视图，即可显示站点地图。在站点地图的 index.htm 图标上单击鼠标右键，在弹出快捷菜单中选择"打开"命令，即可显示"渊博书屋"站点主页，如图 10.20 所示。

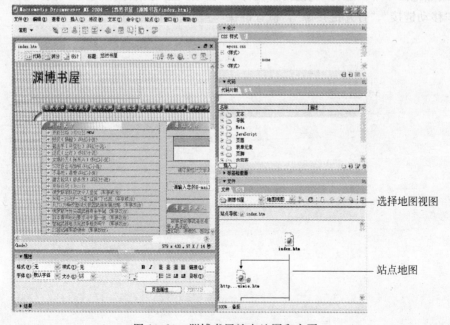

图 10.20　渊博书屋站点地图和主页

在站点地图中显示的是当前站点中文档之间的链接关系,利用站点地图可以很方便地管理文档之间的链接。用鼠标单击站点地图右上角的"扩展\折叠"按钮,即可打开站点地图的扩展窗口,如图 10.21 所示。

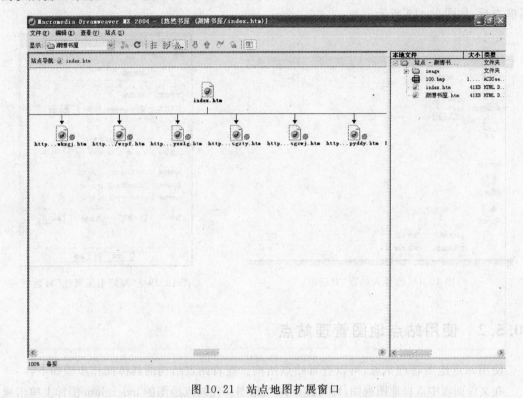

图 10.21　站点地图扩展窗口

在站点地图中可以进行"链接到新文件"、"链接到已有文件"、"显示/隐藏链接"、"改变链接"、"移动链接"、"打开链接源"、"检查链接"等多项操作。

第11章

创建简单网页

本章学习要点

- 打开或新建网页；
- 设置页面属性；
- 设置头部信息；
- 添加页面元素。

经过第 9、10 章的学习，已经初步了解了 Dreamweaver MX 2004 基础知识和建立本地站点等内容。本章开始介绍简单网页制作的一些基本知识。如网页的创建、打开和保存等内容。

在第 10 章中已创建了本地站点"渊博书屋"，下面在"渊博书屋"站点上继续制作网页。

在制作简单网页时，大致需要以下几个环节：

(1) 新建或打开网页。

(2) 设置页面属性。

(3) 设置头部信息。

(4) 页面简单布局。

(5) 添加页面元素。

(6) 制作超链接。

(7) 保存网页。

11.1 打开或新建网页

创建一个名字为 Untitled-1. htm 的网页，可以新建，也可以打开一个已有的网页，在已有的网页上进行修改和编辑。

1. 打开网页

打开"D:\渊博书屋"文件夹中的网页文件 index. htm，如图 11.1 所示。打开网页后，在已有网页上进行修改和编辑，制作出适合需要的网页。本章不讲此种方法，感兴趣的读者可以自己上机操作练习。

2. 新建网页

新建网页是在空白页上添加网页元素。本章主要介绍文本的插入和编辑、图像的插入

图 11.1　渊博书屋主页

和编辑、页面的简单调整等内容,即简单网页的创建,不使用超链接等方法。

新建网页操作步骤如下:

(1) 选择"文件"面板中的站点"渊博书屋",在该站点上新建网页,如图 11.2 所示。

(2) 选择菜单命令"文件"|"新建",在"新建文档"对话框中选择 HTML,如图 11.3 所示。

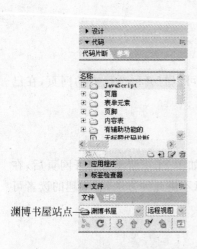

渊博书屋站点

图 11.2　选择渊博书屋站点

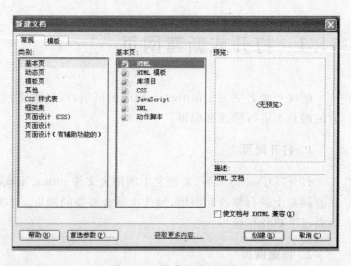

图 11.3　新建文档对话框

（3）单击"创建"按钮，显示设计窗口，如图 11.4 所示。

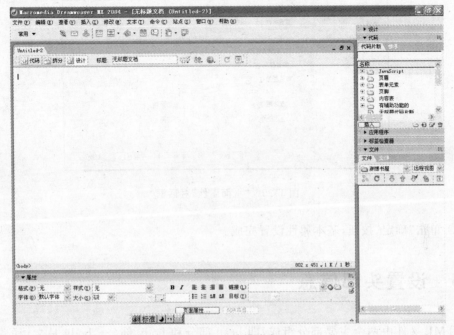

图 11.4　设计模式窗口

在设计窗口，即可进行页面设计。在页面中插入元素之前，可以先设置页面属性，也可以在插入元素之后，再设置页面属性。无论哪一种方法，在网页元素添加完成后，都需要进行修改或调整。下面先简单介绍设置页面属性。

11.2　设置页面属性

对于在 Dreamweaver MX 2004 中创建的每一个网页，都可以使用页面属性指定布局和格式。页面属性主要包括设置网页中文本的颜色、网页的背景颜色以及背景图片、网页边距等。

设置页面属性操作步骤如下：

（1）选择菜单命令"修改"|"页面属性"，打开"页面属性"对话框，如图 11.5 所示。

（2）选择"分类"选项中的"外观"，对外观属性进行设置。外观属性分别为：

- "页面字体"、"大小"：用于设置所需的字体、字号。如在"页面字体"中选择华文行楷，在"大小"中选择 36 号字。
- "文本颜色"、"背景颜色"：用于设置文字和页面背景的颜色。如"文本颜色"选择红色，"背景颜色"选择蓝色。
- "背景图像"：用于输入页面背景图片的路径和文件名，或单击文本框右边的"浏览"按钮，在打开的选择图像源对话框中选择背景图片路径和文件名，选中文件后单击"确定"按钮。
- "左边距"、"右边距"、"上边距"、"下边距"：设置整个页面距离、浏览器左侧边缘和右侧边缘的宽度，以及顶部边缘和底部边缘的宽度，通常设置为 0。

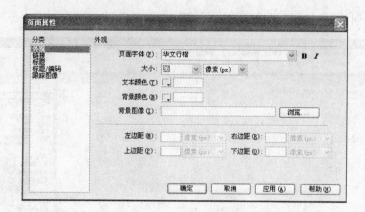

图 11.5 "页面属性"对话框

（3）单击"确定"按钮，基本属性设置完成。

11.3 设置头部信息

HTML 文件由两个主要部分组成，即 head 部分和 body 部分。body 是文档的主要部分，也是包含文本和图像等的可见部分。head 部分是除文档标题以外的不可见部分。

输入标题的方法是直接在文档工具栏的标题文本框中输入（原显示为"无标题文档"），在这里输入标题"参观书屋"，如图 11.6 所示。

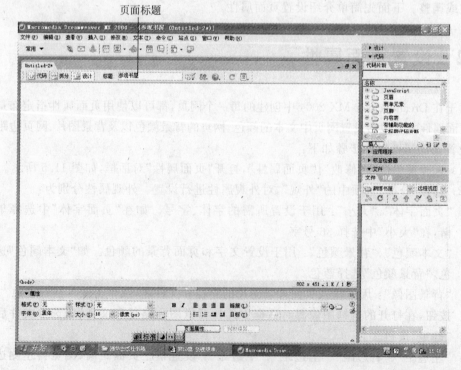

图 11.6 输入页面标题

设置头部信息。包括文档类型、语言编码、搜索引擎的关键字和内容指示器及样式定义。选择对象面板组中的 HTML 选项卡，单击"插入"面板中的"文件头"|"描述"按钮，如图 11.7 所示。

下面分别介绍插入头部信息。

1）插入"作者"

操作步骤如下：

（1）单击图 11.7 中的 META 选项，META 标签记录有关当前页面的信息，如图 11.8 所示。

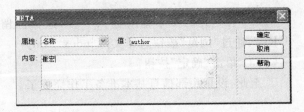

图 11.7　插入头部信息　　　　　　　　图 11.8　插入作者信息

（2）在"值"中输入 author，在"内容"中输入"崔宏"。

（3）单击"确定"按钮，作者的信息就设置好了。

2）插入"关键字"

关键字是为网页添加的关键词，网站搜索引擎可以使用这些关键词搜索网页内容。

操作步骤如下：

（1）单击关键字选项，显示"关键字"对话框，如图 11.9 所示。

（2）在关键字的文本框中输入阅览、渊博、书屋、图书等，并以逗号隔开。

（3）单击"确定"按钮，关键字设置完成。

3）插入"描述"

"描述"是为网页设置的说明性文字，如作者、内容介绍等。

操作步骤如下：

（1）单击描述选项，显示"描述"对话框，如图 11.10 所示。

图 11.9　插入搜索关键字　　　　　　　图 11.10　插入描述信息

（2）在描述下面的文本框中输入网页的描述语句"这里是'渊博书屋'网站"。

（3）单击"确定"按钮，说明性文字插入完成。

4）插入"刷新"

插入刷新元素可以指定浏览器在一定的时间后自动刷新页面，即重新载入页面或转到不同的页面，即从一个 URL 重定向到另一个 URL。

操作步骤如下：

（1）单击刷新选项，显示"刷新"对话框，如图 11.11 所示。

图 11.11　插入刷新时间和文件

（2）在延迟的文本框中输入 8 秒，这样停留 8 秒后自动跳转。选中单选按钮"转到 URL"，通过"浏览"按钮选择文件 index.htm。

（3）单击"确定"按钮。

至此，设置头部信息基本准备工作完成了。

11.4　添加页面元素

添加页面元素包括插入文本、插入图像、插入水平线、插入日期、插入符号、插入图像占位符、插入背景图和图像文字编辑等。

11.4.1　插入文本

操作步骤如下：

（1）打开 D:\渊博书屋\image1 文件夹中 Word 文件 SC.DOC，选择诗词"春之恋"的内容，复制到剪贴板上。

（2）打开 Dreamweaver MX 2004，在"文件"面板中选择站点"渊博书屋"，将剪贴板上的内容粘贴到名字为 Untitled-1.tml 的网页中，如图 11.12 所示。

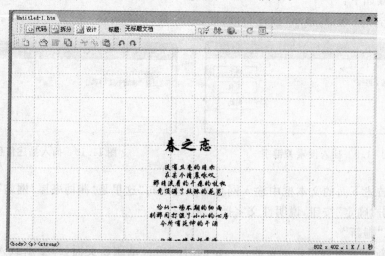

图 11.12　在网页中插入文本

11.4.2　文本编辑

1. 文本格式

网页中通常有多组不同层级的文本内容,例如标题文本与正文内容,因此需要不同的文本格式加以区分。网页中常有多个标题文本存在,需要为其选择合适的文本格式。

操作步骤如下:

(1) 选择诗词"春之恋"的内容。

(2) 在"属性"面板中的"格式"下拉列表中选择"标题 1",如图 11.13 所示。

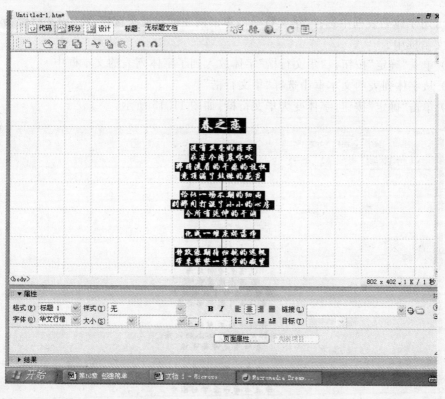

图 11.13　选择"格式"为"标题 1"

2. 文本字体

文本字体指一种文本的书写样式。中文字体有宋体、隶书、楷书、幼圆等不同的字体样式,选择好合适的字体样式可以展现文本内容的风格。如果没有合适的字体,可以选择字体加入到 Dreamweaver MX 2004 字体列表中。

操作步骤如下:

(1) 选择诗词"春之恋"的内容。

(2) 在"属性"面板中的"字体"下拉列表中选择"编辑字体列表",打开如图 11.14 所示的对话框。

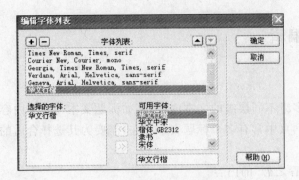

图 11.14 选择"华文行楷"

在可用字体列表框中选择"华文行楷",单击向左的双箭头按钮,将"华文行楷"放入选择的字体文本框中。

（3）单击"确定"按钮。"华文行楷"字体放入到了字体列表的文本框中。

（4）从字体列表的文本框中选择"华文行楷"。

（5）单击"确定"按钮,字体变为华文行楷,如图 11.15 所示。

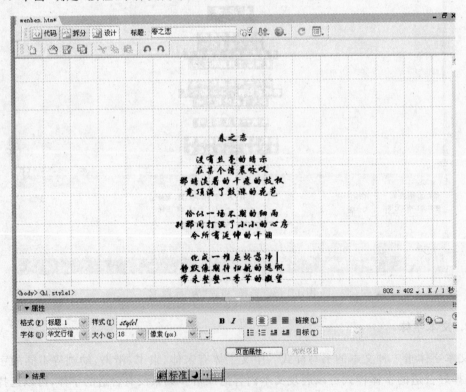

图 11.15 显示"华文行楷"

3. 字体大小

在网页中可以设置标题、段落、表格文字、图形文字等的字体大小。字体大小设置得合理,可以美化网页外观。

操作步骤如下：

（1）选择标题"春之恋"。

（2）在"属性"面板中选择"大小"，如选择 36 号字，如图 11.16 所示。

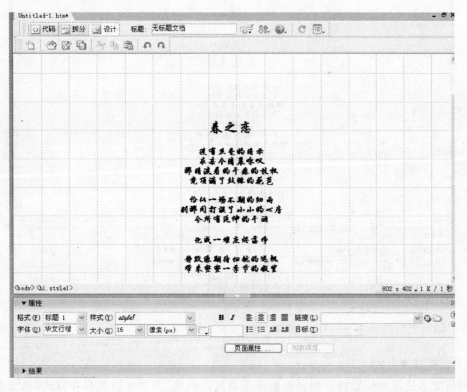

图 11.16　设置字体大小

4. 文本颜色

颜色是装饰网页的重要手段，为网页中的文本设置一种合适的颜色，将会使页面多彩多姿，吸引眼球。设置文本的颜色，可通过"属性"面板，在"色块"右边的颜色框中直接输入以♯开头的十六进制 RGB 颜色值；或输入特定的英文，如 Green 代表绿色；另外也可单击"色块"按钮，打开标准颜色选择框，选择颜色；或单击"系统颜色拾取器"按钮，打开颜色对话框自定义颜色。

在图 11.16 所示的"属性"面板中选择文本颜色，然后在颜色面板中选择一种颜色，如选择红色，文本就变成了红色，如图 11.17 所示。

5. 文本外观的调整

1）变更文本样式

文本的样式可以突显文本的效果，例如一段规规矩矩的文本中，出现一个斜体或粗体样式，则可使该样式更引人注目。通过文本属性面板上的"斜体"和"粗体"按钮，可以设置文本以倾斜与加粗样式显示。

在图 10.16 所示的"属性"面板中选择"样式"，从下拉列表框中选择一个样式即可。

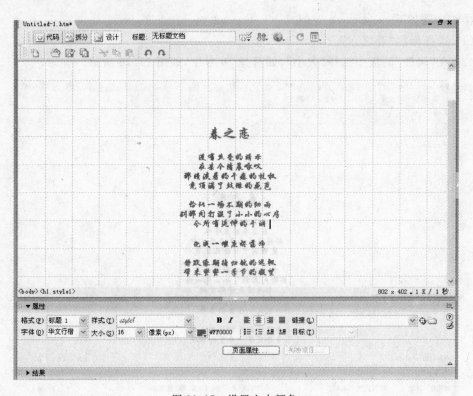

图 11.17　设置文本颜色

2) 变更对齐方式

网页文本的显示位置将影响页面整体美观度。因此,为文本设置对齐方式,是文本设置中很重要的一项工作。通过文本属性面板,可以为文本设置"居中对齐"、"左对齐"、"右对齐"和"两端对齐"4 种对齐方式。

在图 10.16 所示的属性面板中选择"居中对齐"。

6. 段落与换行

在网页设计中,当需要处理表格或者工作区中的文本内容时,会出现表格因为需要自动加宽以适应文本长度的情况,这时,将影响到网页版面的布局,在这种情况下,可在文本到达工作区或表格的边界时,另起一行输入文本。Dreamweaver MX 2004 提供了换行和断行两种方式。

1) 换行

文本换行一般是按已经设置好的右边界自动完成,段落的样式不会改变,换行后,两个段落之间会自动产生默认的间距,以区分文本内容。

2) 断行

断行就是强迫换行,断行处理可使文本另起一行,而且断行后的内容样式也会延续所在段落的样式。若需要为文本段落作断行,可按下 Shift＋Enter 键。断行文本默认的行距比较小,所以很多设计人员会使用断行的方式将文本内容另起一行,但不会显示过大的行距。

7．文本凸出与缩进

在设计网页时，需要使整段文本与网页的左右边界或者表格拉开一些距离，以使网页内容不会显得过分拥挤，Dreamweaver MX 2004 提供了"文本凸出"和"文本缩进"两种设置命令，通过属性面板的按钮，即可为段落文本或项目列表内容进行缩进调整。

在图 10.16 所示的属性面板中选择"文本凸出"或"文本缩进"。

8．项目列表

使用项目列表可以调整没有主次顺序之分的内容，使文本的内容更直接并有系统地显示。

在图 10.16 所示的属性面板中选择"项目列表"。

9．编号列表

编号列表主要用于表现多个重点文本，而且各重点文本具有前后、主次顺序之分。只要将鼠标光标移至段落或选择多个段落，即可为段落设置编号，使文本内容整齐，排列有序。

在图 10.16 所示的属性面板中选择"编号列表"。

11.4.3　插入图像

操作步骤如下：

（1）打开 D:\渊博书屋\Untitled-1.htm 文件。

（2）将光标定位在网页的开始位置，选择常用对象组中的"图像"按钮，从 D:\渊博书屋\image1 文件夹中分别选择 tu 和"唐诗宋词"图形文件。

（3）单击"确定"按钮，自动显示在网页中，如图 11.18 所示。

图 11.18　网页中插入图像

这时，Dreamweaver MX 2004 自动在 HTML 源代码中生成对该图像文件的引用，打开代码窗口即可查看引用的源代码。为了确保此引用的正确性，该图像文件必须位于当前站点中。如果图像文件不在当前站点中，Dreamweaver MX 2004 会询问"是否要将此文件复制到当前站点中"，回答是。

11.4.4　图像的编辑

插入图像并排好图像位置后，可以使用 Dreamweaver MX 2004 的编辑工具完成对图像的编辑过程。这里简单介绍使用 Fireworks 软件编辑图像，不作为要求，有兴趣的读者可以自己学习使用 Fireworks 软件编辑图像。

选中图像，单击"属性"面板中的"使用 Fireworks 编辑"按钮，用 Fireworks 打开这个图像，进行图像的编辑工作。如果有网页图像的源文件，Fireworks 会自动打开源文件进行编辑。如果 Fireworks 不知道图像源文件的位置，会询问是否编辑源文件。在 Fireworks 中图像编辑窗口的上方标记显示此图像是从 Dreamweaver MX 2004 转到 Fireworks 进行编辑的。

编辑完图像后，单击图像编辑窗口上方的"完成"按钮，可直接切换到 Dreamweaver MX 2004 中，图像即会被更新。如果在开始时选择了该图像的源文件，对源文件的修改将被保存下来。

单击"使用 Fireworks 最优化"按钮，可以在 Fireworks 中优化图像，即打开 Fireworks 的优化窗口，进行图像的优化。在 Dreamweaver MX 2004 下优化图像是经常要使用到的功能，通过"命令"菜单中的相关项可以快速打开 Fireworks 软件，对图像进行优化，或在 Dreamweaver MX 2004 编辑窗口下，选中要优化的图像，然后在"命令"菜单下选择"在 Fireworks 中优化图像"命令。Fireworks 会弹出对话框询问是否有源文件，如果有选择"是"，否则选"否"。

可以进行裁剪图像的操作，如果图像的面积过大，为了突出图像的主体，可以使用裁切工具进行图像的裁切，通过调整图像四周的调节柄即可裁剪图像的内容。

图像编辑好以后，选择"预览在 Iexplore"功能，即可进行网页浏览，如图 11.19 所示。

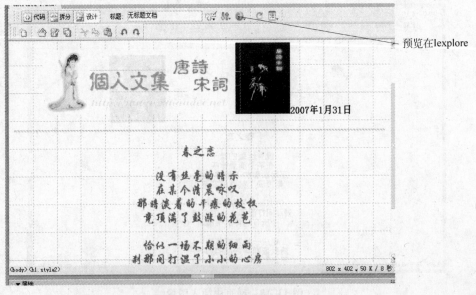

图 11.19　选择"预览在 Iexplore"

打开浏览器,预览效果如图 11.20 所示。

图 11.20 在浏览器中浏览

11.4.5 插入水平线

水平线可以用于将文本和对象分开。在进行页面设计时,使用一条或多条水平线,可以使页面元素的安排更加井井有条。除此之外,水平线还可以为标题和其他元素加下划线,以起到强调作用。

操作步骤如下:

(1)在设计窗口中将插入点置于要插入水平线的地方。

(2)将对象面板切换到 HTML 对象组。

(3)按下"水平线"按钮,就会在光标所在处插入一条水平线,将文字和图形对象分开,如图 11.21 所示。

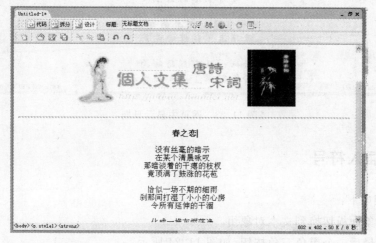

图 11.21 网页中插入水平线

11.4.6 插入日期

操作步骤如下：

（1）在设计窗口中，将光标放到要插入日期的位置。

（2）将对象面板切换到常用对象组。

（3）按下"日期"按钮。

（4）在"插入日期"对话框中选择日期格式，如图 11.22 所示。

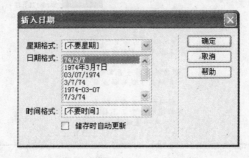

图 11.22 "插入日期"对话框

（5）单击"确定"按钮，如图 11.23 所示。

图 11.23 网页中显示日期

11.4.7 插入符号

操作步骤如下：

（1）将对象面板切换到文本对象组。

（2）按下最后一个黑色三角按钮，如图 11.24 所示。

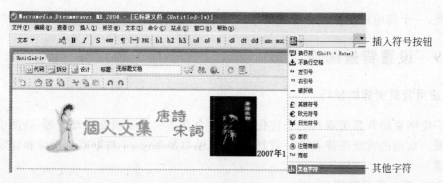

图 11.24　插入符号

（3）在下拉菜单中选择"其他字符"，在符号框中选择需要的字符，插入到页面中。

11.4.8　插入图像占位符

在网页设计中，计划插入的图像如果未准备好，可以先在网页中预留要插入图像的位置，这个位置通过插入图像占位符来完成。

操作步骤如下：

（1）在设计窗口将光标定位于要插入图像占位符的位置。

（2）选择菜单命令"插入"|"图像对象"|"图像占位符"，打开"图像占位符"对话框。

图 11.25　"图像占位符"对话框

（3）在"图像占位符"对话框中输入名称 tushu，宽度为 32，高度为 32，选择颜色为＃00FFFF，在替换文本中输入"插入图书"，如图 11.25 所示。

（4）单击"确定"按钮，显示图像占位符，如图 11.26 所示。

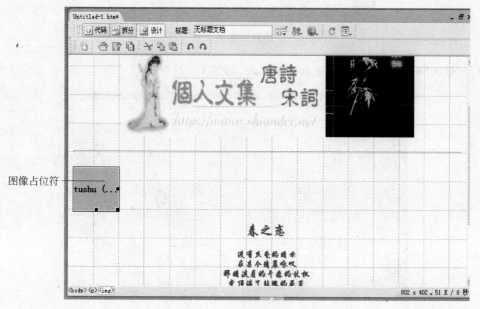

图 11.26　图像占位符

至此,一个简单的网页设计完成。

11.4.9　设置背景图像

1. 使用背景图像的技巧

为了使网页的背景美观具有个性化,插入一个合适的背景图像非常重要,会产生赏心悦目的效果。常用的背景图像有单一背景图像、拼贴背景图像、不拼贴背景图像和固定不动的背景图像。

1) 插入单一背景图像

单一背景图像是为网页插入的一幅图像,作为网页背景,同时不作任何设置与限制,是一种快速而简单的网页背景设置方式。要注意,这幅图像的大小必须与网页的大小一样,才可以使网页中单一背景图像达到最佳效果。

插入步骤如下:

(1) 新建网页文件 D:\渊博书屋\Untitled-2.htm。

(2) 将光标定位于设计窗口中。

(3) 选择菜单命令"修改"|"页面属性"。

(4) 在"页面属性"对话框中设置背景图像,通过浏览选择图像文件 t4,如图 11.27 所示。

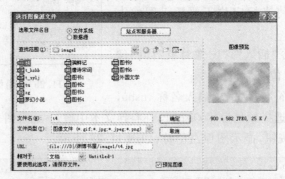

图 11.27　"选择图像源文件"对话框

(5) 单击"确定"按钮,图像显示在窗口内,如图 11.28 所示。

图 11.28　单一图像显示在窗口内

2) 插入拼贴背景图像

拼贴背景图像是指网页背景以一种图幅很小但具有图案拼贴效果的图像作为网页背景图像,这样,就避免了使用单一图像的缺点,只需要一张很小的背景图像,即可拼贴覆盖整个页面,既好看又容易插入。要注意,所选择的图像最好不要有边框,否则将会严重影响页面的美观度,下面例子中的背景图有边框,效果就不太好。

操作步骤如下:

(1) 新建网页文件 D:\渊博书屋\Untitled-3.htm。

(2) 将光标定位于设计窗口中。

(3) 选择菜单命令"修改"|"页面属性"。

(4) 在"页面属性"对话框中设置"背景图像",通过浏览选择文件 hw,如图 11.29 所示。

图 11.29　插入拼贴背景图像

(5) 单击"确定"按钮,显示拼贴背景图像,如图 11.30 所示。

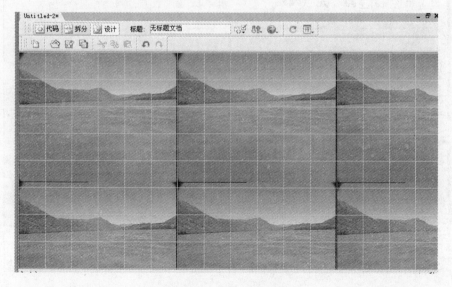

图 11.30　拼贴背景图像

3）插入不拼贴背景图像

有时由于网页内容多了一点，背景图像小了一点，遇到这种情况，使用不拼贴背景图像效果比较好。插入不拼贴背景图像后会出现恰到好处的拼贴效果。下面介绍设置网页背景图像不拼贴效果。

操作步骤如下：

（1）新建网页文件 D:\渊博书屋\Untitled-4.htm。

（2）将光标定位于设计窗口中。

（3）选择菜单命令"修改"|"页面属性"。

（4）在"页面属性"对话框中设置"背景图像"，通过浏览选择文件 bjt，如图 11.31 所示。

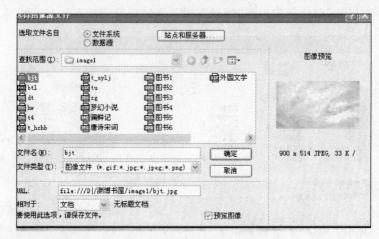

图 11.31　插入不拼贴背景图像 bjt

（5）单击"确定"按钮，显示如图 11.32 所示。

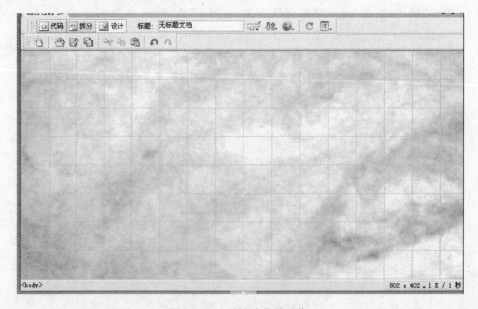

图 11.32　不拼贴背景图像

（6）在图 11.32 状态下，按下 shift＋F11 键，打开"CSS 样式"面板。

（7）选择"编辑样式"图标。

（8）在"body 的 CSS 样式定义"对话框中选择背景。

（9）在"背景图像"中通过浏览选择图像文件 bjt。

（10）在"重复"下拉列表中选择"不重复"项目，如图 11.33 所示。

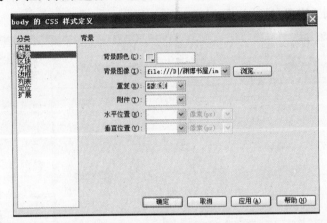

图 11.33　"body 的 CSS 样式定义"对话框

（11）单击"确定"按钮，显示不拼贴背景图像，如图 11.34 所示。

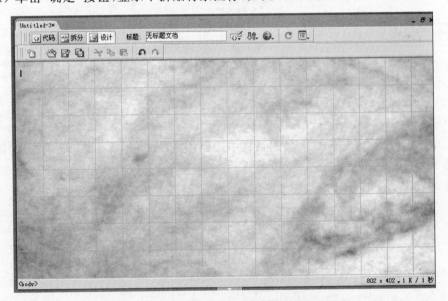

图 11.34　经过 CSS 样式编辑后的不拼贴背景图像

4）插入固定不动的背景图像

前面所讲的三种背景图像实际上都是使用拼贴的方式来填满网页版面的，所以在浏览器上浏览网页时，网页和背景图像会一起随着滚动，这样就会见到图像之间的空隙，使网页不太美观。遇到这种情况时，可把背景图像固定起来，使其在网页滚动时不会跟着滚动。要注意：此方法要求浏览器是 IE 4.0 以上的版本。

操作步骤如下：

（1）新建网页文件 D:\渊博书屋\Untitled-5.htm。

（2）将光标定位于设计窗口中。

（3）选择菜单命令"修改"|"页面属性"。

（4）在"页面属性"对话框中设置"背景图像"，通过浏览选择图像文件 bjt。

（5）单击"确定"按钮，显示如图 11.35 所示。

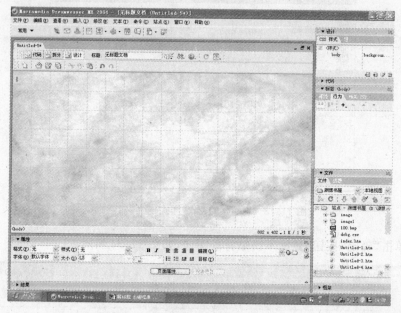

图 11.35　插入背景图像文件 bjt

（6）按下 shift+F11 键，打开"CSS 样式"面板。

（7）选择"编辑样式"图标。

（8）在"body 的 CSS 样式定义"对话框中选择背景，从"附件"下拉列表中选择"固定"项目，如图 11.36 所示。

（9）单击"确定"按钮，"背景图像"变为固定图像。

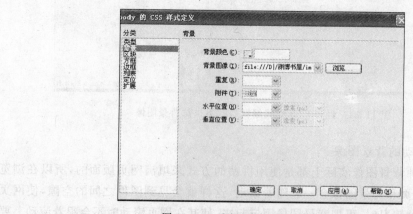

图 11.36　选择"附件"中的"固定"项目

第12章

表格及布局网页

本章学习要点

- 创建表格，表格的组成
- 表格的属性设置
- 表格编辑
- 使用表格布局网页

第11章学习了创建简单网页，在网页布局中使用了回车换行、左对齐、右对齐、居中对齐和文本缩进等简单方法，这些简单方法还不能够布局比较复杂的网页。本章开始讲解使用表格布局网页。

12.1 表格简介

12.1.1 表格概述

表格是网页设计制作不可缺少的重要元素，它以简洁明了和高效快捷的方式将数据、文本、图片、表单等网页元素合理有序地布局在页面上，使页面结构整齐，版面清晰。不太复杂的网页一般都利用表格进行网页布局。

12.1.2 创建表格

操作步骤如下：

(1) 在设计窗口中，将插入点放在需要插入表格的位置。

(2) 选择菜单命令"插入"|"表格"。或单击对象面板组上的"插入表格"按钮，打开"表格"对话框，如图12.1所示。

(3) 在"表格"对话框中设置相应的选项。

"表格大小"选项组中各选项的功能如下：

- "行数"：此文本框用来确定表格具有的行的数目，如输入3行。
- "列数"：此文本框用来确定表格具有的列的数目，如输入8列。

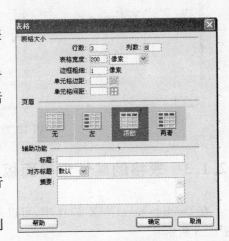

图12.1 "表格"对话框

- "表格宽度":此文本框用来以像素为单位或按占浏览器窗口宽度的百分比,确定表格宽度,如输入 200 像素。
- "边框粗细":此文本框用来以像素为单位确定表格边框粗细,如输入 1 像素。
- "单元格边距":可以采取默认值。
- "单元格间距":可以采取默认值。

"页眉"选项组中各选项的功能如下:
- "无":不设置页眉。
- "顶部":页眉设置在表格顶部。
- "左":页眉设置在表格左边。
- "两者":页眉设置在表格左边与顶部。

"辅助功能"选项可以不进行设置。
- "标题":提供了一个显示在表格外的表格标题。
- "对齐标题":指定表格标题相对于表格的显示位置。
- "摘要":给出了表格的说明。屏幕阅读器可以读取摘要文本,但是该文本不会显示在浏览器中。

(4) 各选项设置完成后,单击"确定"按钮。即会在设计窗口中出现表格,如图 12.2 所示。

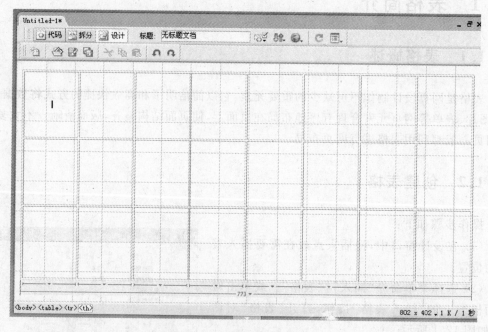

图 12.2 设计窗口中的表格

12.1.3 表格的属性设置面板

在 Dreamweaver MX 2004 中,可以通过表格的属性设置面板设置表格的各种属性,如图 12.3 所示。

图 12.3　表格的属性设置面板

表格属性设置面板中各个选项功能如下：

- "表格 Id"：用来为选中表格名称，如"图书网页"。
- "行"：此文本框用来为选中表格设定行数。在文本框中输入 3 行，用鼠标单击文档内任一位置，表格自动改变。
- "列"：此文本框用来为选中表格设定列数。在文本框中输入 8 列，用鼠标单击文档内任一位置，表格自动改变。
- "宽"：此文本框用来为选中表格设定宽度。在文本框内输入宽度 773，在文本框后的下拉列表中选择所设宽度的单位，有百分比和像素两种选择。
- "高"：此文本框用来为选中表格设定高度。在文本框内输入高度 350，在文本框后的下拉列表中选择所设高度的单位，有百分比和像素两种选择。
- "填充"：此文本框用来指定选中表格的单元格高度，使用默认值。
- "对齐"：此下拉列表框用来指定表格相对于同一段落中其他元素（例如文本或图像）的显示位置，使用默认值。
- "左对齐"：沿其他元素的左侧对齐表格（因此同一段落中的文本在表格的右侧换行）。
- "右对齐"：沿其他元素的右侧对齐表格（文本在表格的左侧换行）。
- "居中对齐"：将表格居中（文本显示在表格的上方或下方）。
- "默认"：指示浏览器应该使用其默认对齐方式。
- "间距"：此文本框用来指定选中表格的边框距离。如果没有明确指定单元格间距和单元格边距的值，大多数浏览器都按单元格边距设置为 1 显示表格。若要确保浏览器不显示表格中的边距和间距，则将"单元格边距"和"单元格间距"设置为 0。
- "边框"：此文本框用来设置选中表格的边框大小。如果没有明确指定边框的值，则大多数浏览器按边框设置为 1 显示表格。若要确保浏览器显示的表格没有边框，则将"边框"设置为 0。若要在边框设置为 0 时查看单元格和表格边框，则选择菜单命令"查看"|"可视化助理"|"表格边框"进行设置。
- "类"：设置选中表格的 CSS 样式。
- "背景颜色"：设置选中表格的背景颜色，可以从颜色选择器后面的文本框内直接输入。
- "边框颜色"：设置选中表格的边框颜色，可以从颜色选择器后面的文本框内直接输入。
- "背景图像"：可在文本框内输入图像位置和名称，将该图像作为选中表格的背景图像。

还有几个图标,即"清除列宽"、"将表格宽度转换为像素"、"将表格宽度转换为百分比"、"清除行高"、"将表格高度转换为像素"、"将表格高度转换为百分比"等,可以根据需要进行设置。

除了在表格属性设置面板中设置表格的各属性值外,还可以通过菜单命令"修改"|"表格"对表格属性进行修改。

12.2　向表格内添加内容

在表格的单元格中可以输入任何数据,包括文本、图像、其他表格等。同时也可以对数据进行常规的编辑操作,例如编辑文本和设置文本格式等。

操作步骤如下:

(1) 将光标移到要插入数据的单元格内。

(2) 直接输入对象,或者将复制的对象粘贴到单元格中。

(3) 一个单元格内的内容输入完毕后,可以用 Tab 键将光标移动到下一个单元格,以便继续输入,也可以使用鼠标移动光标。如果在表格最后一个单元格中按 Tab 键,则表格会自动在下面添加一行,该行所含单元格数与上一行相同。按 Shift+Tab 键则移动到上一个单元格,按箭头键上下左右移动。

12.3　编辑表格

12.3.1　选择表格对象

1. 选择整个表格

选择整个表格有如下一些操作方法:

- 单击表格左上角、表格的顶边缘和底边缘的任何位置,或者行或列的边框,当可以选择表格时,鼠标指针会变成表格网格图标。
- 单击某个表格单元格,然后在设计窗口左下角的标签选择器中选择<table>标签。
- 单击某个表格单元格,然后选择菜单命令"修改"|"表格"|"选择表格"。
- 单击某个表格单元格,然后选择表下边的倒三角,出现标题菜单,在标题菜单中选择"选择表格"命令。
- 将光标置于表格外,按住 Shift 键,然后单击表格中任意位置。
- 将光标置于表格内任意位置,连续按两次 Ctrl+A 键。

所选中表格的下边缘和右边缘出现选择柄,如图 12.4 所示。

在图 12.4 所示的标题菜单中有"选择表格"、"清除所有高度"、"清除所有宽度"、"使所有宽度一致"和"隐藏表格宽度"选项,可以根据需要选择。

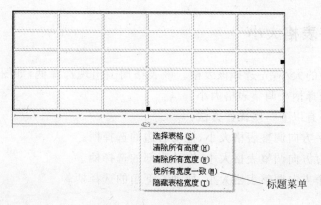

图 12.4　选中的表格

2. 选择行和列

若要选择单个或多个行,操作步骤如下:

（1）定位鼠标指针使其指向行的左边缘。

（2）当鼠标指针变为选择箭头时,单击以选择单个行。进行拖动以选择多个行。按住
Ctrl 键,则可以选择多个不相邻的表格行。

若要选择单个或多个列,操作步骤如下:

（1）将鼠标指针指向列的上边缘。

（2）当鼠标指针变为选择箭头时,单击以选择单个列。进行拖动以选择多个列。按住
Ctrl 键,则可以选择多个不相邻的表格列。

3. 选择单元格

选择单个单元格有如下一些操作方法:

- 将光标放在要选择的单元格内,然后在设计窗口左下角的标签选择器中选择<td>标签。
- 按住 Ctrl 键单击该单元格。
- 将光标放在要选择的单元格内,然后选择"编辑"|"全选"命令。如果选择了一个单元格后再次选择"编辑"|"全选"命令可以选择整个表格。

选择一行或多个单元格有如下一些操作方法:

- 从一个单元格拖到另一个单元格。
- 在一个单元格中按住 Ctrl 键的同时单击鼠标,然后按住 Shift 键单击另一个单元格。这两个单元格定义的直线或矩形区域中的所有单元格都将被选中。

若要选择不相邻的单元格有如下一些操作方法:

- 将光标放在要选择的任一单元格内,按住 Ctrl 键的同时单击要选择的单元格。
- 在按住 Ctrl 键的同时单击要选择的单元格。如果它已经被选中,再次单击会将其从选择中删除。

12.3.2 调整表格大小

若要调整表格的大小,先选择该表格。该表格周围出现选择柄,如图 11.4 所示。通过拖动表格的一个选择柄来调整表格大小。

调整表格大小有以下一些操作方法:

- 若要在水平方向调整表格大小,拖动右边的选择柄。
- 若要在垂直方向调整表格大小,拖动底部的选择柄。
- 若要在两个方向调整表格大小,拖动右下角的选择柄。

12.3.3 调整行和列的大小

行和列的大小可在属性面板中或通过拖动行或列的边框来更改行高或列宽。

如果要更改列宽度并保持整个表的宽度不变,拖动您想更改的列的右边框,此时相邻列的宽度也更改了,因此实际上调整了两列的大小。

如果要更改某个列的宽度并保持其他列的大小不变,按住 Shift 键,然后拖动列的边框,这个列的宽度就会改变,同时整个表的宽度也跟着改变。

使用属性面板设置列宽或行高,操作步骤如下:

(1) 先选择列或行。

(2) 再选择属性面板,在"宽"右边的文本框中输入数字,如输入 18。或在"高"右边的文本框中输入数字,如输入 20。按 Tab 键或 Enter 键确定应用该值。

12.3.4 添加及删除行和列

添加单个行或列,有如下一些操作方法:

- 单击一个单元格,选择菜单命令"修改"|"表格"|"插入行"或选择"修改"|"表格"|"插入列",则在插入点的上面出现一行或在插入点的左侧出现一列。
- 单击一个单元格,单击表格每列下面的小三角(列标题菜单),然后选择"左侧插入列"或"右侧插入列"命令。则在插入点的左侧或右侧出现一列。

添加多行或多列,操作步骤如下:

(1) 单击一个单元格。选择菜单命令"修改"|"表格"|"插入行或列",即出现插入行或列对话框,如图 12.5 所示。

(2) 选中"行"或"列"单选按钮,在"行数"文本框中输入 1。

(3) 选择位置中的单选按钮。

(4) 单击"确定"按钮,行或列出现在表格中。

删除某行或列,操作步骤如下:

(1) 单击要删除的行或列中的一个单元格,然后选择"修改"|"表格"|"删除行"命令或

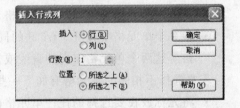

图 12.5 "插入行或列"对话框

"修改"|"表格"|"删除列"命令。

（2）选择完整的一行或列，然后选择"编辑"|"清除"命令或按 Delete 键。整个行或列即从表格中消失。

使用属性面板添加或删除行或列：选中整个表格，在属性面板中增加或减少行数值以添加或删除行，它将在表格的底部添加和删除行；增加或减少列数值以添加或删除列，它将在表格的右边添加和删除列。

12.3.5 拆分和合并单元格

1. 合并单元格

操作步骤如下：

（1）选中要合并的单元格，单元格必须相邻，不相邻的单元格不能合并，如图 12.6 所示。

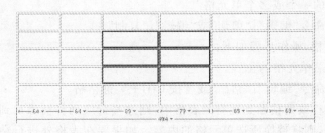

图 12.6 选中要合并的单元格

（2）选择菜单命令"修改"|"表格"|"合并单元格"实现单元格的合并，如图 12.7 所示。

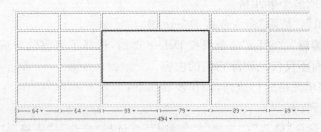

图 12.7 合并的单元格

2. 拆分单元格

操作步骤如下：

（1）选中要拆分的单元格。

（2）选择菜单命令"修改"|"表格"|"拆分单元格"，弹出"拆分单元格"对话框，如图 12.8 所示。

（3）选中"行"单选按钮，在"行数"文本框中输入 5，可以将选中的单元格拆分为 5 行；选中"列"单选按钮，则可以将选中的单元格拆分为多列。

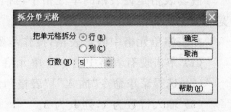

图 12.8 "拆分单元格"对话框

（4）单击"确定"按钮，完成单元格的拆分，如图12.9所示。

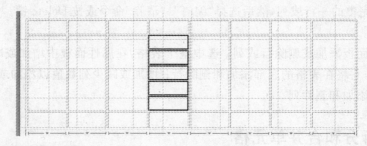

图12.9　按行拆分单元格

12.3.6　复制、粘贴及删除单元格

剪切或复制表格单元格，操作步骤如下：

（1）选择连续的一个或多个单元格。

（2）选择菜单命令"编辑"|"剪切"或"编辑"|"复制"。

粘贴表格单元格，操作步骤如下：

（1）选择要粘贴单元格的位置。

（2）选择菜单命令"编辑"|"粘贴"或者按Ctrl+V键粘贴。

如果要将整个行或列粘贴到现有的表格中，则这些行或列将被添加到该表格中。如果要粘贴单个单元格，则将替换所选单元格的内容。如果要在表格外进行粘贴，则这些行、列或单元格用于定义一个新表格。

删除单元格内容，操作步骤如下：

（1）选择一个或多个单元格。

（2）选择"编辑"|"清除"命令或按Delete键。

如果在选择"编辑"|"清除"命令或按Delete键前，选择了完整的行或列，则将从表格中删除整个行或列，而不仅仅是删除它们的内容。

删除包含合并单元格的行或列，操作步骤如下：

（1）选择行或列。

（2）选择菜单命令"修改"|"表格"|"删除行"或选择"修改"|"表格"|"删除列"。

12.3.7　嵌套表格

嵌套表格是在表格的单元格中再插入另一个表格。在对嵌套表格进行格式设置时，其宽度受它所在单元格的宽度的限制。

在表格单元格中嵌套表格，操作步骤如下：

（1）单击现有表格中的一个单元格。

（2）选择菜单命令"插入"|"表格"，弹出"表格"对话框，如图12.10所示。

（3）输入行数为2，列数为2。

（4）单击"确定"按钮，两行两列的表格插入到现有表格中，如图12.11所示。

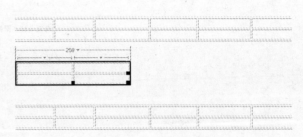

图 12.10 "表格"对话框   图 12.11 表格嵌套

12.4 使用表格布局网页

在"渊博书屋"站点上创建一个名字为 Untitled-6. tml 的文件,使用的素材已经存放在 D:\渊博书屋\image1 文件夹中。

12.4.1 打开设计窗口

选择菜单命令"文件"|"新建",打开设计窗口,如图 12.12 所示。

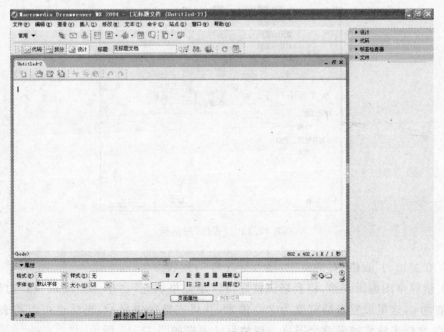

图 12.12 设计窗口

12.4.2 绘制表格草图

在插入表格之前,首先画一个草图,安排好表格中的内容,避免在插入元素时产生许多麻烦,如图 12.13 所示。

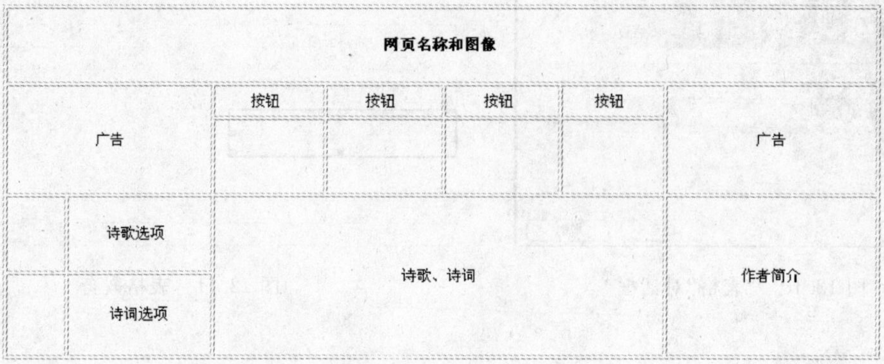

网页名称和图像					
广告	按钮	按钮	按钮	按钮	广告
	诗歌选项		诗歌、诗词		作者简介
	诗词选项				

图 12.13 表格草图

12.4.3 插入和调整表格

操作步骤如下:

(1) 选择常用面板中的"表格"按钮,显示"表格"对话框,如图 12.14 所示。

图 12.14 "表格"对话框

(2) 在弹出的"表格"对话框中,输入行数为 3,列数为 3。

(3) 依照草图编辑表格,将表格调整好,将"单元格填充"、"单元格间距"和"边框"属性值均设置为 0,这里设置表格宽度为 200 像素,并将表格居中显示,当然也可以将表格设置为 100%,这样表格将铺满整个屏幕。调整后的表格如图 12.15 所示。

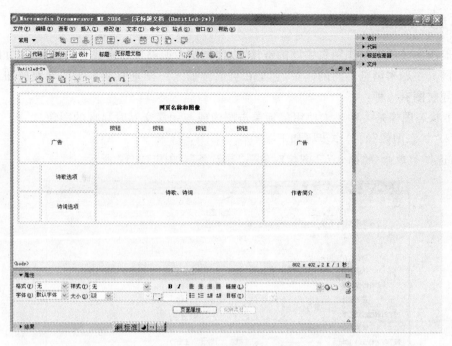

图 12.15　调整后的表格

12.4.4　向表格添加内容

1. 添加文字和图形

操作步骤如下：

（1）打开文件 D:\渊博书屋\Untitled-6.tml。

（2）选择 D:\渊博书屋\image1 文件夹中的素材。

（3）按第 10 章所讲的方法，分别向表格中插入文字，图形，如图 12.16 所示。

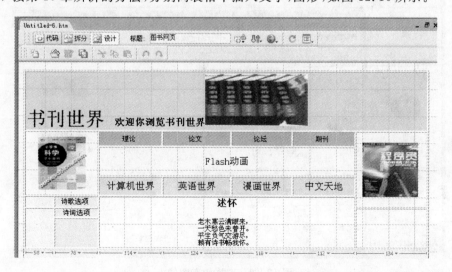

图 12.16　名字为 Untitled-6.tml 的网页

2. 插入导航图

导航图主要用于制作网页主题的链接，以便浏览者能够快速查找有关的网页，并随时可以切换网页主题来浏览不同的网页，它是在页面中插入一排垂直或水平的导航按钮。经常使用的导航图有 4 种：

（1）状态图像是一种还未使用鼠标单击图像或与元素交互时显现的图像。

插入"状态图像"的操作步骤如下：

① 选择菜单命令"插入"|"图像对象"|"导航条"，如图 12.17 所示。

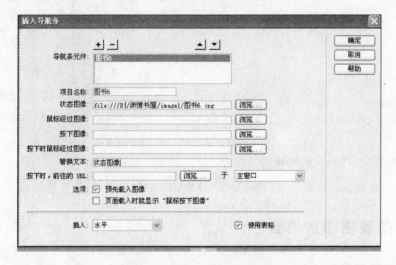

图 12.17 "插入导航条"对话框

② 在图 12.17 中选择"状态图像"，通过浏览查找图像文件"图书 6"，如图 12.18 所示。

图 12.18 选择状态图像

③ 在"替换文本"中输入"状态图像"。

④ 选中"选项"中的"预先载入图像"复选框。

⑤ 单击"确定"按钮，完成制作过程，如图 12.19 所示。

图 12.19 插入状态图像

⑥ 在浏览器中浏览，即可看到"状态图像"。

（2）鼠标经过图像是一种当鼠标指针移动到状态图像时显现的图像。

插入"鼠标经过图像"操作步骤如下：

① 将光标定位于图像插入位置。

② 选择菜单命令"插入"|"图像对象"|"鼠标经过图像"，如图 12.20 所示。

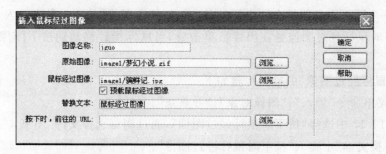

图 12.20 "插入鼠标经过图像"对话框

③ 选择"原始图像"，通过浏览选择文件"梦幻小说.gif"。

④ 选择"鼠标经过图像"，通过浏览选择文件"骗鲜记.jpg"。

⑤ 在"替换文本"中输入"鼠标经过图像"。

⑥ 单击"确定"按钮，完成制作过程，如图 12.21 所示。

⑦ 在浏览器中浏览，即可看到"鼠标经过图像"和"替换文本"。

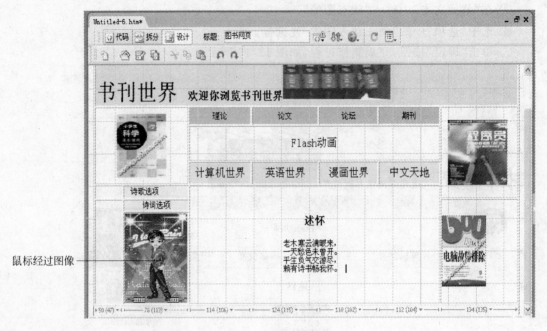

鼠标经过图像

图 12.21　插入鼠标经过图像

（3）按下图像是被鼠标单击后显现的图像。

"按下图像"的操作步骤如下：

① 选择菜单命令"插入"|"图像对象"|"导航条"。

② 在图 12.17 中选择"按下图像"，通过浏览选择文件"图书 3"。

③ 在"替换文本"中输入"按下图像"。

④ 选中"选项"中的"预先载入图像"复选框。

⑤ 单击"确定"按钮，完成制作过程。

因为在一个网页中只能够有一个导航条，所以"按下图像"的图示没有插入。

（4）按下时鼠标经过图像是在图像被单击后，当鼠标指针移动到按下图像上时显现的图像。

"按下时鼠标经过图像"的操作步骤如下：

① 选择菜单命令"插入"|"图像对象"|"导航条"。

② 在图 12.17 中选择"按下时鼠标经过图像"，通过浏览选择文件"图书 4"。

③ 在"替换文本"中输入"按下时鼠标经过图像"。

④ 选中"选项"中的"预先载入图像"复选框。

⑤ 单击"确定"按钮，完成制作过程。

⑥ 在浏览器中浏览，即可看到"按下时鼠标经过图像"和"替换文本"，如图 12.22 所示。

制作导航图的目的是为了建立导航条链接，导航条链接将在第 15 章讲解。

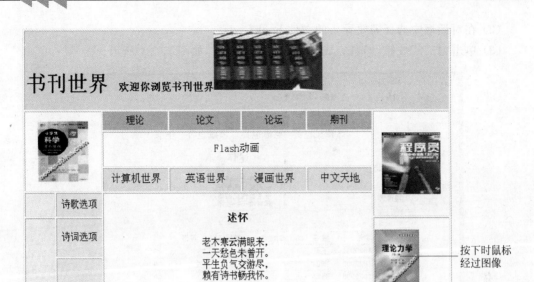

图 12.22 浏览器中的"按下时鼠标经过图像"

12.4.5 导入和导出表格式数据

1. 导入表格数据

以前保存的表格数据或其他文本数据都可以重新以表格的形式导入到文档中。

导入表格数据，操作步骤如下：

（1）在 Dreamweaver MX 2004 设计窗口中选择"文件"|"导入"|"Excel 文档"命令，显示打开文件对话框，如图 12.23 所示。

图 12.23 打开文件对话框

（2）在对话框中选择需要导入的文件 book1.xls。

（3）单击"打开"按钮，即可完成对数据表格的导入，如图 12.24 所示。

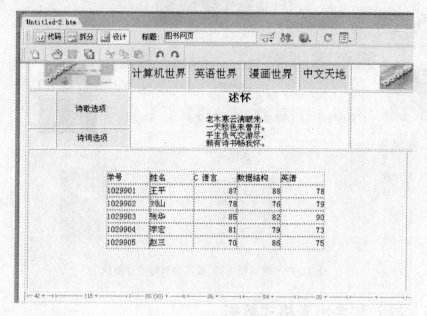

图 12.24 导入的 Excel 表格数据

2. 导出表格式数据

在 Dreamweaver MX 2004 中，除了可以导入表格式数据外，还可以将 Dreamweaver MX 2004 中建立的表格保存到一个文本文件中，以便以后需要时使用。

导出表格式数据操作步骤如下：

（1）选择网页中的数据表格，如图 12.25 所示。

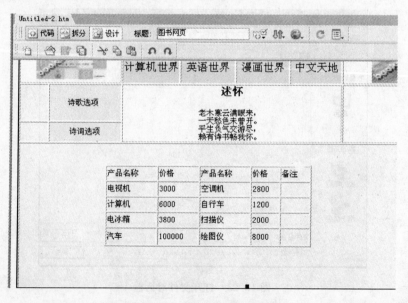

图 12.25 网页中的数据表格

（2）将光标放在表格中或选中该表格。

（3）选择"文件"|"导出"|"表格"命令，出现如图 12.26 所示的"导出表格"对话框。

（4）在"定界符"下拉列表框中选择表格数据输出到文本文件后的分隔符号，默认的是 Tab，这里选择逗号。

图 12.26 "导出表格"对话框

（5）在"换行符"下拉列表框中选择数据输出到文本文件后的换行方式，这里选择 Windows，表示按 Windows 系统格式换行。

（6）设置完成后，单击"导出"按钮，弹出"表格导出为"对话框，在"表格导出为"对话框中输入一个文件名 dcbg，可以不输入扩展名，也可以使用一个文本类型的扩展名，然后单击"保存"按钮即可，如图 12.27 所示。

图 12.27 "表格导出为"对话框

导出后，用记事本打开该文件，可以看到导出的文件，如图 12.28 所示。

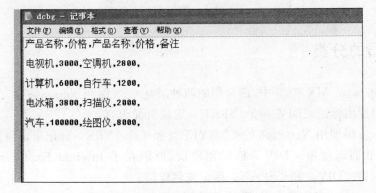

图 12.28 导出到记事本中的表

使用层布局网页

- 认识 Dreamweaver MX 2004 的层；
- 表格与层相互转换；
- 层的基本操作。

在第 12 章讲解了使用表格进行网页排版的方法，这种方法不够灵活，调整内容比较麻烦。层的排版功能比较灵活，在使用表格排版的基础上，可以结合层对网页进行美化修饰。本章开始介绍层的基本知识，使用层进行网页高级排版。

13.1　认识 Dreamweaver MX 2004 的层

13.1.1　层的概述

层就是网页内容的一个容器，在层中可以放置文本、图像、表单、对象插件等，甚至还可以插入其他层。只要是能放置在网页中的内容，都可以放置在层当中。

层最主要的特性就是它可以在网页上自由浮动，从而实现对网页元素的精确定位。而且层的位置是可以重叠的，可以任意地控制层的前后位置、显示与隐藏，大大增强了网页设计的灵活性。

层和表格可以混合使用，也可以互相转换，即表格可以转换为层，层也可以转换为表格。

13.1.2　层的分类

在 Dreamweaver MX 2004 中，最常用的两种层是 CSS 层和 Netscape 层。
- CSS 层使用标记＜DIV＞和＜SPAN＞定位页面内容。
- Netscape 层使用 Netscape 的＜LAYER＞和＜ILAYER＞标记来定位页面内容。

一般来说我们都使用＜DIV＞标记创建层，原因在于 Internet Explorer 和 Netscape Navigator 都支持＜DIV＞和＜SPAN＞标记来创建层。

在 Dreamweaver MX 2004 中，默认的是用＜DIV＞标记创建层，具有很好的兼容性。在以后的内容中，除非特别说明，层均指 CSS 层。

13.1.3　设置层的首选参数

查看或设置层首选参数,操作步骤如下:

(1) 在 Dreamweaver MX 2004 中选择菜单命令"编辑"|"首选参数",即显示"首选参数"对话框,从左侧的"类别"列表中选择"层",如图 13.1 所示。

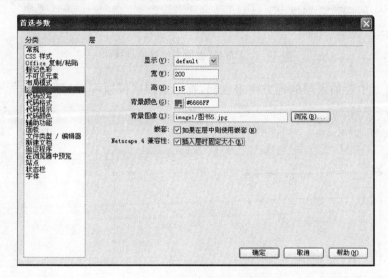

图 13.1　"首选参数"对话框

(2) 在"首选参数"对话框中根据需要对以下内容进行设置:
- 在"显示"下拉列表有"默认"(default)、"继承"(inherit)、"可见"(visible)、"隐藏"(hidden)等选项,可以选择默认。
- 在"宽"文本框中选择默认宽度。
- 在"高"文本框中选择默认高度。
- 在"背景颜色"中指定背景颜色,可从颜色选择器中选择一种颜色。
- 在"背景图像"中选择"浏览"按钮,在计算机上查找一个图像文件,例如选择"image1\图书 5.jpg"文件。
- 选择"嵌套"和"Netscape 4 兼容性"两个复选框。
- 单击"确定"按钮完成首选参数设置。

13.1.4　创建层及嵌套层

下面分别介绍单个层、多个层、嵌套层、层与表格混排、层与表格相互转换等。

1. 创建单个层

对层有了基本认识后,现在学习在文档中创建层的方法,这里介绍两种在文档中插入层的方法。

1) 方法1：使用对象面板创建单个层

操作步骤如下：

（1）在 Dreamweaver MX 2004 中打开设计窗口。

（2）在对象面板中选择布局对象组，单击"描绘层"按钮，如图13.2所示。

图 13.2　"布局"选项卡的描绘层按钮

（3）在页面中要插入层的地方单击鼠标，拖出矩形区域即可，如图13.3所示。

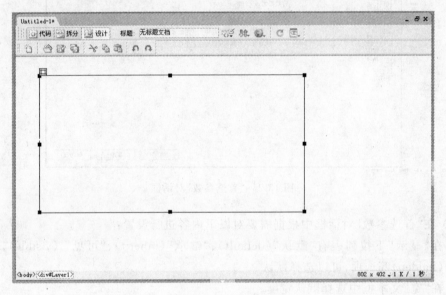

图 13.3　单个层绘制

2) 方法2：使用菜单命令创建单个层

操作步骤如下：

（1）先将鼠标指针定位在页面要插入层的位置。

（2）选择菜单命令"插入"|"布局对象"|"层"，就可以在页面中插入一个层，该层的大小就是在"首选参数"对话框中的"宽"和"高"域中设置的大小。

（3）使用鼠标拖动层周围的小方块调整层的大小，直到层的大小合适为止。

2. 创建多个层

创建多个层和单个层的方法、步骤几乎相同，所不同的是，创建多个层只要按住 Ctrl 键，在页面中反复拖动鼠标，就可以拖出多个层，如图13.4所示。

在图13.4中，按住 shift 键，用鼠标逐个单击层，可以选中每个层。每个层都显示小方块，只有1个层是8个黑小方块，这个带黑小方块的层是当前使用的层，向层中添加内容时，只有带黑小方块的层能够使用。其他层边框上都是空心小方块。

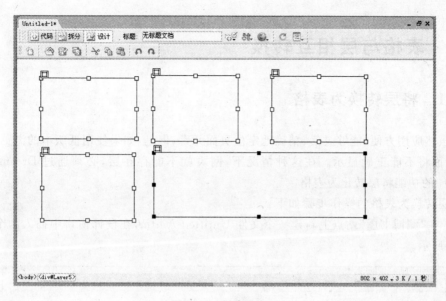

图 13.4 创建多个层

3. 嵌套层

嵌套层就是在一个层内插入另外的层，即层中套层。

操作步骤如下：

（1）首先在设计窗口中插入一个单个层。

（2）将光标定位在该层内。

（3）单击布局对象中的"描绘层"按钮。

（4）在单个层内拖动鼠标，插入一个层，重复第二步到第四步，即可嵌套多个层，如图 13.5 所示。

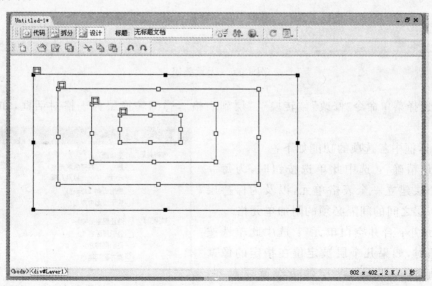

图 13.5 嵌套层

13.2 表格与层相互转换

13.2.1 将层转换为表格

层虽然应用方便,能够灵活、精确地定位页面元素,但是,如果使用低版本的浏览器浏览页面,页面将不能正确显示。在这种情况下,网页就不能存在层,必须通过 Dreamweaver MX 2004 的功能将层转化为表格。

将层转换为表格的操作步骤如下:

(1) 在"渊博书屋"站点上新建一个文件 Untitled-7. htm,在设计窗口中插入两个层,如图 13.6 所示。

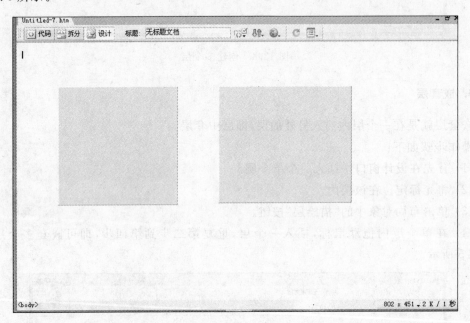

图 13.6 无重叠层

(2) 选择菜单命令"修改"|"转换"|"层到表格",弹出转换层为表格对话框,如图 13.7 所示。

此对话框中各选项的功能如下:

* "最精确":选中此单选按钮时,为每一个层建立一个表格单元,以及为保持层与层之间的间隔必须的附加单元格。
* "最小:合并空白单元":选中此单选按钮时,如果几个层被定位在指定的像素值之内,那么这些层的边缘就要对齐。在该项下方的文本框内输入数值可以指

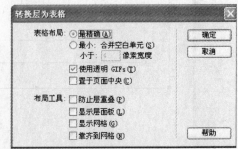

图 13.7 "转换层为表格"对话框

定最小的像素值。选择该项的优点是生成的表格空行和空列最少。

- "使用透明 GIFs"：选中此复选框时,可以强制用透明的 GIF 图像填充表格的最后一行。这样做可以让表格在所有浏览器中的显示结果都一样。值得注意的是,选中该复选框将不可能拖动由层转换生成的表格的列来改变表格的大小。
- "置于页面中央"：选中此复选框时,可使生成的表格在文档中居中对齐。不选中该复选框时,表格的默认对齐方式是左对齐。
- "防止层重叠"：选中此复选框时,可防止出现层重叠的情况。
- "显示层面板"：选中此复选框时,可以在完成层转换表格后显示"层"面板。
- "显示网格"：选中此复选框时,可以在完成层转换表格后显示网格。
- "靠齐到网格"：选中此复选框时,可以启用对齐网格功能。

（3）设置相应的选项后,单击"确定"按钮,层转换为表格就完成了,如图 13.8 所示。

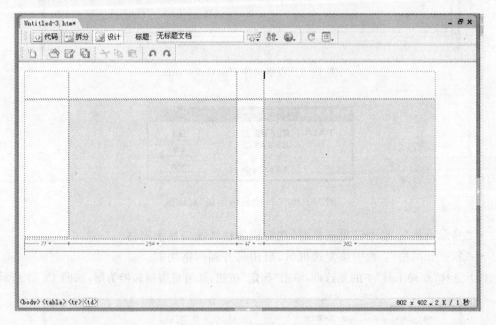

图 13.8 层转换为表格

13.2.2 将表格转换为层

通过前面讲述已经知道,使用表格对页面进行调整很麻烦,如果把表格布局转换为层布局,就用层可随意拖动的优点来调整布局。

将表格转换为层的操作步骤如下：

（1）在"渊博书屋"站点上新建一个表格文件 Untitled-8. htm,如图 13.9 所示。

（2）选择菜单命令"修改"|"转换"|"表格到层",弹出"转换表格为层"对话框,如图 13.10所示。

转换表格为层对话框中的各选项功能如下：

- "防止层重叠"：选中该复选框时,防止层在创建、移动和调整时互相重叠。
- "显示层面板"：选中该复选框时,在完成表格转换后显示"层"面板。

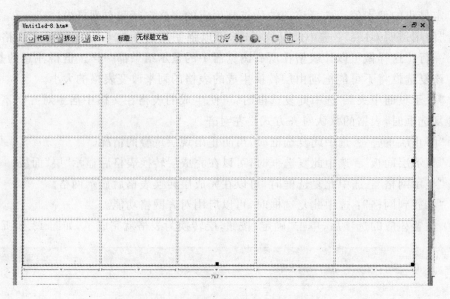

图 13.9　表格文件 Untitled-4. htm

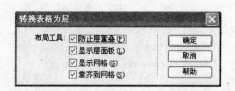

图 13.10　"转换表格为层"对话框

- "显示网格"：选中该复选框时，在完成表格转换后显示网格。
- "靠齐到网格"：选中该复选框时，启用靠齐到网格功能。

（3）选择"布局工具"中的复选框，单击"确定"按钮，即可将表格转换为层，如图 13.11 所示。

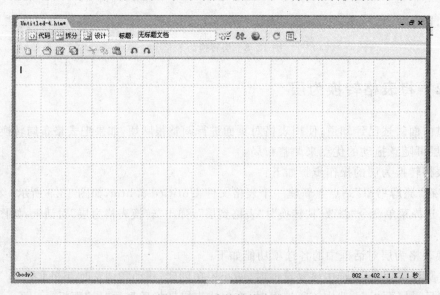

图 13.11　表格转换为层

这里需要注意的是,并不是任何情况下都可以实现层和表格的互相转换,例如在模板中或已经应用模板的文档中就不能完成层和表格的互相转换。如果确实需要转换,应在"保存为"模板前转换。

13.2.3 表格与层混合排版

表格与层的混合排版是经常使用的一种方法,既实用又操作方便。操作步骤如下:

(1) 首先打开"D:\渊博书屋\Untitled-6.htm"网页,如图 13.12 所示。

图 13.12 "D:\渊博书屋\Untitled-6.htm"网页

(2) 将光标插入在标题栏的右上角。

(3) 选择菜单命令"编辑"|"首选参数"。在"首选参数"对话框中选择"层",在"背景图像"中选择"image1/梦幻小说.gif",如图 13.13 所示。

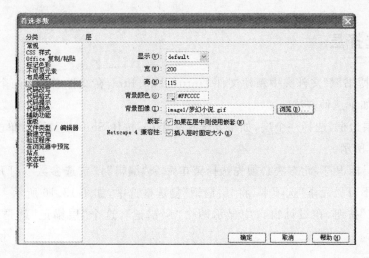

图 13.13 "首选参数"对话框

（4）然后单击"确定"按钮。

（5）选择布局对象中的"描绘层"，在标题栏的右上角拖动鼠标，即可插入层。插入层后标题栏的右上角显示层，如图 13.14 所示。

图 13.14　插入的层

这样，一个简单的表与层混合排版的网页设置完成了。

13.3　层的基本操作

13.3.1　选择层

在"D:\渊博书屋"文件夹中新建文件 Untitled-10.htm，在文件中插入两个层。

选择层有如下三种方法：

（1）单击层边框，选择一个层，如果要选择多个层，按住 Shift 键的同时单击层的边框即可，如图 13.15 所示。

（2）单击层标识符，此方法必须先选择菜单命令"编辑"|"首选参数"，打开"首选参数"对话框，选择"不可见元素"选项卡，将"层锚记"复选框选中，如图 13.16 所示。

单击"确定"按钮，在设计窗口中显示两个"层锚记"，这个"层锚记"就是层标识符，如图 13.17 所示。

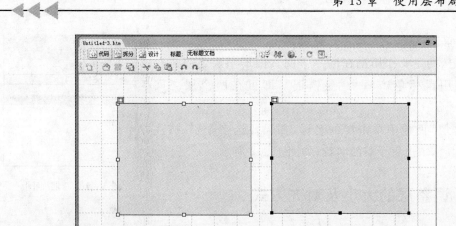

图 13.15 按住 Shift 键选择多个层

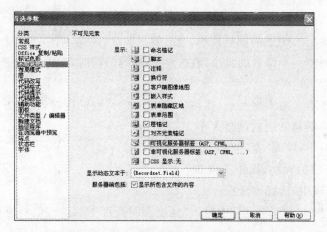

图 13.16 "首选参数"中的"层锚记"

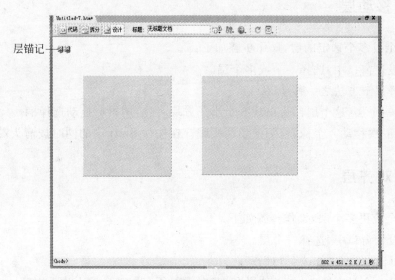

图 13.17 插入"层锚记"的页面

用鼠标单击"层锚记",即可选择层。

"层锚记"的主要作用是在同一个网页内不同层之间进行跳转链接。用鼠标单击每个"层锚记",即可在两个层之间跳转。

(3) 在"层"面板中单击层的名称,如果要选多个层,按住 Shift 键的同时,单击每个层的名称,如图 13.18 所示。

图 13.18 "层"面板

13.3.2 调整层的大小及对齐方式

可以单个调整层的大小,也可以同时调整多个层的大小,以使层具有合适的宽度和高度。

调整单个层的大小,操作步骤如下:

(1) 在设计窗口中,选择一个层。

(2) 选择以下方法之一,调整层的大小。

• 通过拖动该层的调整柄调整大小。

• 若要一次调整一个像素的大小,在按住 Ctrl 键的同时,按下方向键,用方向键移动层的右边框和下边框。

• 按网格靠齐增量来调整大小,在按住 Shift+Ctrl 键的同时,按下方向键,用方向键移动层的右边框和下边框调整大小。

• 在属性面板中,输入"宽度"和"高度"的值。

同时调整多个层的大小,操作步骤如下:

(1) 在设计窗口中,选择多个层。

(2) 在属性面板中的"多个层"中输入"宽度"和"高度"值,这些值将应用于所有选定层。

13.3.3 移动层

移动一个或多个选定的层,操作步骤如下:

(1) 在设计窗口中,选择一个或多个层。

(2) 选择以下方法之一移动层。

• 选中一个层,这个层四边出现 8 个小黑方块,然后用鼠标拖动选择柄。

• 若要一次移动一个像素,则使用箭头键。在按住 Shift 键的同时按箭头键移动。

13.3.4 对齐层

对齐两个或更多个层,操作步骤如下:

(1) 在设计窗口中,选择一个层。

(2) 选择菜单命令"修改"|"对齐"。

(3) 选择一个对齐选项,如果选择"对齐上缘",所有层都会按上边框对齐。

13.3.5 将层对齐到网格

网格是在设计窗口中对层进行绘制、定位或大小调整的可视化向导。可以使页面元素在移动它们时自动靠齐到网格，并通过指定网格设置来更改网格或控制靠齐行为。

- 显示或隐藏网格，选择菜单命令"查看"|"网格"|"显示网格"。
- 启用或禁用靠齐，选择菜单命令"查看"|"网格"|"靠齐到网格"。

更改网格设置，操作步骤如下：

(1) 选择菜单命令"查看"|"网格"|"网格设置"，则出现"网格设置"对话框，如图 13.19 所示。

(2) 根据需要设置选项。其中各选项意义如下：

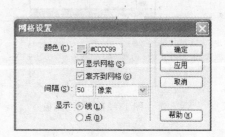

图 13.19 "网格设置"对话框

- "颜色"：指定网格线的颜色。单击色样表并从颜色选择器中选择一种颜色，或者在文本框中输入一个十六进制数。
- "显示网格"：使网格在设计窗口中可见。
- "靠齐到网格"：使页面元素靠齐到网格线。
- "间隔"：控制网格线的间距。
- "显示"：指定网格线是显示为线条还是显示为点。

(3) 设置完成后，单击"确定"按钮完成对网格的设置。

13.3.6 改变层的重叠顺序

当多个层重叠在一起时，通过调整这些层的重叠顺序，以显示最佳效果。

调整层重叠顺序的方法主要有如下两种：

(1) 设置 Z 轴值。在层的"属性"检查器中的"Z 轴"文本框中输入一个数字，如图 13.20 所示。

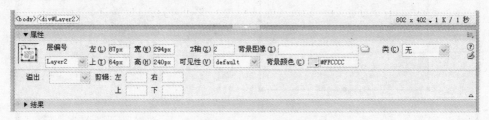

图 13.20 "属性"检查器

其中，输入一个较大的数字可将该层在层叠顺序中上移，输入一个较小的数字可将该层在层叠顺序中下移。

(2) 使用"层"面板。操作步骤如下：

① 选择菜单命令"窗口"|"层"，打开"层"面板，如图 13.21 所示。

② 将层向上或向下拖至所需的堆叠顺序，当移动层时会出现一条线，它指示该层将出现的位置。

③ 当这条线出现在层叠顺序中的所需位置时,松开鼠标按钮,拖动的层被拖到相应的位置。

另外,可以直接在"层"面板的 Z 列中修改 Z 轴的值来改变层的层叠顺序,方法是单击层名称后面的 Z 列区域,待显示为编辑状态时输入新值,如图 13.22 所示。

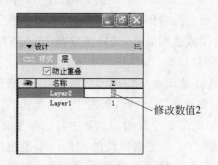

图 13.21 "层"面板   图 13.22 修改 Z 轴数值

13.3.7 设置层属性

当选择一个层时,层的"属性"检查器将显示层的属性。

查看和设置层属性,操作步骤如下:

(1) 在设计窗口中选中一个层,如图 13.23 所示。

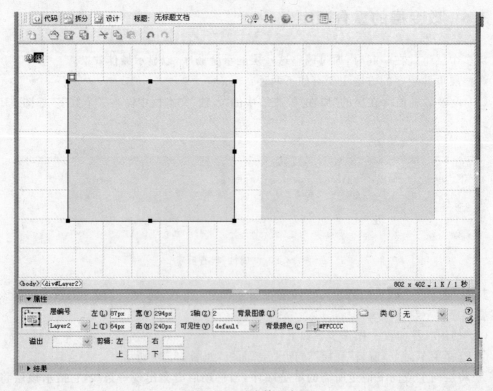

图 13.23 选中第一个层

（2）在属性面板中，单击右下角的展开箭头，以查看层的所有属性，如图 13.24 所示。

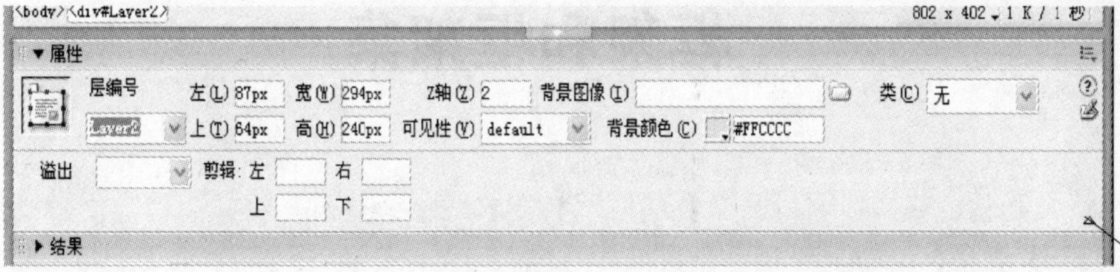

图 13.24　层的属性面板

箭头向上表示层的属性面板展开，箭头向下表示层的属性面板未展开。

（3）根据需要设置层的属性，按 Tab 键或 Enter 键确定。

属性面板中各选项的功能如下：

- "层编号"：用于指定一个名称，以便在"层"面板和 JavaScript 代码中标识该层。只应使用标准的字母数字字符，而不要使用空格、连字符、斜杠或句号等特殊字符。每个层都必须有它自己的唯一编号，如果不输入编号，则为默认的 Layer ＊（其中 ＊ 号是随插入的层的多少依次递增）。

- "左"与"上"：这两个文本框用于指定层的左上角相对于页面（如果嵌套，则为父层）左上角的位置。

- "宽"与"高"：这两个文本框用于指定层的宽度和高度。如果层的内容超过指定大小，层的底边缘会延伸以容纳这些内容。（如果"溢出"，属性没有设置为"可见"，那么当层在浏览器中出现时，底边缘将不会延伸。）

- "Z 轴"：此文本框用于确定层的 Z 轴（BIl 堆叠顺序）。在浏览器中，编号较大的层出现在编号较小的层的前面。值可以为正，也可以为负。当更改层的堆叠顺序时，使用"层"面板要比输入特定的 Z 轴值更为简便。

- "可见性"：此下拉列表框用来指定该层最初是可见的还是不可见的。这里有 4 个小选项，分别是"默认"、"继承"、"可见"和"隐藏"。

- "背景图像"：此文本框用于指定层的背景图像，单击其文件夹图标可浏览到一个图像文件并将其选定。

- "背景颜色"：此选项用于指定层的背景颜色，如果不设置此选项，则可以指定为透明的背景。

- "类"：用于为层选择相应的 CSS 样式。

- "溢出"：用于控制当层的内容超过层的指定大小时，如何在浏览器中显示层。

- "剪辑"：此选项组用于定义层的可见区域。指定左侧、顶部、右侧和底边坐标可在层的坐标空间中定义一个矩形（从层的左上角开始计算）。层经过剪辑后，只有指定的矩形区域才是可见的。例如，若要使一个层的左上角为 50 像素宽、75 像素高的矩形区域可见，而其他内容均不可见，则将"左"设置为 0，将"上"设置为 0，将"右"设置为 50，将"下"设置为 75。

另外，如果要对多个层的属性进行修改，在按住 Shift 键的同时，用鼠标单击将多个层逐个选中，然后在属性面板中修改属性值即可。

第 14 章

框架和框架集

- 框架的创建；
- 框架检视器的使用；
- 框架和框架集的属性设置；
- 分割和删除框架；
- 插入框架内容。

14.1 框架和框架集概述

框架和框架集是两个不同的概念。框架的英文是 Frame，单个框架是网页中的一个 HTML 文件，默认的文件名为 UntitledFrame-1.htm。框架集的英文是 Frames，框架集是在网页中定义了一组框架结构的 HTML 文件。

框架是网页设计的一种新方式，在使用表格和层对网页布局的基础上，再使用框架布局网页，可以使网页布局更加合理和美观，弥补表格和层对网页排版的缺点。

利用框架技术可以实现在一个浏览器窗口中显示多个 HTML 页面。通过构建这些文档之间的相互关系，可以实现文档导航、文档浏览以及文档操作等目的。

14.2 创建框架

创建框架就是在网页中分割两个或多个框架窗格。

14.2.1 创建单个框架

在创建框架之前，为了能够看到框架边框，可以预先设置框架边框。

创建框架操作步骤如下：

(1) 选择菜单命令"查看"|"可视化助理"|"框架边框"，如图 14.1 所示。

(2) 在布局对象组中单击"框架"按钮右边的小黑三角，弹出下拉菜单，如图 14.2 所示。

(3) 在图 14.2 中的下拉菜单中选择"左侧框架"命令，左侧框架显示在设计窗口中，如图 14.3 所示。

(4) 用鼠标拖动左侧框架右边线，移动到所希望的位置上，释放鼠标，框架创建完成。

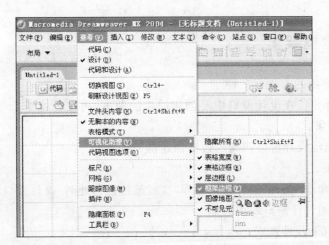

图 14.1 设置框架边框

图 14.2 选择"左侧框架"

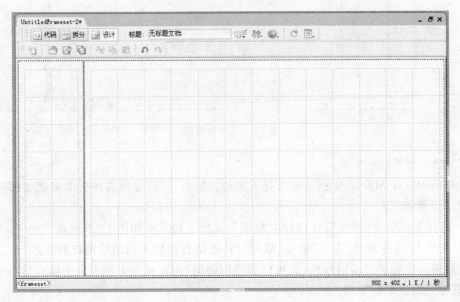

图 14.3 "左侧框架"页面

14.2.2 创建框架集

创建框架集常用的方法有三种。

（1）先将光标定位在设计窗口中要创建框架的地方，再按创建单个框架的步骤进行操作，即可创建框架集。

（2）用鼠标拖动设计窗口四周的边框创建框架集。

操作步骤如下：

① 选择菜单命令"查看"|"可视化助理"|"框架边框"，此时，设计窗口四周边框可见。

② 用鼠标拖动设计窗口四周边框。

拖动鼠标有以下几种方式：

- 将左边框往右拖动，可以向右分割框架；
- 将右边框往左拖动，可以向左分割框架；
- 将上边框往下拖动，可以向下分割框架；
- 将下边框往上拖动，可以向上分割框架；
- 按住 Alt 键的同时拖动框架的边框角，可以在左右或上下两个方向上同时分割框架，如图 14.4 所示。

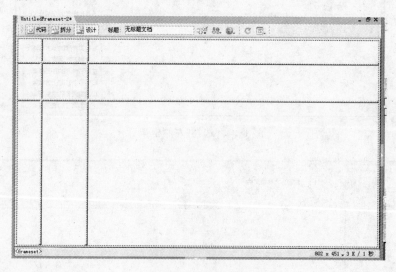

图 14.4 分割框架

（3）插入预置的框架集。

Dreamweaver MX 2004 预先定义好了多种框架集，可以使用这些框架集创建框架。

操作步骤如下：

① 选择菜单命令"插入"|HTML|"框架"，弹出下拉菜单如图 14.5 所示.

② 在图 14.5 中选择"左方"命令，就可以将框架直接插入到设计窗口的左边。

重复第一步和第二步的操作，就可以创建框架集，如果在一个框架集中插入另一个框架集，将其称之为嵌套框架集。

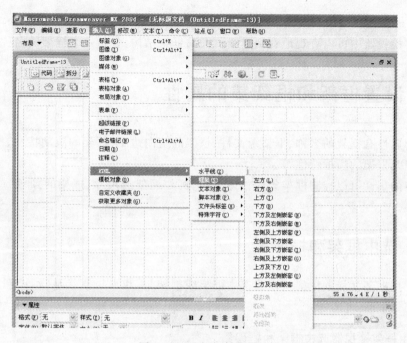

图 14.5 选择框架集样式

14.2.3 框架检视器

为了便于对框架进行操作，Dreamweaver MX 2004 提供了一个框架检视器，用来显示框架结构和选择框架。

使用框架检视器操作步骤如下：

（1）执行"窗口"|"框架"命令，打开框架面板，如图 14.6 所示。

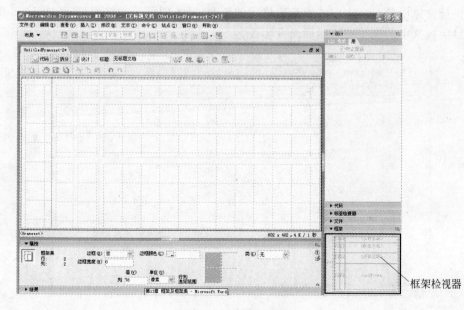

框架检视器

图 14.6 框架检视器

（2）在框架检视器中用鼠标单击某框架内部或单击框架集的边框，即可显示框架。

从框架检视器中可以直观地看到整个页面的框架结构，包括每个框架的名称。

14.3 设置框架和框架集的属性

框架的属性有框架的名称、框架源文件、框架的空白边距、框架的滚动特性、框架的重设大小特性以及框架的边框特性等。

框架集的属性可以控制框架集的整体属性，例如框架的尺寸、框架的颜色、框架之间边框的宽度等。

14.3.1 选中框架和框架集

可以利用框架面板的框架检视器选中框架或框架集，也可以直接从设计窗口中选中框架或框架集。

1. 利用框架检视器选中框架和框架集

要选中某个框架，可以直接在框架检视器上单击对应的框架区域中任意位置，被选中的框架区域四周会出现黑色边框和框架名字，如图 14.7 所示。

同样如果要选中框架集，单击框架检视器四周的边框即可，这时框架检视器四周显示粗黑边框。

2. 在设计窗口中选中框架或框架集

图 14.7　使用框架检视器选中框架

在设计窗口中单击要选中的框架窗格中的任意位置，即可选中该框架，如图 14.8 所示。设计窗口中被选中的框架窗格四周出现实线。

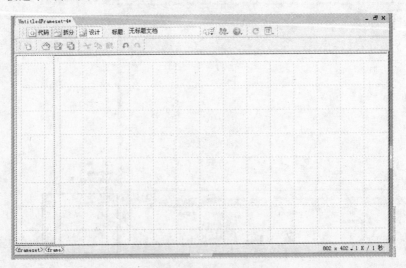

图 14.8　在设计窗口中选中框架

同样在设计窗口中直接单击四周边框,即可选中框架集。选中框架集时,所有的框架边框上都会显示实线。

14.3.2　设置框架属性

设置框架属性,需要首先选中框架,然后从属性面板中设置框架属性,如图 14.9 所示。

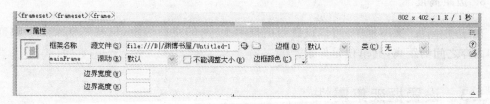

图 14.9　框架属性面板

1. 框架名称

在"框架名称"文本框中显示默认的框架名称,也可以修改名称。

2. 源文件

在"源文件"文本框中,单击右边的文件夹图标,从磁盘上选择框架文件。

3. 滚动

在"滚动"下拉列表中,设置框架中出现滚动条的方式。

- "自动":当框架文档内容超出了框架的大小时,会出现框架滚动条,允许通过拖动滚动条显示框架内容。
- "是":无论框架文档中的内容是否超出框架的大小都会显示框架滚动条。
- "否":即使框架文档中的内容超出了框架的大小,也不会出现框架滚动条。
- "默认":大多数浏览器将其当作"自动"方式。

4. 不能调整大小

选中"不能调整大小"复选框,则在浏览器中无法通过拖动框架的边框来改变框架大小。

5. 边框

在"边框"下拉列表中,可以控制当前框架的边框是否被显示。

- "是":表明该框架与其四周的框架相邻处显示分隔条。
- "否":表明该框架与其四周的框架相邻处不显示分隔条。
- "默认":选择该项,表示使用浏览器的默认定义。大多数浏览器将其设为"是"方式。

6. 边框颜色

在"边框颜色"的颜色框中,可以设置框架边框的颜色,单击颜色按钮,打开色板,然后选择需要的颜色,也可以直接在文本框中输入十六进制颜色数值。

7. 边距宽度

在"边距宽度"文本框中,可以设置当前框架左/右的空白边距,也就是框架左右边框和框架内容之间的距离,其单位是像素。

8. 边距高度

在"边距高度"文本框中,可以设置当前框架上/下的空白边距,也就是框架上下边框和框架内容之间的距离,其单位是像素。

14.3.3　设置框架集属性

首先选中框架集,然后利用属性面板,可以很方便地设置大多数框架集属性。框架集属性面板如图 14.10 所示。

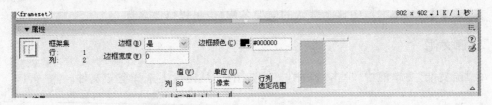

图 14.10　框架集属性面板

1. 边框

在"边框"下拉列表中,可以设置框架集中所有框架的边框是否被显示。
- "是":表明该框架集中显示框架之间的分隔条。
- "否":表明该框架集中不显示框架之间的分隔条。
- "默认":选择该项,大多数浏览器将之设为"是"方式。

2. 边框颜色

在"边框颜色"的颜色框中,可以设置框架集中所有框架边框的颜色。设置方法同框架一样。

3. 边框宽度

在"边框宽度"文本框中,可以设置框架集中所有框架的边框宽度。可以在其中输入框架边框宽度数值,单位是像素。输入 0 则不显示边框。

4. 行或列

行和列不同时出现,需要切换,单击框架区域中任意位置,可以在选中该框架所在行或所在列两种状态之间切换。在行或列中有"值"和"单位"两个选项。

(1) "值":在"值"文本框中输入框架的大小数值。

（2）"单位"：在"单位"下拉列表中，选择数值的单位，有如下几种选择：

- "像素"：选中该项，表明在"值"文本框中输入的数值以像素作为单位。这种方式设置的框架大小是固定的，无论如何改变浏览器窗口，框架的大小都保持不变。它经常被应用于一些永远不希望改变框架大小的场合中。
- "百分比"：选中该项，表明在"值"文本框中输入的数值是当前框架同当前框架集大小的百分比数值。这种方式设置的框架大小是不固定的，随着浏览器窗口大小的变化，框架的大小也会发生变化。
- "相对"：选中该项，表明在"值"文本框中输入的数值是当前框架同其他框架之间的大小比例。

14.4　分割和删除框架

当框架设置不合适时，就必须对已经设置好的框架进行分割和删除。

14.4.1　分割框架

操作步骤如下：

（1）单击要分割框架的窗口，将插入点放入窗口中。

（2）执行"修改"|"框架集"命令，打开下拉菜单，如图 14.11 所示。

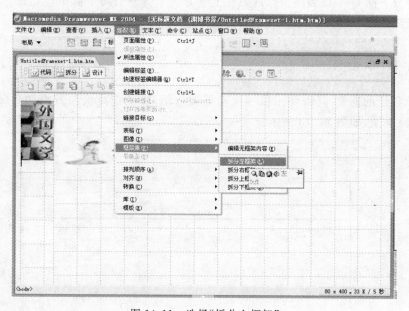

图 14.11　选择"拆分左框架"

（3）选择"拆分左框架"命令，左框架分割成两个，如图 14.12 所示。

分割框架命令中的内容含义如下：

- "编辑无框架内容"：选择该项后，编辑窗口切换到无框架区域。

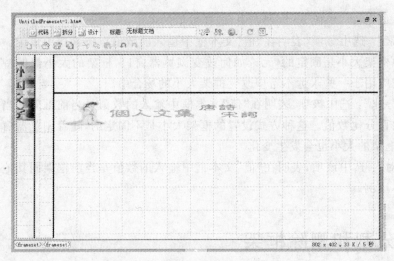

图 14.12　左框架分割成两个框架

- "拆分左框架"：将当前窗口区域在左右方向上分割为两个窗格，当前窗口区域中的内容放置到左窗格中。
- "拆分右框架"：将当前窗口区域在左右方向上分割为两个窗格，当前窗口区域中的内容放置到右窗格中。
- "拆分上框架"：将当前窗口区域在上下方向上分割为两个窗格，当前窗口区域中的内容放置到上窗格中。
- "拆分下框架"：将当前窗口区域在上下方向上分割为两个窗格，当前窗口区域中的内容放置到下窗格中。

14.4.2　删除框架

要删除创建的框架，只需要用鼠标拖动框架边框，将其拖离页面或拖动到父框架边框上，即可删除框架，如图 14.13 所示。

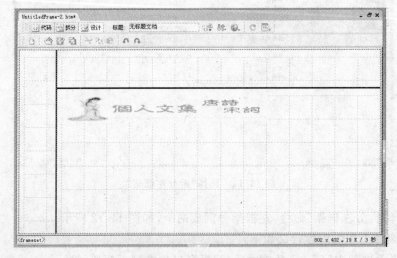

图 14.13　删除一个左框架

14.5 插入框架内容

在插入框架内容前,最好设置框架的一些属性,如设置"边框"为"是","滚动"为"是"。这样,边框和滚动条非常明显,如图 14.14 所示。

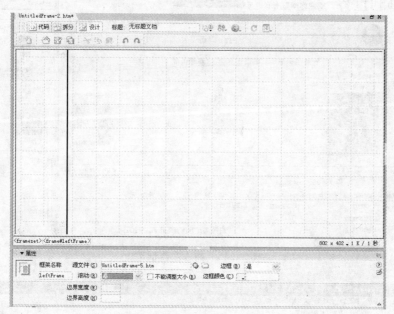

图 14.14 设置框架属性值

插入框架内容操作步骤如下:

(1) 打开 D:\渊博书屋\Untitled-6. htm 文件。

(2) 在布局对象中选择"框架"按钮右边的小黑三角,显示下拉菜单。

(3) 在下拉菜单中选择"左侧框架"命令,左侧框架显示在设计窗口中,如图 14.15 所示。

(4) 插入文字和图像,如图 14.16 所示。

(5) 选择菜单命令"文件"|"保存全部"。

注意:选择"保存全部"命令,将保存两个文件。

一个是框架文件 UntitledFrame-2. htm,另一个是包括全部内容的文件 UntitledFrameset-2. htm。

下面说明三个关于保存框架的选项:

- "保存框架页"命令是仅仅保存框架结构的 HTML 文件,不保存各自框架中显示的 HTML 文件。
- "框架集另存为"命令是把框架结构另存为 HTML 文件。
- "保存全部"命令是保存所有的相关文件,即框架结构和各框架中的 HTML 文件。在这里选择"保存全部"。

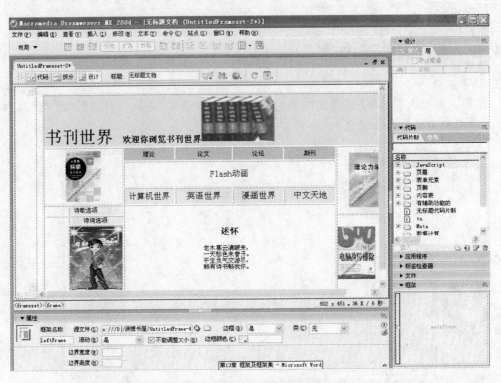

图 14.15　插入左侧框架

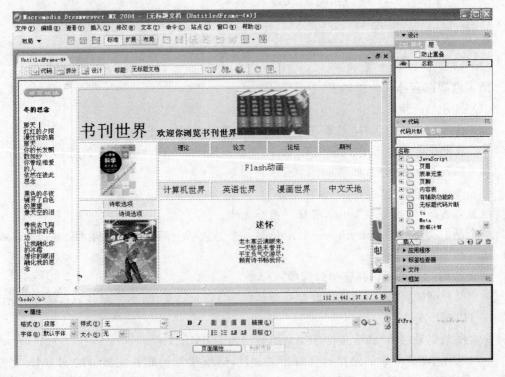

图 14.16　在框架中插入文字和图像

第15章

超级链接

- 文件地址,绝对地址和相对地址;
- 内部链接、外部链接和电子邮件链接的建立;
- 锚记链接;
- 热点链接。

超级链接是从一个 Web 页或文件,到另一个 Web 页或文件的链接,当站点访问者单击超级链接对象时,被链接对象将显示在 Web 浏览器中。

超级链接是网站的灵魂,因此掌握超级链接的基本概念和创建方法,是学习网页制作的非常重要的内容。

15.1 文件地址

15.1.1 绝对地址

如果要创建一个外部链接,就不可避免地要使用一个绝对 URL 地址。

绝对 URL 地址是指某个文件在网络上的完整路径,包括协议、Web 服务器、路径和文件名等等。简单地说,在浏览器地址栏中能够访问的文件地址,就是绝对地址。例如,下面的地址就是绝对地址:

http://www.cnu.edu.cn

http://www.ie.cnu.edu.cn/index2.jsp

在网络内部链接上使用绝对地址,经常出现一些问题,一旦网站所采用的域名发生改变,所使用的绝对地址都必须逐个进行修改,给网站的维护带来很大麻烦,所以在站点内部不推荐使用绝对地址,应该选择更加灵活的相对地址。

15.1.2 相对地址

相对地址是从站点出发可以访问到文件的地址。相对地址分为两类:文件相对地址和根目录相对地址。

1. 文件相对地址

文件相对地址是指某个文件(或文件夹)相对于另一个文件(或文件夹)的相对位置。当站点根目录位置发生了改变,这种地址不会受到任何影响。这意味着当站点的域名或网站的根目录发生改变时,站点内所有使用文件相对地址的链接都不会受影响,可以保持它们之间的联系。再有一点是当对站点内部的文件或文件夹进行修改操作时,用相对地址建立的链接也会随之动态地更新,使网站的维护变得更为方便快捷。

2. 根目录相对地址

根目录相对地址是指从根目录出发,访问文件所在的地址,如建立一个链接,连接到根目录下 news 文件夹下的文件 news. htm,链接地址可以写为"/news/news. htm"。需要说明的是使用根目录相对地址需要网站的服务器软件进行解释,在硬盘的目录中打开带有根目录相对地址进行链接的网页时,链接是无效的,所以使用根目录相对地址需要将网页上传到服务器中,发布出来后才可以通过浏览器访问此网页。

15.2　建立超级链接

在建立网页的超级链接时,网页中的文字、图片、多媒体对象链接的目标可以是一个网页、一幅图片、多媒体文件(如声音、视频等)、一个 Microsoft Office 文档、一个电子邮件地址等。

超级链接分为内部链接和外部链接两种。内部链接指的是在站点内部,目标存在于本地站点,外部链接是指从本地站点链接到其他站点,目标存在于本地站点之外。

15.2.1　建立外部链接

选择文字或图片作为链接对象。

操作步骤如下:

(1) 在 Untitled-6. htm 网页中输入"首都师范大学",字体、字号采用默认值。

(2) 选中文字,在属性面板的"链接"右边的文本框中输入绝对地址 http://www. cnu. edu. cn 如图 15.1 所示。

(3) 单击"目标"右边的下拉列表框,选择"_blank"。

(4) 保存文件,按 F12 键浏览网页,就会出现文字的链接,单击"首都师范大学"就可以打开首都师范大学网站的首页。在网页中文字的链接如图 15.2 所示,属性面板中的目标设置如图 15.3 所示。

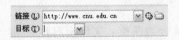

图 15.1　属性面板的链接设置　　　图 15.2　建立链接后的文本　　　图 15.3　属性面板中"目标"设置

在图 15.3 的"目标"中有 4 个选项,作用如下:

• _blank:链接的网页在新的浏览器窗口中打开。

- __parent：如果网页是在嵌套框架中，则链接的网页在父框架中打开，如果不是在框架中，则在整个浏览器窗口中打开。
- _self：为此项的默认值，在当前网页所在的窗口或框架中打开链接的网页。
- _top：在浏览器窗口中打开。

用同样的方法可以在网页中建立图片的链接。

15.2.2 建立内部链接

创建内部链接主要有两种方法：一个是在属性面板中通过"浏览文件"按钮选择文件的方式，另一种是通过"指向文件"图标拖动定位的方式。

第一种方法建立内部链接，操作步骤如下：

（1）在 Untitled-6.htm 网页中选中要建立链接的文本或图片，单击"浏览文件"按钮，打开"选择文件"对话框，如图 15.4 所示。

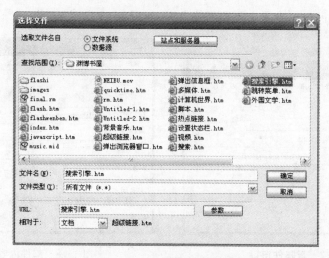

图 15.4 "选择文件"对话框

（2）在对话框中选择要链接的网页文件，这里选择"渊博书屋"目录下的文件"搜索引擎.htm"。

（3）单击"确定"按钮。

建立内部链接的第二种方法，操作步骤如下：

（1）在 Untitled-6.htm 网页中，选中要建立链接的文本或图片。同时在"文件"面板中展开要链接的文件所在的目录。

（2）在属性面板中，按住"指向文件"图标 ⊕，拖到要链接的网页文件图标上松开鼠标，如图 15.5 所示。

图 15.5 拖动"指向文件"图标

（3）在属性面板中的链接文本框中就会出现要链接的网页文件。

15.2.3 建立电子邮件链接

电子邮件的链接是将目标直接指向电子邮件地址。

建立电子邮件链接的第一种方法，操作步骤如下：

（1）在 Untitled-6.htm 网页中选定要建立链接的文本或图片。

（2）在属性面板中链接列表框中输入 mailto：liuyqxxxy@sohu.com，其中 liuyqxxxy@sohu.com 是电子邮件的地址，如图 15.6 所示。

图 15.6　输入电子邮件链接的地址

（3）保存文件，按 F12 键运行网页。在网页中单击建立链接的文本或图片，就会打开事先设置好的邮件软件，如 Outlook、Outlook Express 等，在浏览器中出现新邮件窗口，如图 15.7 所示。

（4）在新邮件窗口中输入主题和邮件内容，如图 15.8 所示。

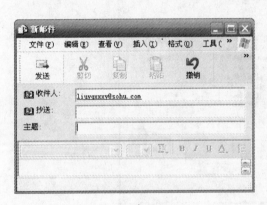

图 15.7　新邮件窗口

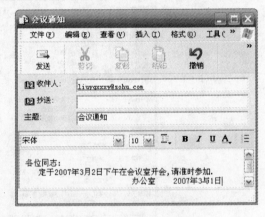

图 15.8　邮件内容窗口

（5）单击"发送"按钮。

建立电子邮件链接的第二种方法，操作步骤如下：

（1）在 Untitled-6.htm 网页选中要建立链接的文本或图片。

（2）单击常用面板组中的"电子邮件链接"按钮，如图 15.9 所示。

（3）在"电子邮件链接"对话框右边的文本框输入要显示的文字。在 E-mail 右边的文本框中输入相应的电子邮件地址，如图 15.10 所示。

图 15.9　单击"电子邮件链接"按钮

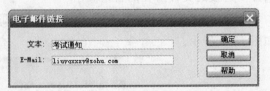

图 15.10　"电子邮件链接"对话框

至此,建立电子邮件链接的第二种方法完成。

15.3 锚记链接

在网页内容很多的情况下,浏览时需要不停地拖动滚动条来查找所要浏览的内容,非常不便,为了方便在各个对象中完成跳转,可以使用锚记链接。下面介绍锚记链接的创建。

15.3.1 网页内部的锚记链接

建立网页内部的锚记链接,操作步骤如下:

(1) 添加命名锚记,将光标放在正文标题的前面(这里以"一、计算机的发展"为例),在常用对象组中单击"命名锚记"按钮,打开"命名锚记"对话框,在对话框中输入锚记的名称,这里输入"jsjfz",如图 15.11 所示。

(2) 单击"确定"按钮,在光标所在的位置上出现一个命名锚记图标,如图 15.12所示。

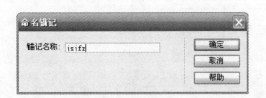

图 15.11 "命名锚记"对话框 图 15.12 命名锚记的图标

(3) 创建锚记链接。在目录中选择与上面内容对应的选项(这里选择目录中的"计算机发展"),如图 15.13 所示。在"链接"右边文本框中输入链接地址"♯jsjfz",该地址以"♯"号开头,在其后加上锚记的名称,如图 15.14 所示。

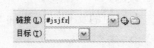

图 15.13 选中文本 图 15.14 添加锚记链接地址

依照同样的方法可以将目录中的其他选项建立锚记链接,也可以用属性面板上的链接定位图标。选中目录中的文本,拖动"指向文件"图标到网页中的锚记图标上,此时"♯"和锚记的名称自动加入到"链接"右边文本框中,如图 15.15 所示。

为了能随时回到目录中再次选择别的选项，在每一部分内容的后面，增加一个"返回顶部"的链接。这里把"本章的主要内容"作为顶部，建立锚记，如图 15.16 所示。"返回顶部"链接如图 15.17 所示。

图 15.15 拖动"指向文件"图标到   图 15.16 建立锚记
锚记图标

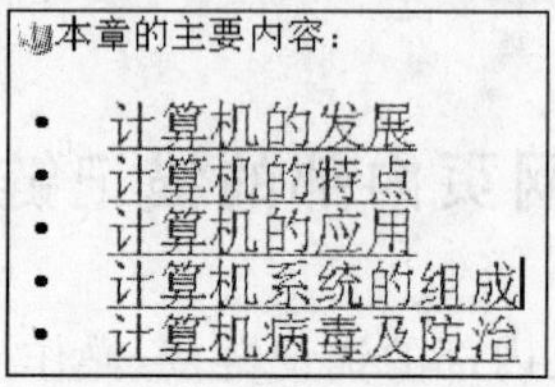

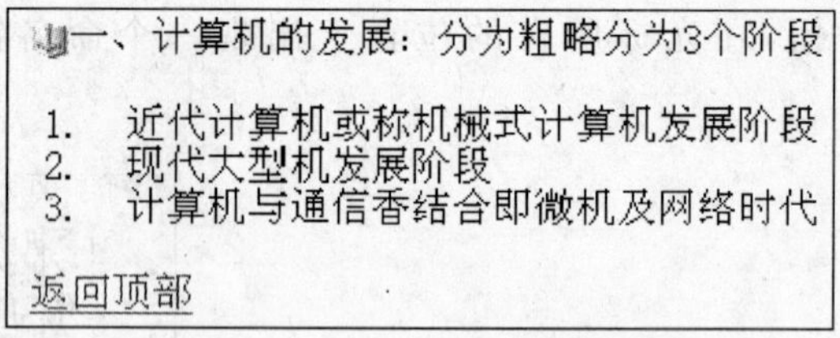

图 15.17 建立"返回顶部"链接

15.3.2 页面之间的锚记链接

建立网页之间的锚记链接，操作步骤如下：

(1) 在被链接的网页中建立锚记，这里以"跳转菜单.htm"为被链接的网页。

(2) 以"超级链接.htm"为建立链接的网页。在打开的网页中选择作为链接的文本，这里选择"网页跳转菜单"，在属性面板上单击"链接"右边文本框后的浏览文件按钮。

(3) 在打开的对话框中找到站点目录下要链接的文件"跳转菜单.htm"，单击文件，然后单击"确定"按钮，文件就会出现在文本框中，如图 15.18 所示。

(4) 在链接文本框中的文件名后添加"#"和命名锚记的名称，这里建立的命名锚记名称为 tz，如图 15.19 所示。

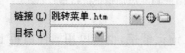

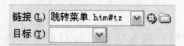

图 15.18 链接目标   图 15.19 修改后的链接目标

15.4　导航条链接

在导航条中常使用导航图作为标记图,这个标记图具有一定的提示作用。导航条链接主要是在网页内部建立链接,经常用于建立网页与主页的链接,即从网页返回到主页的链接。

建立导航条链接的操作步骤如下:

(1) 打开 D:\渊博书屋\Untitled-6.htm 文件,如图 15.20 所示。

图 15.20　Untitled-6.htm 网页

(2) 在网页中插入一个导航图。

(3) 选中插入的导航图,打开属性面板,如图 15.21 所示。

图 15.21　导航条属性面板

(4) 在属性面板中选择"链接"右边的文件夹按钮,打开"选择文件"对话框,如图 15.22 所示。在"选择文件"对话框中选择主页文件 index.htm。

图 15.22 "选择文件"对话框

（5）单击"确定"按钮，导航条链接完成。

15.5 热点链接

在网页制作时，有时不是以一个图片为链接对象，而是以图片中的某个区域作为链接，其余的部分不作为链接，要达到这样的效果就要用到热点链接，把建立链接的区域称为热点。

制作热点链接的操作步骤如下：

（1）建立一个网页文件，保存文件到"D:\渊博书屋"站点目录下，命名为"热点链接.htm"，在文件中插入本地站点"渊博书屋\images"目录下的图片文件"热点链接.jpg"。

（2）选中图片，在属性面板中，选择绘制热点工具的矩形热点工具，如图 15.23 所示。

（3）在要绘制热点的位置上按住鼠标左键并拖动鼠标，绘制出一个热点区域，如图 15.24 所示。

图 15.23 绘制热点工具

（4）在属性面板中的链接文本框中输入要链接的文件地址，这里选择了本地站点中的"计算机世界.htm"网页，在目标选项中选择_blank，如图 15.25 所示。

图 15.24 创建"计算机世界"热点　　　　图 15.25 设置热点的属性

若选择的热点区域是其他形状，可以利用椭圆形热点工具和多边形热点工具，具体的使用这里就不在举例说明，方法同矩形热点工具相同。

15.6 动态数据库链接

15.6.1 "控制面板"网络数据库设置

（1）打开"控制面板"|"管理工具"，如图 15.26 所示。

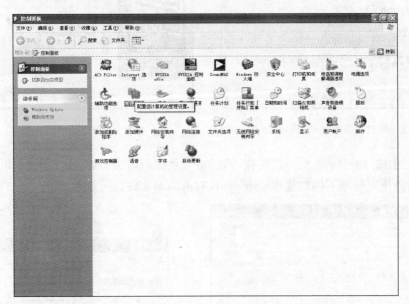

图 15.26 控制面板窗口

（2）打开"数据源（ODBC）"，如图 15.27 所示。

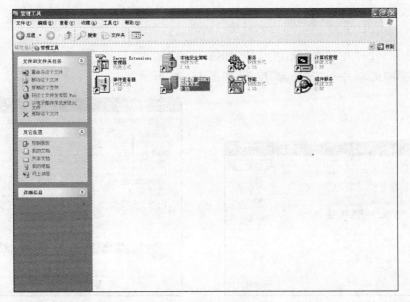

图 15.27 数据源（ODBC）

（3）在 ODBC 数据源管理器中选择 ms access database，单击"添加"按钮，如图 15.28 所示。

（4）在图 15.28 中单击"添加"按钮，如图 15.29 所示。

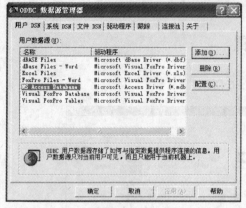

图 15.28　用户数据源 ms access database

图 15.29　创建新数据源

（5）在图 15.29 中单击"完成"按钮，然后输入数据源名为 redsun，如图 15.30 所示。

（6）选择指定目录下的数据库：student，双击阴影文件即可选中，如图 15.31 所示。

图 15.30　新数据源名

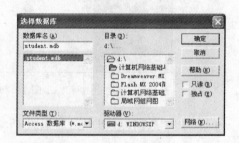

图 15.31　选择数据库

（7）在图 15.31 中单击"确定"按钮，如图 15.32 所示。

（8）在图 15.32 中单击"确定"按钮，如图 15.33 所示。

图 15.32　选定数据库窗口

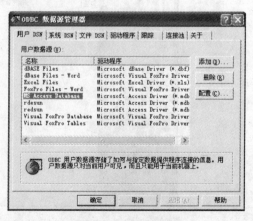

图 15.33　操作结果

在图 15.33 中单击"确定"按钮,结束操作。

15.6.2 建立数据库连接

(1)选择"应用程序"面板组,单击数据库中"＋",选择"数据源名称",如图 15.34 所示。

图 15.34 确定数据源

(2)输入"连接名称"为 redsun,如图 15.35 所示。

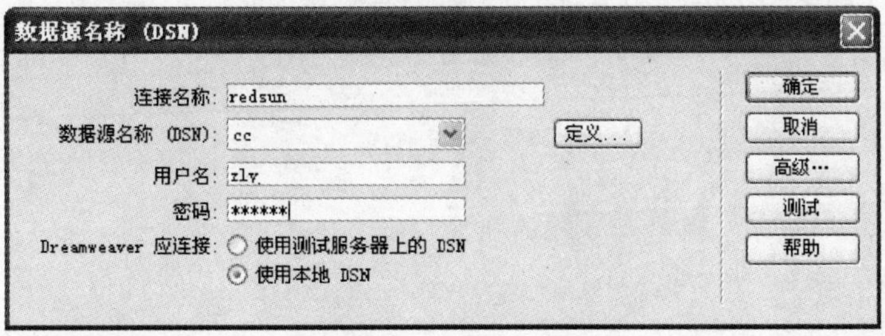

图 15.35 连接数据源

(3)在图 15.35 中单击"确定"按钮,如图 15.36 所示。

至此完成了动态数据库连接,只要在代码窗口中输入适当程序代码,就可以使用动态数据库了。

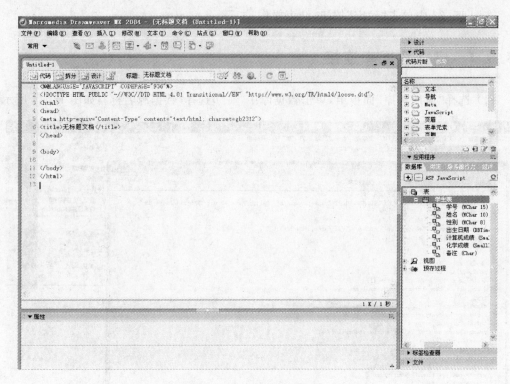

图 15.36　显示代码窗口

表　单

- 表单的基本概念；
- 表单制作的基本步骤；
- 添加表单域、文本域、复选框；
- 添加单选按钮、单选按钮组；
- 添加菜单和列表，插入按钮；
- 制作跳转菜单和搜索引擎。

　　表单是一种非常重要的网页控制方法，因为表单元素可以在网上收集各种信息和反馈信息，所以表单已经成为网页浏览者与网络之间交流信息的常用控制方法。

　　本章主要介绍表单、确定页面布局、添加表单域、添加文本域、添加复选框、添加单选按钮、添加菜单和列表、添加其他表单域、插入按钮、添加图像域、制作跳转菜单、添加搜索引擎等内容。

16.1　关于表单

　　表单包括很多表单元素，作为网站和用户信息交流的方法。在网上申请 E-mail 邮箱或者申请会员及聊天室时都要注册登记，要求填写一些个人信息，如姓名、年龄、联系方式等。填写信息的页面上包括很多表单元素。如果能够输入数据，就应该有文本域、密码域等；如果希望进行选择，就应该有单选框、复选框、下拉菜单、列表等；有时为了传递一些必要的参数，还需要添加一些隐藏的表单元素，如表单域、隐藏域等。

　　以创建一个留言板的表单页面为例，说明制作表单的步骤。

　　要制作这样的表单页面，一般要经过以下两个步骤：

　　(1) 确定网页布局。也就是要用表格规划好表单元素的放置位置。

　　(2) 插入表单元素。表单元素中最重要的就是表单域，它可以用来确定表单中有效数据的范围。从位于表单域之外的表单对象组中提交的数据将会在提交后被自动丢弃掉。另外，在表单域上需要设定处理数据的应用程序的位置以及数据的处理方法等。虽然该元素在网页上是看不见的，但是对于表单的处理却有着决定性的作用。然后就可以在表格的单元格中根据需要插入各种表单元素了。

16.2 确定页面布局

16.2.1 插入表格

首先在 Untitled-6.htm 网页中插入一个 13 行 2 列的表格,利用它来控制各种表单元素和说明文字的位置,操作步骤如下:

(1) 选择菜单命令"插入"|"表格",调出表格设置对话框,如图 16.1 所示。

(2) 在对话框中输入行数、列数、表格宽度等数据。

(3) 单击"确定"按钮,此时的表格如图 16.2 所示。

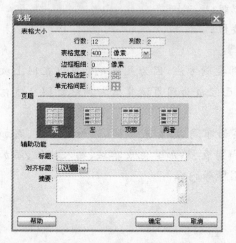

图 16.1 "表格"对话框

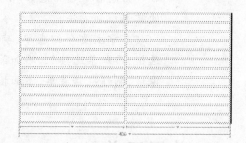

图 16.2 建立的表格

(4) 将光标放入左侧单元格内,设置单元格的宽度为 100 像素。

(5) 选择第 1 行的 2 个单元格,单击"修改"|"表格"|"合并单元格"命令。

(6) 用同样的方法将第 11、12 行的单元格分别进行合并。

(7) 将第 1 行和第 11 行分别加上背景颜色(♯CC9900),此时的表格如图 16.3 所示。

16.2.2 输入文本

在单元格中分别输入文字,此时的页面如图 16.4 所示。

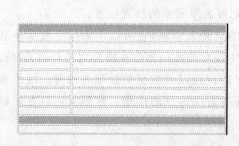

图 16.3 调整宽度、合并单元格加背景颜色的表格

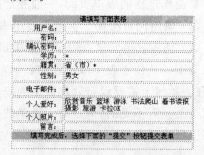

图 16.4 输入文本后的表格

16.3 添加表单域

到目前为止,已经把网页中的版式和文字确定好了。下面需要在表格中添加各种表单元素,这里利用对象面板中的表单对象组插入表单元素。

16.3.1 插入表单域

首先设置首选参数。操作步骤如下:

(1) 选择菜单命令"编辑"|"首选参数",打开"首选参数"对话框,如图 16.5 所示。

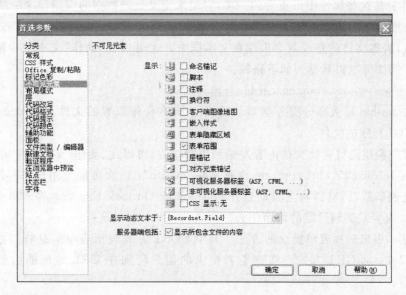

图 16.5 "首选参数"对话框

(2) 在"首选参数"对话框中选择"分类"中的"不可见元素"。

(3) 在"不可见元素"中选择"表单范围"复选框。

(4) 单击"确定"按钮。设置完成后,再插入表单,就可以看见带有红色虚线边框的区域。

切换到表单对象组,如图 16.6 所示。

图 16.6 表单对象组

在表单对象组中单击"表单"按钮,在页面中就会出现一个红色的虚线框,即插入的表单域,如图 16.7 所示。

图 16.7 插入的表单域

16.3.2　修改表单域的属性

单击红框的内部,此时属性面板显示的是表单域的属性,如图16.8所示。

图16.8　表单域的属性面板

属性面板的一些参数设置说明如下:

- 表单名称:用来填入表单的名称,该名称在需要引用表单对象组时才会用到。
- 动作:是这些属性中最重要的一项,它用来定义处理数据的应用程序的路径。

如果处理表单的脚本程序在本地站点中,可以直接单击右侧的"浏览文件"按钮,找到该文件后确认,脚本文件的路径就会出现在文本框中。也可以在"动作"文本框中输入脚本程序的路径。例如可以将其设为如下路径:

http://www.sina.com.cn/cgi-bin/process.cgi

其中的 cgi-bin 是大部分服务器默认的 CGI 脚本程序放置的文件夹,process.cgi 为处理表单的 CGI 程序的文件名。

如果用户希望浏览者提交的内容发送到信箱中去,可以在"动作"文本框中输入:

mailto:feedback@khp.com.cn,也就是在"mailto":后面再加上用户的邮件地址。在浏览者提交表单后,浏览器将会自动打开 Outlook 或 Outlook Express,将表单中的数据整理为 E-mail 内容发送到设定的信箱中去。

- 方法:用来选择表单提交的方法。其中 POST 方式表示表单信息将以数据包的形式提交;而 GET 方式会将浏览者提供的信息附加在 URL 地址的后面提交到服务器。
- 目标:用来设定提交表单后,打开的目标网页将以哪种形式进行显示。其中各选项的含义如下:
  - ➤ _blank:将在未命名的新窗口中打开目标网页。
  - ➤ _parent:将在当前文档窗口的父级窗口中打开目标网页。
  - ➤ _self:将在当前窗口中打开目标网页。
  - ➤ _top:将在顶级窗口内打开目标网页,选择此项可确保目标网页占用整个浏览器窗口,即使表单页面原来位于某个框架中。
- MIME 类型:用来指定对提交给服务器进行处理的数据使用的 MIME 编码类型。默认设置的 application/x-www-form-urlencoded 选项通常与 POST 方法协同使用。

如果要在表单域中添加文件域,最好选择 multipart/form-data 类型。

16.3.3　移动表格

表单元素都必须位于表单域中,将刚才制作的表格移到红线框中,操作方法是,选中表格,按快捷键 Ctrl+X 将它剪切到剪贴板,然后单击红框内部,当属性面板显示表单的属性时表示已经选中了表单,此时再按快捷键 Ctrl+V 将表格粘贴在表单内,如图 16.9 所示。

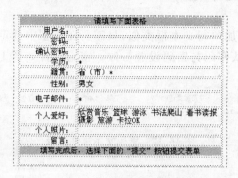

图 16.9　移动后的表格

16.4　添加文本域

16.4.1　添加单行文本框

将光标放在要添加单行文本框的单元格中,然后在表单面板组中单击"文本字段"按钮,此时将在此单元格中出现一个单行的文本框,如图 16.10 所示。

图 16.10　加入的文本框

选定文本框后,就可以在文本属性面板上对文本的属性进行设置了。属性面板如图 16.11 所示。

图 16.11　单行文本属性面板

文本框属性面板的参数设置如下:
- 文本域:在文本域文本框中给文本框命名,命名应注意以下内容:
  - ➢ 最好使用英文或数字,不能包含特殊字符和空格,但可以使用下划线"_"。
  - ➢ 不能和网页中其他对象重名。
  - ➢ 名称最好与输入的内容一致,一目了然,容易记忆。
- 字符宽度:用来设定文本框的宽度,默认状态下约为 24 个字符的长度。
- 最多字符数:为单行文本框内所能填写的最多的字符数。当最多字符数大于字符宽度时,允许输入最多的字符数,但在文本框中只显示字符宽度允许的字符数。
- 初始值:用来设定默认状态下在单行文本框中显示的文字。

16.4.2 添加密码文本框

添加密码文本框与添加单行文本框类似，只需要在类型中选定密码，在初始值设定后在文本框中以"＊"显示，确认密码与密码设置一致。密码设置如图 16.12 所示。

图 16.12 密码文本属性面板

16.4.3 添加文本区域

选中要添加文本区域的单元格，在其中插入一个文本框，选中文本框后在属性面板中将类型选中为"多行"，此时的文本框变为文本区域，如图 16.13 所示。

图 16.13 文本区域

此时属性面板显示的是文本区域的属性，如图 16.14 所示。

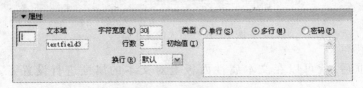

图 16.14 文本区域的属性面板

在文本区域的属性面板中，主要属性的作用如下：
- 字符宽度：用来设定文本区域的宽度，默认值为 20 个字符的宽度。
- 行数：用来设定文本区域的高度，也就是能输入多少行文本，默认高度为两行。
- 换行：当在文本区域中输入的内容超过了右侧边界时，就会涉及换行的问题，以下是文本区域中换行的几种方式：
  - 默认：当内容超过了右边界时，填写内容是否自动换行由浏览器决定，在 IE 浏览器中是自动换行的。如果浏览者在输入内容时按下键盘上的 Enter 键，可以让文本强制换行。
  - 关：选中该项后内容将不会自动换行，此时水平方向上会出现滚动条。浏览者可以通过 Enter 键强制换行。
  - 虚拟：选中此项后，如果内容超过了右边界将会自动折行；如果内容超过了下方边界，在垂直方向上也会出现滚动条。但在提交数据时，数据中包含的文本不含有换行信息。

> 实体：选中此项后，如果内容超过了右边界将会自动折行，而且在提交数据时，数据中包含的文本不含有换行信息。

• 初始值：可以填写文本区域的初始文本内容。

下面在图 16.9 的基础上制作单行、密码、多行的表单域，操作步骤如下：

（1）将光标放在"用户名"后的单元格中，单击表单对象组中的"文本字段"按钮，在文本属性面板中选中类型为"单行"，并设置字符宽度、最多字符数等参数。

（2）将光标放到"密码"后的单元格中，单击表单对象组中的"文本字段"按钮，在文本属性面板中选中类型为"密码"，并设置字符宽度、最多字符数和初始值等参数。

（3）确认密码的设置。

（4）将光标放在"电子邮件"后的单元格中，单击表单对象组中的"文本字段"按钮，在文本"属性"面板中选中类型为"单行"，并设置字符宽度、最多字符数等参数。

（5）将光标放在"留言"后的单元格中，单击表单对象组中的"文本字段"按钮，在文本属性面板中选中类型为"多行"，并设置字符宽度、最多字符数等参数。

通过以上设置后，显示文本域的页面，如图 16.15 所示。

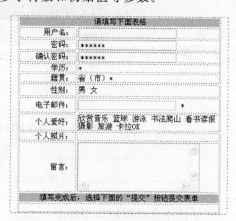

图 16.15　设置完文本域的页面

16.5　添加复选框

复选框允许浏览者同时选择多个选项，每个人的爱好是不同的，因此设定复选框允许用户根据自己的情况选择其中的一项或多项。将光标放在要添加复选框的位置，然后单击表单对象组中的复选框按钮，一个复选框就出现在编辑窗口，选中复选框，属性面板中显示的就是复选框的属性，可以对复选框进行设置，如图 16.16 所示。

图 16.16　复选框属性面板

16.6　添加单选按钮和单选按钮组

单选按钮一般用在从多个选项中只能选择其中一项的情况。将光标放在要添加单选按钮的位置，然后在表单对象组中单击"单选按钮"按钮，此时，单选按钮就会出现在编辑窗口中，选中该单选按钮，然后在属性面板上修改其属性，如图 16.17 所示。

图 16.17　单选按钮属性面板

除了逐个添加单选按钮外,还可以通过插入"单选按钮组"的方式插入一组单选按钮,这样可以减少插入单选按钮的错误。

将光标置于要插入单选按钮组的位置,然后单击表单对象组中的"单选按钮组"按钮,此时,将打开"单选按钮组"对话框,如图 16.18 所示。

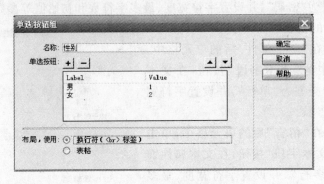

图 16.18　"单选按钮组"对话框

对话框中各选项的作用如下:

- 名称:在该文本框中可以输入单选按钮组的名称,插入单选按钮组的好处是,同一组单选按钮都有统一的名称。
- Label(标签):单击 Label 列中的文字,当文字变为可修改状态时可以输入新的内容。Label 列实际上设定的是单选按钮旁边的说明文字,因此可以使用中文。
- Value(值):单击 Value 列中的文字,可以填入需要的值。该列设定的是选中单选按钮后提交的内容,只能使用英文、数字以及"_"。
- 添加/删除项目:单击对话框中的"+"按钮可以添加新的单选按钮项目;选中单选按钮项目后,单击"−"号按钮,可以删除单选按钮项目。
- 移动项目:选中单选按钮项目后,单击向上箭头按钮;可以将项目上移;单击向下箭头按钮,可以将项目下移。
- 布局,使用:在对话框底部可以选择是使用"换行符"排版,还是使用"表格"排版。

图 16.19　单选按钮组

最后单击对话框中的"确定"按钮,就会在光标所在的位置上出现一组单选按钮组,如图 16.19 所示。

16.7　添加菜单和列表

有时要显示的选项很多,如果都用单选按钮列出页面,会显得杂乱,例如"省份"就有几十个,"学历"都有很多项,为了节省空间,使页面整洁,可以使用菜单或列表的形式。

菜单和列表的最大区别是,菜单默认只显示一行,而列表可以显示多行。

将光标放在要添加菜单的单元格中,在表单对象组中单击 "列表/菜单"按钮,此时在编辑窗口中就会出现一个菜单框,如 图 16.20 所示。

图 16.20 插入的菜单框

选中菜单框,就可以在属性面板中设定其各项属性了,如图 16.21 所示。

图 16.21 菜单的属性面板

其中各项属性的作用如下:

- 列表/菜单:在该文本框中可以输入当前菜单的名称,该名称最好和菜单的内容 相关。
- 类型:选择"菜单"还是"列表"。列表还有多个选项显示,如果选项超过了列表高 度,就会自动出现滚动条,浏览者可以拖动滚动条查看各个选项;而菜单正常情况 下只能看到一个选项,单击右侧的展开按钮才能看到全部选项。列表如图 16.22 所示。

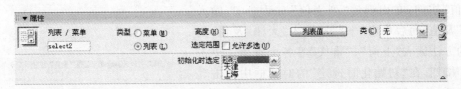

图 16.22 列表的属性面板

- 列表值:单击该按钮,打开"列表值"对话框,如图 16.23 所示。单击对话框中的"+" 按钮可以添加新项目,然后单击"项目标签"列就可以输入标签的内容了,这里设定 的内容将会显示在菜单的列表中。单击"值"列可以输入列表项对应的数值。在"项 目标签"中输入内容和在"值"列中输入值后,如图 16.24 所示。在列表中选中项目 后,单击"-"号按钮可以删除项目,在列表中选中项目后,单击对话框中的向上箭头 按钮,可以将项目位置上移:单击向下箭头按钮,可以将项目下移。

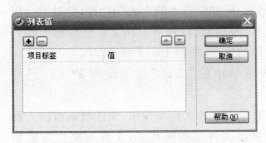

图 16.23 "列表值"对话框

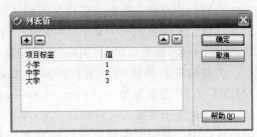

图 16.24 输入内容后的对话框

- 初始化时选定：选定的项目为菜单或列表中显示的项目。

下面在图 16.15 的基础上制作复选框、单选按钮和菜单/列表,操作步骤如下:

(1) 将光标放在"个人爱好"的每一项前面,如"欣赏音乐"、"篮球"等项的前面,单击表单对象组中的"复选框"按钮,此时一个复选框就会出现在编辑窗口中,依次将每个项目前都按此方法插入"复选框"。

(2) 将光标放在"性别"的单元格的文字"男"的前面,然后在表单对象组中单击"单选按钮"按钮,此时单选按钮就会出现在编辑窗口中,然后可以在单选按钮的属性面板中进行设置,用同样方法在"女"字前加入单选按钮。

(3) 将光标放在"学历"后的单元格中,然后在表单对象组中单击"列表/菜单"按钮,此时在编辑窗口中出现一个菜单框,在属性面板中选择类型为"菜单",单击"列表值"按钮,在出现的"列表值"对话框中,输入"小学",而后单击"＋"号,再输入"中学",用同样的方法输入"大学"等项目标签及值。单击"确定"按钮。在"初始化时选定"的对话框中单击其中的一项,作为默认显示的内容。

(4) 将光标放在"籍贯"后的单元格中,然后在表单对象组中单击"列表/菜单"按钮,此时在编辑窗口中出现一个列表框,在属性面板中选择类型为"列表",在列表框的属性面板中设定"高度"为 1,单击"列表值"按钮,在出现的"列表值"对话框中,输入"北京"及值,而后单击"＋"号,输入"天津"及值,用同样的方法输入"上海"、"重庆"等各个省市。单击"确定"按钮,在"初始化时选定"的对话框中单击其中的一项,作为默认显示的内容。

图 16.25 制作完复选框、单选、菜单/列表的页面

以上制作完成后,如图 16.25 所示。

16.8 添加其他表单域

16.8.1 添加文件域

在网页中有时需要将文件提交到网站服务器上,例如浏览者的个人照片等,此时就会用到文件域。文件域是一个文本框再加上一个"浏览"按钮,浏览者可以在文本框中输入要上传的图片路径,也可以单击"浏览"按钮找到要上传的文件,如图 16.26 所示。

文件域对表单域的设定有特殊的要求,表单域中的"方法"必须设为 POST,另外"MIME 类型"要设置为"multipart/form-data"。

将光标置于要插入文件域的位置,单击表单对象组中的文件域按钮,文件域就被插入到编辑窗口中。选中文件域就可以在属性面板中修改文件域的属性了,文件域属性面板如图 16.27 所示。

图 16.26 文件域　　　　　　　　图 16.27 文件域的属性面板

文件域的属性设置如下：

- 文件域名称：用来填写文件域的名称。
- 字符宽度：用来设定文件域文本框的宽度，单位是字符。
- 最多字符数：用来设定文件域文本框中所能添加的最多字符数。

16.8.2　添加隐藏域

　　在网页之间传递参数，不希望浏览者看见，此时可以使用隐藏域。当浏览者在提交表单时，隐藏域中包含的信息也会被发送到表单域指定的目标程序中，这样程序就可以接收到表单页面中的一些参数。

　　隐藏域可以放在表单内的任何位置上。将光标放在需要插入隐藏域的表单中，在表单对象组中单击"隐藏域"按钮，隐藏域就会出现在编辑窗口中。选中插入的隐藏域，在属性面板上可以查看其属性，如图 16.28 所示。

图 16.28 隐藏域的属性面板

16.9　插入按钮

　　表单中的按钮可以用来提交或重置表单，也可以用来触发特定的事件。

　　将光标放在要插入按钮的位置上，然后在表单对象组中单击"提交"按钮，此时提交按钮就会出现在编辑窗口中，如图 16.29 所示。选中该按钮，按钮的属性如图 16.30 所示。

图 16.29 插入的按钮

图 16.30 按钮属性面板

下面介绍按钮的属性设置。

- 按钮名称：用来给按钮命名。
- 动作：用来选择单击按钮时将会触发的动作。其中：
  ➢ 提交表单：用来将按钮设为提交按钮。当单击该按钮时，就会将表单中的内容提交给表单目标程序。

> 重设表单：用来将按钮设为重置按钮。当单击该按钮时,就会清除用户填写的所有表单内容。
> 无：用来将按钮设为普通按钮,在该按钮上可以自定义触发的动作。当单击该按钮时,就可以触发该动作。

* 标签：用来设定按钮上的文字。

下面在图16.25的基础上制作动作按钮,操作步骤如下：

(1) 将光标放在要插入按钮的单元格中,单击表单对象组中"按钮"按钮,此按钮出现在编辑窗口,选择单元格"属性"中的对齐方式"居中"。

(2) 单击编辑窗口中的按钮,在按钮"属性"的设置中保持默认值,不做任何改动。

(3) 用同样的方法,在单元格中插入一个按钮,选择动作为"重设表单"。

制作完毕,如图16.31所示。

制作完成后,按快捷键F12浏览网页,填写信息后,单击"提交"按钮,由于前面给表单设定的"动作"是一个邮件地址,此时就会打开一个对话框,询问是否以电子邮件的形式提交,如图16.32所示。

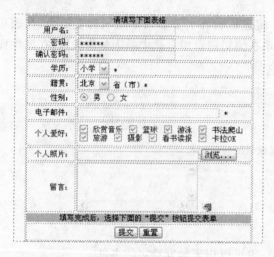

图 16.31　添加"提交"和"重置"按钮

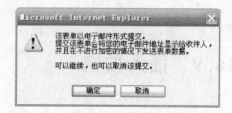

图 16.32　提示框

单击"确定"按钮后,浏览器会将提交的信息发送到表单的"动作"属性中定义的邮箱内。如果进入设定的电子邮箱,就会在收件箱中收到一封邮件,该邮件中的内容就是表单提交的数据。

16.10　添加图像域

普通的提交按钮看起来并不美观,用户可以用图像域来替换它。将光标放在要插入图像提交按钮的位置上,然后在表单对象组中单击"图像域"按钮,在打开的"选择图像源文件"对话框中找到要插入的图像,如图16.33所示。

单击"确定"按钮后,图像域就会出现在网页编辑窗口中。选中该图像域,在属性面板上

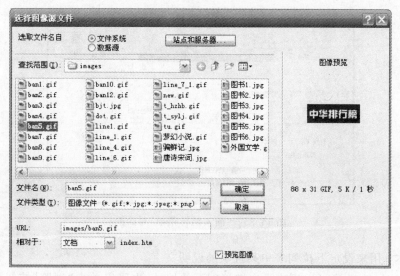

图 16.33　选择作为图像域的文件

显示的是图像域的属性，如图 16.34 所示。
- 图像区域：用来设定图像域的名称。
- 宽和高：用来设定图像域的宽度和高度，单位为像素。
- 源文件：为图像所在的路径。
- 替代：为图像的替换文字。当图像没有被下载之前，图像所在的位置会显示替换文字；如果图像下载完成，当鼠标放在图像上方时，也会显示替换文字。
- 对齐：用来设置图像与文字的相对对齐方式。

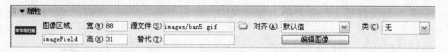

图 16.34　图像域的属性设置

16.11　制作跳转菜单

在跳转菜单中添加很多的友情链接，使用起来比较方便。浏览者单击下拉按钮展开下拉列表，在其中单击某一个选项，就可以打开该选项对应的 URL 地址。

16.11.1　插入跳转菜单

新建文件，然后单击表单对象组中的"跳转菜单"按钮，此时就会打开一个"插入跳转菜单"对话框，如图 16.35 所示。

对话框中各选项的含义如下：
- 菜单项：显示该跳转菜单中将会出现的各个选项。当增加、删除、修改各选项时，菜单项中的内容都会发生相应的改变。

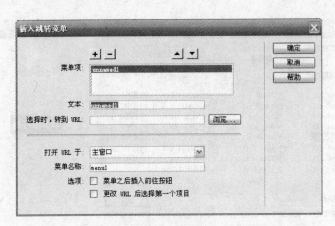

图 16.35 "插入跳转菜单"对话框

- 文本：用来设定下拉列表中某选项的说明文字。
- 选择时，转到 URL：用来设定链接网页的地址，也可以单击"浏览"按钮找到要链接的网页。
- 打开 URL 于：用来设定打开链接的窗口。
- 菜单名称：用来设定跳转菜单的名字。
- 选项：当选中"菜单之后插入前往按钮"复选框后，将在菜单的旁边添加一个"前往"按钮，此时只有当访问者单击了该按钮后，浏览器才会访问该地址。当选中"更改 URL 后选择第一个项目"复选框后，可以在找不到链接的 URL 地址时，自动打开菜单中第一个项目对应的 URL 地址。

下面制作一个跳转菜单，操作步骤如下：

(1) 新建一个文件后，单击表单对象组中的"跳转菜单"按钮，此时出现"插入跳转菜单"对话框。

(2) 在"文本"对话框中输入"搜狐"，"菜单项"的内容自动变为"搜狐"。

(3) 在"选择时，转到 URL"对话框中输入"http://www.sohu.com"。

(4) 单击对话框上面的"＋"号按钮，再添加另一个选项，并对参数进行设置。设置完参数如图 16.36 所示。

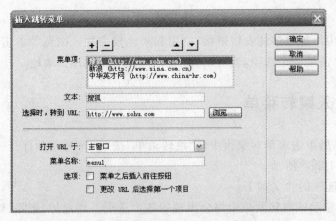

图 16.36 "插入跳转菜单"对话框设置的界面

（5）单击"确定"按钮，跳转菜单就出现在编辑窗口中了。

制作好的跳转菜单如图 16.37 所示。

图 16.37　跳转菜单

16.11.2　修改跳转菜单

选中插入的跳转菜单，属性面板就会变成如图 16.38 所示。

图 16.38　跳转菜单的属性面板

单击属性面板上的"列表值"按钮，将打开"列表值"对话框，如图 16.39 所示。此时就可以和修改菜单一样去修改表单中的各个选项了。修改完毕后单击"确定"按钮，修改的设置就会应用到已有的跳转菜单上。

保存文档并在浏览器中打开，效果如图 16.40 所示。展开菜单并单击其中的某个选项，就可以跳转到插入跳转菜单对话框中设定的网址上。

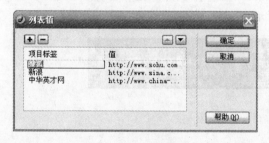

图 16.39　"列表值"对话框　　　　　　　　图 16.40　在浏览器中的效果

16.11.3　添加 JavaScript 脚本

使用跳转菜单会遇到这样一个问题，就是在单击某个选项跳转到一个新的网页时，窗口中原来的网页将被新的网页替换，不再存在。如果希望还保留着原来的网页，就要手动添加 JavaScript 脚本。

下面制作添加 JavaScript 脚本，操作步骤如下：

（1）新建一个网页文档，单击表单对象组中的"列表/菜单"按钮，出现对话框如图 16.41 所示，在出现的对话框中单击"是"按钮后，编辑区中出现了一个菜单，如图 16.42 所示。

（2）选中该菜单后，单击属性面板上的"列表值"按钮，在打开的"列表值"对话框中，设定第 1 项的"项目标签"为"---友情链接---"，"值"设为空。

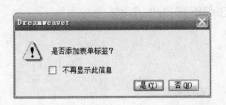

图 16.41　询问是否加入标签

图 16.42　加入的菜单

（3）单击"＋"按钮，并在添加的选项的"项目标签"列中输入各求职网站的名称，在右侧的"值"列中输入该网站的网址，具体的内容如图 16.43 所示。

（4）单击"确定"按钮返回编辑窗口，在属性面板中选择"初始化时选定"项为"---友情链接---"，把它作为默认显示项，如图 16.44 所示。

图　16.43　列表框对话框内容

图 16.44　设置默认选项

（5）要实现单击选项跳转，还必须添加 JavaScript 脚本。选中菜单并切换到代码视图，此时菜单的代码反白显示，如图 16.45 所示。

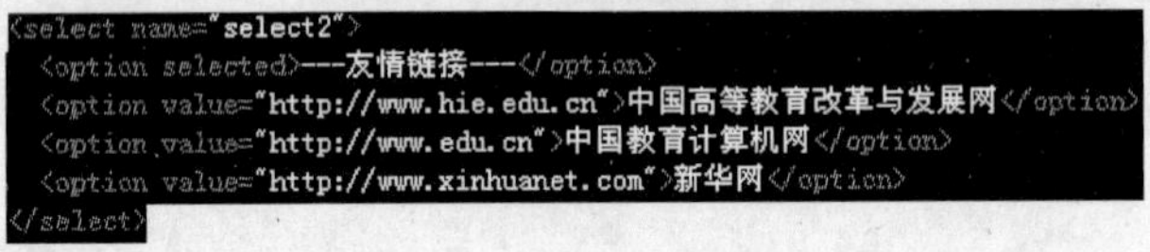

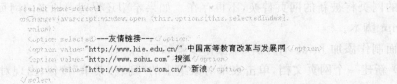

图 16.45　菜单的代码

（6）在＜select name＝"select2"代码后添加一个 onChange 语句，将它变为：

```
< select name = select2
    onChange = javascript: window. open(this. options[this. selectedlndex].
    value)>
```

修改后的代码如图 16.46 所示。

图 16.46　修改后的代码

用同样的方法,可以添加其他跳转菜单。

16.12　添加搜索引擎

在文本框中输入关键字并选择搜索的类型后,单击"搜索"按钮浏览器中就会列出符合条件的记录。这样的搜索引擎实际上是在调用网站提供的搜索程序,像新浪、搜狐等都有这样的程序供个人站点使用,下面练习用新浪网提供的搜索引擎制作一个搜索表单。

16.12.1　插入表单对象组

操作步骤如下:

（1）建立一个网页,用表单对象组中的"表单"按钮插入一个表单域,然后将光标定位在红框内,用常用对象中的"表格"按钮插入一个 3 行 1 列的表格,宽度为 150 像素,如图 16.47 所示。

图 16.47　添加表单域和表格

（2）在第 1 单元格中插入图片（文件路径为站点目录"D：\渊博书屋\images\search. gif"）,然后单击表单对象组中的"文本字段"按钮,在第 2 个单元格内增加一个单行文本框,选中单行文本框,在属性面板上设置其各项属性,在文本框中的名字必须为"_searchkey",这是由新浪网的搜索程序确定的,如图 16.48 所示。

图 16.48　设置单行文本框属性

（3）在第 3 个单元格中增加一个菜单和一个按钮,并设置按钮的属性如图 16.49 所示。此时整个表单的效果如图 16.50 所示。

图 16.49　设置按钮的属性

图 16.50　添加完后的表单

16.12.2　修改菜单属性

操作步骤如下:

（1）选中菜单框,单击"列表值"按钮,在打开的"列表值"对话框中编辑列表框中的内容,各选项中的内容和值如图 16.51 所示。

（2）单击"确定"按钮关闭"列表值"对话框,然后在属性面板上将"搜索引擎"设成默认选项,将菜单名称设为"_ss",如图 16.52 所示。

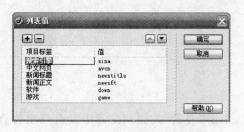

图 16.51 设定好的列表值

图 16.52 设置属性面板

16.12.3 设定表单属性

操作步骤如下：

（1）将光标移到表单的红框上单击，在属性面板的"动作"文本框中输入搜索引擎的 URL，这里输入"http：//search. Sina. com. cn/cgi-bin/search/search. cgi"，并设置提交表单的方法为 GET，如图 16.53 所示。

图 16.53 设置表单动作和方法

（2）保存网页并按 F12 键打开浏览器，在文本框中输入关键词"电影"，在下拉列表中选择"中文网页"，然后单击"搜索"按钮，如图 16.54 所示。

（3）此时网页将调用新浪的搜索引擎开始搜索。

完成后的结果如图 16.55 所示。

图 16.54 在浏览器中搜索页面

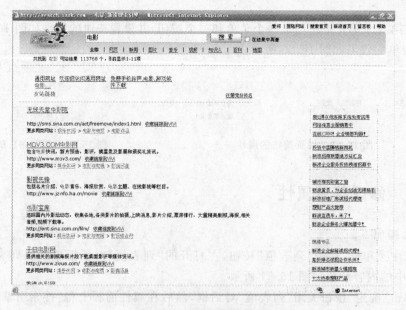

图 16.55 搜索结果页面

第17章

行为与多媒体技术应用

本章学习要点

- 行为的基本概念；
- 行为的应用；
- 利用行为制作网页特效；
- 插入 Flash 对象；
- 添加背景音乐；
- 插入视频文件。

在网页中会常常出现一些动态效果，这些效果在 Dreamweaver MX 2004 中通过行为可以实现。行为给用户提供了友好的操作界面，制作者无须书写任何代码就可以实现很复杂的动态特效。

17.1　行为的基本概念

行为是事件和动作的组合，行为允许访问者改变网页内容和执行特定任务，如插入视频、音频、动画等。

行为由三个部分组成：对象、事件和动作。

对象是行为的主体，在网页元素中图像、文本、按钮等都可以成为对象。

事件是触发动态效果的条件，就对象而言，事件就是发生在该对象上的事情，如用鼠标单击一个搜索按钮，这个按钮就是对象，单击就是事件。

动作是最终产生的动态效果，也就是作用在对象上面的事件得到的什么结果，在网页中通过对网页中的对象作用不同的事件，可以使浏览器完成不同的功能。

不同版本的浏览器支持的事件不同，高版本的浏览器可以支持更多的事件。表 17.1 列出了一些 Dreamweaver MX 2004 中经常使用的事件。

表 17.1　在 Dreamweaver MX 2004 中经常使用的事件

事 件 名 称	事 件 的 含 义
onBlur	当浏览者不再对对象进行互动操作时，例如浏览者在文字域内部单击鼠标后，在文字域外部再单击鼠标
onChange	当浏览者改变页面元素的取值时，例如浏览者在表单的菜单中取值，或者改变了文字域中的填写项目
onClick	当浏览者单击页面元素时，页面元素可以是链接文字、图像、图像地图等
onDblClick	当浏览者双击页面元素时

续表

事 件 名 称	事件的含义
onError	当网页下载过程中出现错误时
onFocus	当浏览者对网页的对象进行操作时，例如在表单的文本域中单击鼠标
onKeyDown	当浏览者按键盘上的任意键时
onKeyPress	当浏览者按键盘又松开后
onKeyUp	当浏览者松开按的键盘后
onLoad	当网页或者图像的下载完成后
onMouseDown	当浏览者按下鼠标时
onMouseMove	当浏览者的鼠标在特定对象(如图像)上方移动时
onMouseOut	当浏览者的鼠标移出特定的对象时
onMouseOver	当浏览者的鼠标移到对象上方时
onMouseUp	当按下的按钮被松开时
onReset	当按下表单中的 Reset 键，恢复表单到初始状态时
onScroll	当浏览者拖动网页的滚动条时
onSubmit	当浏览者提交表单时
onUnload	当浏览者离开当前网页时
onSelect	当浏览者选中表单文本域中的文字时

在创建行为时，首先选中对象，在该对象上添加动作，最后修改触发动作的事件。

17.2　创建弹出信息框

在浏览网页时常常会自动弹出一个信息框给浏览者一个提示，当浏览者单击"确定"按钮后，会出现一个结果，也有可能会出现另外一个信息框，这些对话框都是通过"行为"面板中的设置实现的。

下面制作一个弹出的信息框，操作步骤如下：

(1) 新建一个网页文件，选择菜单命令"窗口"|"行为"，打开"行为"面板。在"行为"面板上单击"添加行为"按钮，如图 17.1 所示。

(2) 在弹出的菜单中选择"弹出信息"命令，如图 17.2 所示。

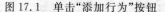

图 17.1　单击"添加行为"按钮　　　　　图 17.2　选择"弹出信息"命令

(3) 此时打开一个弹出信息对话框，输入文字，如图 17.3 所示。

(4) 单击"确定"按钮，在"行为"面板出现新创建的行为，如图 17.4 所示。"行为"面板左侧的 onLoad 是一个触发事件，在 onLoad 处单击可以出现下拉列表，供制作者选择不同的事件，如图 17.5 所示。右侧的"弹出信息"表示在触发事件时将产生的动作。

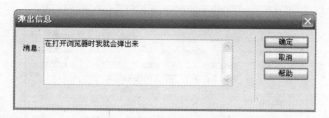

图 17.3　"弹出信息"对话框

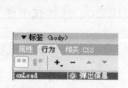　

图 17.4　创建的行为　　　图 17.5　事件的下拉列表

17.3　弹出浏览器窗口

在打开网页进行浏览时常常遇到这样的情况,打开一个网页的时候,也随之打开了许多窗口,在窗口中往往显示一些广告,使浏览者没有特意去看广告而从弹出的多个窗口中浏览了广告。

下面制作弹出浏览器窗口,操作步骤如下:

(1)新建一个网页文件,在"行为"面板上单击"添加行为"按钮,在弹出的菜单中选择"打开浏览器窗口",此时打开了一个"打开浏览器窗口"的对话框,如图 17.6 所示。

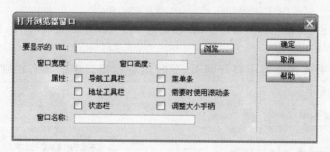

图 17.6　"打开浏览器窗口"对话框

(2)单击"浏览"按钮,打开选择文件的对话框找到要同时显示的网页文件,这里打开 D:\渊博书屋下的文件"外国文学.htm"。

(3)设置窗口的高度和宽度,这里设置宽度为 500 像素,高度为 400 像素及其他参数。

(4)有时为了在窗口中把内容多的网页显示全,可以在打开浏览器窗口的对话框中将复选框"需要时使用滚动条"选中。其他复选框根据用户需要进行选择,如图 17.7 所示。

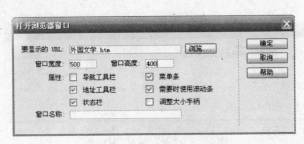

图 17.7 设置"打开浏览器窗口"

(5) 在默认的情况下,"行为"面板中的事件列表内容比较少,用户可以修改事件,单击 "添加行为"按钮,在弹出的菜单中选择"显示事件"|IE5.0。这样在事件列表中就增加了更多的事件。

17.4 设置状态栏

状态栏的设置是在窗口中的状态栏显示的文字,可以通过 onLoad 事件来实现。

操作步骤如下:

(1) 新建一个网页文件,将光标放在编辑窗口,在"行为"面板中单击"添加行为"按钮, 在弹出的菜单中选择"设置文本"|"设置状态栏文本"命令,在打开的"设置状态栏"中输入要在状态栏中显示的文本,如图 17.8 所示。

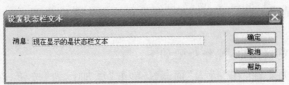

图 17.8 "设置状态栏文本"对话框

(2) 单击"确定"按钮,则在"行为"面板上出现一个刚建立的行为,修改触发事件为 onLoad,如图 17.9 所示。

(3) 保存文件并在浏览器中打开网页,此时浏览器窗口中的状态栏则显示设置的文本内容,如图 17.10 所示。

图 17.9 "设置状态栏文本"行为

图 17.10 浏览器显示的状态栏

17.5 插入 Flash 对象

为了增加网页的观赏性,使网页的界面新颖,网页的制作者经常在网页中插入多媒体对象,如动画、音频、视频等。

17.5.1　插入 Flash 动画

Flash 动画文件小，形式新颖，在网页中使用方便，使网页生动活泼，更加吸引人。

在网页中插入 Flash 动画，操作步骤如下：

(1) 在网页中将光标放在需要插入动画的位置上，单击常用对象组中的 Flash 按钮，打开一个"选择文件"的对话框，如图 17.11 所示。

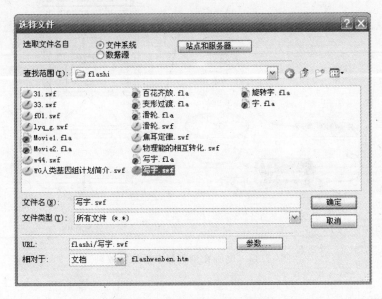

图 17.11　"选择文件"对话框

(2) 选中要插入的文件，单击"确定"按钮，在网页中显示一个灰色的方框，中间有一个 Flash 标志，如图 17.12 所示。

图 17.12　插入的 Flash 动画

(3) 选中灰色框，在属性面板中设置它的高度和宽度，以及一些参数，如图 17.13 所示。查看播放效果可以单击属性面板中的"播放"按钮。

图 17.13　Flash 文件的属性面板

（4）保存文件，在浏览器中打开网页可以看到动画效果，如图 17.14 所示。

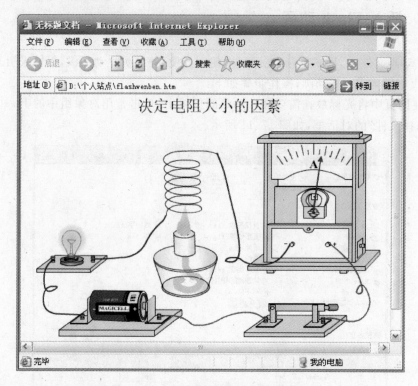

图 17.14　动画在浏览器中播放的效果

17.5.2　插入 Flash 文字

在 Dreamweaver MX 2004 中制作一个具有 Flash 动画效果的文字，从而增加网页的美观和活泼性。

制作一个 Flash 文字，操作步骤如下：

（1）将光标放在网页中要插入 Flash 文字的位置，在常用对象组单击"媒体"按钮旁的下拉列表，从中选择"Flash 文本"，如图 17.15 所示。

（2）在打开的"插入 Flash 文本"对话框中输入制作 Flash 文字效果的文本，及对字体、字号等进行设置。

图 17.15　插入 Flash 文本

（3）设置文字颜色有两种，对话框中的"颜色"是指正常状态下文本的颜色，而"转滚颜色"是设定当鼠标移到 Flash 文字上时的颜色。

（4）如果要想给 Flash 文字添加链接，在"链接"文本框中添加链接，添加的链接可以是内部链接，也可以是外部链接。如果链接的网页希望在新的窗口打开，在"目标"中选择"_blank"。

（5）在"背景色"中设置 Flash 文本的背景色，如图 17.16 所示。

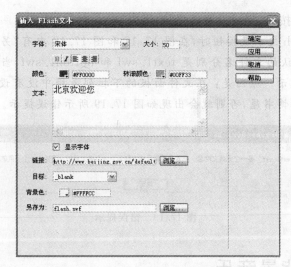

图 17.16　"插入 Flash 文本"对话框

17.5.3　插入 Flash 按钮

Dreamweaver MX 2004 可以制作 Flash 按钮,具体的方法与插入 Flash 文字差不多。

制作 Flash 按钮的操作步骤如下:

(1) 将光标放在网页中要插入 Flash 按钮的位置,在常用对象组中,单击"媒体"按钮旁的下拉列表,从中选择"Flash 按钮",如图 17.17 所示。

(2) 在打开的"插入 Flash 按钮"对话框中的样式中选择自己喜欢的样式,输入文本上的文字内容及对字体、字号等进行设置。

图 17.17　选择"Flash 按钮"

(3) 在"背景色"中设置 Flash 按钮的背景色。

(4) 如果要想给 Flash 按钮加链接,在"链接"文本框中添加链接,如果链接的网页希望在新的窗口打开,在"目标"中选择"_blank",如图 17.18 所示。

图 17.18　"插入 Flash 按钮"对话框

（5）单击"确定"按钮，完成设置，回到编辑窗口。

注意：插入 Flash 文本及按钮时，在图 17.17 和图 17.18 中有"另存为"选项，在"另存为"右边文本框中默认的文件名分别是 text1.swf 和 button1.swf，当单击"确定"按钮时，"另存为"出现错误提示。原因是：在文件面板的下拉列表框中没有设置当前站点，必须设置当前站点，例如，渊博书屋，否则就会出现如图 17.19 所示错误提示。

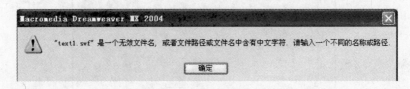

图 17.19　错误提示

17.6　添加背景音乐

为了使用户在浏览网页时听到与网页内容相符的音乐，欣赏一些音乐，在网页制作时可以添加上背景音乐，添加背景音乐可以使用代码。

添加背景音乐的操作步骤如下：

（1）新建一个网页文件，命名为背景音乐.htm，保存在 D:\渊博书屋站点下，一定要与插入的音乐放在同一个目录下。

（2）将网页切换到代码窗口，在＜body＞和＜/body＞之间添加＜embed＞标记，如图 17.20 所示。保存文件并在浏览器中打开，在窗口中会出现一个播放器，可以用来控制音乐的播放和停止，如图 17.21 所示。

　　图 17.20　插入的代码　　　　　　　　　　图 17.21　播放控制器

（3）如果想得到一些特殊效果，需要加入另外一些代码，如图 17.22 所示。

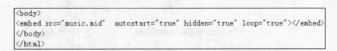

图 17.22　增加修改后的代码

其中：

- autostart 可以控制音乐是否在打开网页时自动播放，后面的值 true 表示自动播放，flase 表示不自动播放。
- hidden 表示是否将播放器在网页中隐藏，值也是取 true 或 flase。
- loop 表示是否让音乐不停地循环播放，如果让它循环一定次数，可以设置为一个整数。

17.7 插入 Real 视频

在 Dreamweaver MX 2004 中也可以插入多种视频文件。在网页中播放视频文件增加了动感效果,是网络用户喜闻乐见的一种效果。这里只介绍其中的 2 种。一种是扩展名为 .rm 的视频文件,就是需要用 RealPlayer 播放软件支持的视频文件。另外一种是扩展名为 .mov 的视频文件,在下节做介绍。

在 Dreamweaver MX 2004 中插入 Real 视频,操作步骤如下:

(1) 建立一个网页文件,将文件保存在站点的根目录下,命名为 rm.htm。

(2) 在常用对象组中,单击 Flash 按钮右侧的下拉列表,在打开的"媒体"下拉列表中选择 ActiveX,如图 17.23 所示。添加的控件如图 17.24 所示。

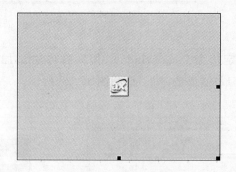

图 17.23 选择 ActiveX　　　　　图 17.24 添加的控件

(3) 选中该控件,在属性面板中进行设置,属性面板如图 17.25 所示。

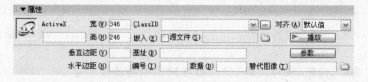

图 17.25 Active 控件的属性面板

在 ClassID 选项的下拉列表中选择 RealPlayer/clsid：CFCDAA03-8BE4-11cf-B84B0020aFBBCCFA,然后选中"源文件"复选框,并单击后面的浏览按钮,在打开的"选择 Netscape 插件文件"对话框中,选择 D:\渊博书屋下的 final.rm 文件,在文件类型中要选择"所有文件",如图 17.26 所示。

(4) 单击"确定"按钮,保存文件。在浏览器中打开网页,出现一个 RealPlayer 控件,如图 17.27 所示。

(5) 单击属性面板中的"参数"按钮,打开一个"参数"对话框,在参数项下输入 src,其值是视频文件的路径。

在"参数"对话框中直接输入文件名为 final.rm,单击对话框中的"+"按钮,添加参数

图 17.26 "选择 Netscape 插件文件"对话框

controls,设定值为 imagewindow,用同样方法添加参数 autostart 和 loop,它们的值都为 true,设置完成的"参数"对话框如图 17.28 所示。

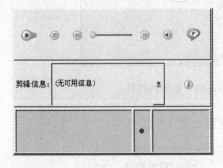

图 17.27 出现在浏览器中的控件

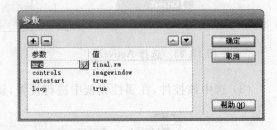

图 17.28 "参数"对话框

（6）单击"确定"按钮,保存文件,就可以在网页中播放视频了。

17.8 插入 QuickTime 电影

在 Dreamweaver MX 2004 中可以插入的另一种扩展名为 .mov 的视频,该视频需要 QuickTime 插件来支持。

插入 QuickTime 电影的操作步骤如下：

（1）新建一个网页文件,保存在 D:\渊博书屋站点目录下,将视频文件保存在同一个目录中。

（2）在常用对象组中单击 Flash 按钮,在打开的"媒体"下拉列表中选择"插件"命令,打开"选择文件"对话框。选择视频文件,如图 17.29 所示。

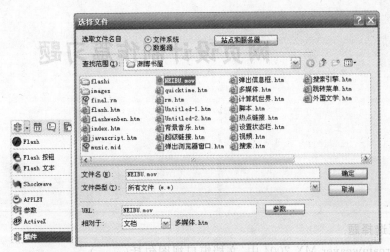

图 17.29 "选择文件"对话框

(3) 单击"确定"按钮。在属性面板中设置插件的高度和宽度,如图 17.30 所示。保存文件,就可以在浏览器中浏览电影了。浏览效果如图 17.31 所示。

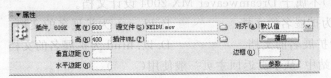

图 17.30 插件"属性"面板

图 17.31 浏览器中播放效果

网页设计制作篇习题

习题 1

一、单项选择题

1. 在 Dreamweaver MX 2004 中,文档窗口视图包括( )。

A. 设计视图　　　B. 代码视图　　　C. 拆分视图　　　D. 以上都对

2. 在 Dreamweaver MX 2004 中,使用( )面板对站点进行编辑。

A. 文件　　　　　B. CSS　　　　　C. 代码　　　　　D. 设计

3. 下列( )不属于 Dreamweaver MX 2004 设计文档。

A. 以.htm 为扩展名的文档　　　　B. 以.cpp 为扩展名的文档

C. 以.jsp 为扩展名的文档　　　　D. 以.html 为扩展名的文档

4. 在一个网站中,从子页返回主页一般使用( )。

A. E-mail 链接　　B. Ftp 链接　　　C. 导航条链接　　D. 页内链接

5. 在 Dreamweaver MX 2004 中,可以使用( )改变层的层叠顺序。

A. 层的大小　　　B. Z 轴值　　　　C. 层编号　　　　D. 拖动层

6. 当只需要把库元素中的内容加到页面中,而不需要和库进行关联时,可以在拖动库元素到网页的同时按住( )键。

A. Ctrl　　　　　B. Alt　　　　　　C. Shift　　　　　D. Alt＋Shift

7. 下面关于 Chromeless Window 的扩展设置对话框的说法错误的是( )。

A. 可以设置弹出窗口的状态栏的名称

B. 可以设置弹出窗口的宽度和高度

C. 可以在浏览器的任何窗口位置弹出窗口

D. 弹出窗口显示的不可以是 HTML 文件

8. 下面关于将收藏夹中的资源添加和删除的说法正确的是( )。

A. 将收藏夹中的资源删去,就是物理删除

B. 对收藏夹中的资源进行改名,就是物理改名

C. 网站资源列表方式下资源的名称都是真实的物理文件名,不允许修改

D. 以上说法都错误

9. 下面关于添加次要预览浏览器的说法错误的是( )。

A. 定义次要浏览器要先在系统中安装要定义的其他浏览器

B. 定义次要预览浏览器时要浏览选择次要预览浏览器的程序文件

C. 可以添加第三预览浏览器

D. 当第一预览浏览器不能使用时,系统会自动选择次要浏览器

10. 在 Dreamwaver MX 2004 中,设置页面属性时,对在 Page Propedies 属性设置框中 Tracing Image 选项的说法错误的是( )。

A. 网页排版的一种辅助手段　　　　B. 用来进行图像的对位

C. 只有网页预览时有效　　　　　　D. 对 HTML 文档并不产生任何影响

11. 在 Dreamweaver MX 2004 中,下面的工作界面不可以选择的是( )。

A. Dreamweaver MX 2004 风格　　B. 模仿 Homesite/Coder-Style 代码风格

C. 传统 Dreamweaver 风格　　　　D. Frontpage 风格

12. 在 Dreamweaver MX 2004 中,下面关于查找和替换文字的说法错误的是( )。

A. 可以精确地查找标签中的内容

B. 可以在一个文件夹下替换文本

C. 可以保存和调入替换条件

D. 不可以在 HTML 源代码中进行查找与替换

13. 在 Dreamweaver MX 2004 中,下面关于定义站点的说法错误的是( )。

A. 首先定义新站点,打开站点定义设置窗口

B. 在站点定义设置窗口的站点名称(Site Name)中填写网站的名称

C. 在站点设置窗口中,可以设置本地网站的保存路径,而不可以设置图片的保存路径

D. 本地站点的定义比较简单,基本上选择好目录就可以了

14. 在 Dreamweaver MX 2004 中,下面关于排版表格属性的说法错误的是( )。

A. 可以设置宽度

B. 可以设置高度

C. 可以设置表格的背景颜色

D. 可以设置单元格之间的距离但是不能设置单元格内部的内容和单元格边框之间的
距离

15. 在 Dreamweaver MX 2004 中,在设置各分框架属性时,参数 Scroll 是用来设置( )
属性的。

A. 是否进行颜色设置　　　　　　B. 是否出现滚动条

C. 是否设置边框宽度　　　　　　D. 是否使用默认边框宽度

16. 在 Dreamweaver MX 2004 中,下面可以用来做代码编辑器的是( )。

A. 记事本程序(Notepad)　　　　B. Photoshop

C. Flash　　　　　　　　　　　　D. 以上都不可以

17. 在 Dreamweaver MX 2004 中,可以为链接设立目标,表示在新窗口打开网页的是
( )。

A. blank　　　　　　　　　　　B. -Parent

C. self　　　　　　　　　　　　D. -top

18. 在 Dreamweaver MX 2004 中,下面不是用来控制时间线的是( )。

A. 播放时间线　　　　　　　　　B. 停止时间线

C. 控制时间线到特定的帧　　　　D. 可以控制到不同的时间线中

19. 在 Dreamweaver MX 2004 中,下面的操作不能插入一行的是( )。

A. 将光标定位在单元格中，打开 Modify 菜单，选择 Table 子菜单中的 Insert Row 命令

B. 在行的一个单元格中单击鼠标右键，打开快捷菜单，选择 Table 子菜单中的 Insert Row 命令

C. 将光标定位在最后一行的最后的一个单元格中，按下 Tab 键，会在当前行下添加一个新行

D. 把光标定位在最后一行的最后的一个单元格中，按下 Ctrl＋W 键，会在当前行下添加一个新行

20. 在 Dreamweaver MX 2004 中，下面关于创建模板的说法错误的是（　　）。

A. 在模板子面板中单击右下角的 New Template 按钮，就可以建立新模板

B. 在模板子面板中双击已命名的名字，就可以对其重新命名了

C. 在模板子面板中单击已有的模板就可以对其进行编辑了

D. 以上说法都错误

21. 在 Dreamweaver MX 2004 中，下面关于建立新层的说法正确的是（　　）。

A. 不能使用样式表建立新层

B. 当样式表建立新层，层的位置和形状不可以和其他样式因素组合在一起

C. 通过样式表建立新层，层的样式可以保存到一个独立的文件中，可以供其他页面调用

D. 以上说法都错误

22. 在 Dreamweaver MX 2004 中，下面关于扩展管理器的说法错误的是（　　）。

A. 可以在 Macromedia 系列软件之间导入扩展

B. 有打包和上传功能

C. 单击按钮，来访问 Macromedia 的 Dreamweaver 扩展下载站点

D. 可以使用扩展管理器来制作第三方扩展

23. 在 Dreamweaver MX 2004 中，下面关于清除 Word HTML 格式的说法错误的是（　　）。

A. Microsoft 公司的字处理软件 Word 也可以制作网页文件

B. Word 制作的网页文件包含某些标准的 HTML 不支持的格式

C. 可以通过 Dreamweaver MX 2004 的 Commands 菜单，选择 Clean Up Word HTML 命令对 Word 制作的网页文件进行优化

D. Dreamweaver MX 2004 不会自动侦测当前打开的文件是使用哪个版本的 Word 生成的

24. 在 Dreamweaver MX 2004 中，下面关于资源管理面的说法错误的是（　　）。

A. 有两种显示方式

B. 网站列表方式，可以把网站的所有资源显示

C. 收藏夹方式，只显示自定义的收藏夹中的资源

D. 模板和库不在资源管理器中显示

25. 在 Dreamweaver MX 2004 中，（　　）为嵌入 QuickTime 格式视频文件的标签。

A. ＜embed＞　　　　B. ＜body＞　　　　C. ＜table＞　　　　D. ＜object＞

26. 在 Dreamweaver MX 2004 中,有 8 种不同的垂直对齐图像的方式,要使图像的底部与文本的基线对齐要用( )对齐方式。

A. Baseline
B. Absolute Bottom
C. Bottom
D. Browser Default

27. 在创建模板时,下面关于可编辑区的说法正确的是( )。

A. 只有定义了可编辑区才能把它应用到网页上

B. 在编辑模板时,可编辑区是可以编辑的,锁定区是不可以编辑的

C. 一般把共同特征的标题和标签设置为可编辑区

D. 以上说法都错误

28. 在创建模板时,下面关于可选区的说法正确的是( )。

A. 在创建网页时定义的

B. 可选区的内容不可以是图片

C. 使用模板创建网页,对于可选区的内容,可以选择显示或不显示

D. 以上说法都错误

29. 在 Dreamweaver MX 2004 中,( )不能用于网页定位。

A. 表格
B. 层
C. 框架
D. 库

二、填空题

1. 在 Dreamweaver MX 2004 的( )中显示的是该软件的名称,版本以及当前打开文件的路径和名称。

2. ( )是在 Dreamweaver MX 2004 站点的工作目录,此文件夹可以位于本地计算机上,也可以位于网络服务器上。

3. 在"新建文档"对话框中,文档的类别有( )、动态页、( )、其他框架集。

4. ( )图像与分辨率有关,它包含固定数量的元素。

5. 一般来说,链接路径分为( )、根相对路径和文档相对路径。

6. 表格由一行或多行组成,每行又由一个或多个( )组成。

7. 在 Dreamweaver MX 2004 中,可以创建两种形式的图层,即( )层和( )层。

8. 表单对象包括( )、单选框、( )、下拉列表框等,还包括提交按钮,用于将数据传送到服务器。

三、判断题

1. HTML 是 HyperText Markup Language(超文本标记语言)的缩写。超文本使网页之间具备跳转的能力,是一种信息组织的方式,使浏览者可以选择阅读的路径,从而可以不需要顺序阅读。( )

2. 通过单击面板组左边中间的三角形按钮,可以隐藏和显示面板组。通过单击各面板左上角的三角形按钮将隐藏和显示各面板。( )

3. 在 Dreamweaver MX 2004 中只能对 HTML 文件可以进行编辑。( )

4. 在 Dreamweaver MX 2004 中,可以导入外部的数据文件,还可以将网页中的数据表格导出为纯文本的数据文件。( )

5. 在源代码窗口可以看到 html 文件是标准的 ASCII 文件,它是包含了许多被称为标签(tag)的特殊字符串的普通文本文件。( )

四、简答题

1. 简述在 Dreamweaver MX 2004 的主要功能。

2. 简述如何将网页文档保存为模板。

3. 图像占位符的作用是什么？

4. 链接路径可以使用哪几种方式表示？

5. 如何在表格中插入外部数据？

6. 简述层的特点。

7. 隐藏域在表单中的作用是什么？

8. 在 Dreamweaver MX 2004 中可以插入哪些多媒体对象？

习题 2

一、单项选择题

1. 以下软件中用来制作网页的有( )。

① Dreamweaver　　② Fireworks　　③ Flash　　④ Frontpage

A. ①　　　　　　　B. ①③　　　　　　C. ①④　　　　　D. ①②③

2. 在( )模式下,可以看到网页元件与程序代码的对应信息。

A. 设计模式　　　B. 代码模式　　　C. 拆分模式　　　D. 浏览模式

3. 在屏幕右侧面板组中,( )会显示目前网页所使用的 CSS 规则。

A. 设计面板　　　B. 标签面板　　　C. 文件面板　　　D. 属性面板

4. 启动 Dreamweaver 时,软件会自动显示( )。

A. 新网页文件　　　　　　　　　B. 最近使用过的文件

C. 起始页　　　　　　　　　　　D. 编辑窗口

5. 在 Dreamweaver 工具栏中,( )不是软件默认显示的。

A. 插入工具栏　　B. 文档工具栏　　C. 标准工具栏　　D. 快捷工具栏

6. "视觉辅助"功能必须在( )察看模式下才可以启用。

A. 代码　　　　　B. 设计　　　　　C. 分割　　　　　D. 预览

7. 页面属性设置中不包含( )的设置。

A. 插入背景　　　B. 字体设置　　　C. 插入图片　　　D. 标题

8. 在 HTML 中,颜色会以十六进制表示,格式为 ♯RGB,如 ♯0000FF 表示的颜色为( )。

A. 红　　　　　　B. 黑　　　　　　C. 蓝　　　　　　D. 绿

9. 有关断行,说法正确的是( )。

A. 表示结束一段落　　　　　　　B. 断行前后同属一段

C. 可重新开始另一段落　　　　　D. 断行即为换行

10. 网页中可插入( )。

A. 水平线　　　　B. 货币符号　　　C. 日期　　　　　D. 以上均可

11. 在网页图像的多种编辑功能中,( )处理需要通过外部编辑器实现。

A. 亮度　　　　　B. 对比　　　　　C. 缩放模糊　　　D. 锐化

12. 背景的效果为(　　)。

A. 单一背景图像　　　　　　　　　　B. 拼贴背景图像

C. 固定不动背景　　　　　　　　　　D. 均可

13. 有关标准表格,说法错误的是(　　)。

A. 可删除某一单元格　　　　　　　　B. 可删除某一行

C. 可删除某一列　　　　　　　　　　D. 可删除整个表格

14. 表格中的数据通过(　　)生成。

A. 直接输入　　　　　　　　　　　　B. 导入 Excel 文件

C. 导入 txt 文件　　　　　　　　　　D. 均可

15. 在"布局"模式下进行布局表格与单元格的绘制时,以下(　　)说法错误。

A. 绘制布局表格后,不能在此表格范围外绘制其他表格或单元格

B. 在布局模式下建立好表格后,无法在标准模式下通过属性面板设置单元格属性

C. 当鼠标光标经过单元格但没有单击选取时,单元格的外框会由蓝色变为红色

D. 若单击选取单元格时,单元格的外框会显示出 8 个实心小方块,拖曳它们可以调整
　　单元格大小

16. 有关图层的说法错误的是(　　)。

A. 图层可与图片相互转换　　　　　　B. 图层可重叠

C. 图层可隐藏　　　　　　　　　　　D. 图层可与表格相互转换

17. Dreamweaver 中的表格的排序功能对单元格中的(　　)内容有效。

A. 字母　　　　　B. 数字　　　　　C. 汉字　　　　　D. 均可

18. 一页面包含 2 个框架时,保存将产生(　　)个网页文件。

A. 1　　　　　　　B. 2　　　　　　C. 3　　　　　　D. 4

19. 属于网页中的基本链接类型的是(　　)。

A. 锚记链接　　　　B. 图像链接　　　C. 邮件链接　　　D. 图像地图链接

20. 浏览网页时,利用锚记链接可跳转到(　　)。

A. 其他网页　　　　　　　　　　　　B. 其他网站

C. 本网页其他位置　　　　　　　　　D. 均可

21. 当建立空链接时,在属性面板的链接框中输入(　　)。

A. 空白　　　　　　B. &　　　　　　C. #　　　　　　D. *

22. 为网页设置跟踪图像后,通过浏览器可以看到跟踪图像吗?(　　)

A. 可以　　　　　B. 不可以　　　　C. 可设置看不到　D. 视跟踪图像的透明度

23. 以下(　　)标签不是一个 HTML 文件中最基本的组成部分。

A. <HTML>　　　B. <HEAD>　　　C. <TD>　　　　D. <BODY>

24. 工作区域中,不可以显示以下(　　)项目。

A. 表格边框　　　　B. 跟踪图像　　　C. 图层边框　　　D. 以上各项都可以显示

25. 以下(　　)不是 Dreamweaver 所提供的三种查看方式之一。

A. 代码　　　　　　B. 设计　　　　　C. 分割　　　　　D. 预览

26. 创建新文件的快捷键是(　　)。

A. Ctrl+O　　　　B. Ctrl+N　　　　C. Ctrl+C　　　　D. Ctrl+V

27. 关于保存网页文件，以下（　　）描述是错误的。

A. 可以将网页直接保存于计算机中　　B. 可以将网页保存为图像

C. 可以将网页保存为模板　　　　　　D. 可以将网页保存到远程服务器中

28. 关于文本的对齐处理，属性面板中提供的对齐方式是（　　）。

A. 置中　　　　　B. 靠左对齐　　　　C. 左右对齐　　　D. 以上皆可

29. "检查拼写"功能中不提供以下（　　）功能。

A. 更改拼字　　　B. 删除错误拼字　　C. 全部忽略　　　D. 添加到私人

30. 以下（　　）图像具备动态效果。

A. JPG　　　　　B. PNG　　　　　　C. GIF　　　　　D. 以上皆是

31. 在网页中插入图像占位符后，以下（　　）设置需要通过浏览器才可以看得到。

A. 名称　　　　　B. 宽／高　　　　　C. 颜色　　　　　D. 替换文本

32. 关于图像属性设置的描述，以下错误的是（　　）。

A. 为网页图像设置名称，指的是图像的文件名称

B. 可通过"属性"面板，为网页图像加入边框

C. 低解析图像的容量都比原网页图像文件小得多

D. 为图像加入替换文本后，只有通过浏览器才可以看到替换文本的显示

33. 通过"属性"面板，可以设置表格（　　）属性。

A. 背景颜色　　　B. 宽／高　　　　　C. 边框颜色　　　D. 以上皆可

34. 图层的（　　）参数决定了图层的大小。

A. 宽和高　　　　B. 左和下　　　　　C. 宽和左　　　　D. 高和下

35. 图层有（　　）特性。

A. 可以重叠　　　　　　　　　　　　B. 可以自由移动

C. 可以缩小和扩大　　　　　　　　　D. 以上皆是

36. 框架属性面板不可以设置以下（　　）框架属性。

A. 边框颜色　　　B. 滚动条　　　　　C. 框架网页来源　D. 框架大小

37. 以下（　　）是指定浮动框架的网页来源的程序代码。

A. src　　　　　　B. iframe　　　　　C. scrolling　　　D. frameborder

38. 网页设计中，以下（　　）是网页基本链接的建立方法。

A. 通过"插入"工具栏建立链接

B. 以"指向文件"的方式建立链接

C. 直接在"属性"面板中输入 URL 的方法

D. 以上皆是

39. 以下（　　）为站点默认首页。

A. index. html1 或 web. html　　　　B. index. html 或 default. html

C. default. html 或 web. html　　　　D. about. html 或 asp. html

二、填空题

1. 在代码模式下可以看到网页上所有的（　　）代码。

2. CSS 称作（　　）。

3. 建立网站后，在（　　）面板中可以看到折叠后的网站窗口。

4. 如无法在网页中连续输入多个空格,可通过( )窗口设置更改。

5. 在设计模式下,常会利用( )与( )来辅助调整网页元素的大小,同时可以最准确地定位网页元素。

6. 为记录网页设计信息,Dreamweaver 提供了( )功能来记录设计情况。

7. 网页排版主要通过绘制( )和( )来完成。

8. 建立图层后会出现一个( ),通过选择它可以选中该图层。

三、判断题

1. 网页的扩展名一定是.htm 或.html。( )

2. 链接文字始终有下划线。( )

3. 所有的文本基本设置都可以通过"属性"面板进行。( )

4. Dreamweaver 可以自行编辑字体列表。( )

5. 在网页某位置插入图像后就生成了背景图像。( )

6. HTML 文件中只允许字符之间有一个空格。( )

7. 每个网页只能有一个导航条。( )

8. 表格位置可以随意移动。( )

9. 图层与表格之间转换时,图层数与单元格数是一致的。( )

10. 一个框架就是一个网页。( )

四、简答题

1. 比较背景图像、跟踪图像、网页图像的不同用途,并说明它们各自的插入方法。

2. 叙述一个网站从建立直至发布的全过程。

3. 表单中的按钮有哪几种类型?

4. 怎样将层转换为表格?

5. 如何在表格中导入外部数据?

6. 图像有哪几种对齐方式?

参 考 文 献

1. 胡道元. 计算机网络. 北京：清华大学出版社，2005
2. 黄永峰，李星. 计算机网络教程. 北京：清华大学出版社，2006
3. 吴功宜. 计算机网络. 北京：清华大学出版社，2003
4. （美）Kenneth D. Reed. 网络基础. 北京：电子工业出版社，2004
5. 杜煜，姚鸿. 计算机网络基础. 北京：人民邮电出版社，2002
6. Andrew S. Tanenbaum. 计算机网络. 第 3 版. 北京：清华大学出版社，1998
7. Douglas E. Comer. 用 TCP/IP 进行网际互联 第一卷 原理、协议与结构. 北京：电子工业出版社，2001
8. 中国互联网信息中心（CNNIC）. 中国 Internet 发展大事记
9. 吴煜煌，汪军等. 网络与信息安全教程. 北京：中国水利水电出版社，2007
10. 刘俊熙，应允. 计算机信息检索. 北京：中国铁道出版社，2005
11. 邹婷，胡菘. Dreamweaver MX 2004 标准教程. 北京：中国青年出版社，2004

读者意见反馈

亲爱的读者：

感谢您一直以来对清华版计算机教材的支持和爱护。为了今后为您提供更优秀的教材，请您抽出宝贵的时间来填写下面的意见反馈表，以便我们更好地对本教材做进一步改进。同时如果您在使用本教材的过程中遇到了什么问题，或者有什么好的建议，也请您来信告诉我们。

地址：北京市海淀区双清路学研大厦 A 座 602 室 计算机与信息分社营销室　收
邮编：100084　　　　　　　电子邮箱：jsjjc@tup. tsinghua. edu. cn
电话：010-62770175-4608/4409　　邮购电话：010-62786544

教材名称：计算机网络技术与应用教程
ISBN 978-7-302-22307-8
个人资料
姓名：＿＿＿＿＿＿　年龄：＿＿＿＿＿所在院校/专业：＿＿＿＿＿＿＿＿＿＿
文化程度：＿＿＿＿　通信地址：＿＿＿＿＿＿＿＿＿＿＿＿＿＿＿＿＿＿＿
联系电话：＿＿＿＿　电子信箱：＿＿＿＿＿＿＿＿＿＿＿＿＿＿＿＿＿＿＿
您使用本书是作为：□指定教材 □选用教材 □辅导教材 □自学教材
您对本书封面设计的满意度：
□很满意 □满意 □一般 □不满意　改进建议＿＿＿＿＿＿＿＿＿＿＿＿＿
您对本书印刷质量的满意度：
□很满意 □满意 □一般 □不满意　改进建议＿＿＿＿＿＿＿＿＿＿＿＿＿
您对本书的总体满意度：
从语言质量角度看　□很满意 □满意 □一般 □不满意
从科技含量角度看　□很满意 □满意 □一般 □不满意
本书最令您满意的是：
□指导明确 □内容充实 □讲解详尽 □实例丰富
您认为本书在哪些地方应进行修改？（可附页）
＿＿＿＿＿＿＿＿＿＿＿＿＿＿＿＿＿＿＿＿＿＿＿＿＿＿＿＿＿＿＿＿＿＿＿
＿＿＿＿＿＿＿＿＿＿＿＿＿＿＿＿＿＿＿＿＿＿＿＿＿＿＿＿＿＿＿＿＿＿＿
您希望本书在哪些方面进行改进？（可附页）
＿＿＿＿＿＿＿＿＿＿＿＿＿＿＿＿＿＿＿＿＿＿＿＿＿＿＿＿＿＿＿＿＿＿＿
＿＿＿＿＿＿＿＿＿＿＿＿＿＿＿＿＿＿＿＿＿＿＿＿＿＿＿＿＿＿＿＿＿＿＿

电子教案支持

敬爱的教师：

为了配合本课程的教学需要，本教材配有配套的电子教案（素材），有需求的教师可以与我们联系，我们将向使用本教材进行教学的教师免费赠送电子教案（素材），希望有助于教学活动的开展。相关信息请拨打电话 010-62776969 或发送电子邮件至 jsjjc@tup. tsinghua. edu. cn 咨询，也可以到清华大学出版社主页（http://www. tup. com. cn 或 http://www. tup. tsinghua. edu. cn）上查询。